बाणभट्ट

बाणभट्ट का जन्म चन्दरेह, ज़िला–सीधी, मध्य प्रदेश में हुआ। सातवीं शताब्दी के संस्कृत लेखक व कवि बाणभट्ट ने गद्य-रचना में वही स्थान प्राप्त किया जो कालिदास ने संस्कृत काव्य में। बाणभट्ट राजा हर्षवर्धन के आस्थान कवि थे। उनके दो प्रमुख ग्रन्थ हैं—'हर्षचरितम्' और 'कादम्बरी'। 'हर्षचरितम्' में राजा हर्षवर्धन का जीवन-चरित्र है, वहीं 'कादम्बरी' दुनिया का पहला उपन्यास माना जाता है। 'कादम्बरी' पूर्ण होने से पहले ही बाणभट्ट का देहान्त हो गया तो उपन्यास पूरा करने का काम उनके पुत्र भूषणभट्ट ने अपने हाथों में ले लिया। दोनों ग्रन्थ संस्कृत साहित्य के महत्त्वपूर्ण ग्रन्थ माने जाते हैं।

राधावल्लभ त्रिपाठी

राधावल्लभ त्रिपाठी का जन्म 15 फरवरी, 1949 को मध्य प्रदेश के राजगढ़ ज़िले में हुआ। उन्होंने एम.ए., पी-एच.डी., डी.लिट्. की उपाधि प्राप्त की। सन् 1970 से विश्वविद्यालयों में अध्यापन। शिल्पाकार्न विश्वविद्यालय, बैंकॉक; कोलंबिया विश्वविद्यालय, न्यूयॉर्क में संस्कृत के अतिथि आचार्य। शिमला स्थित भारतीय उच्च अध्ययन संस्थान में फैलो। राष्ट्रीय संस्कृत संस्थान में पाँच वर्ष कुलपति (2008-13) रहे।

'आदिकवि वाल्मीकि', 'संस्कृत कविता की लोकधर्मी परम्परा', 'संस्कृत काव्यशास्त्र और काव्य-परम्परा', 'नाट्यशास्त्र विश्वकोश', 'बहस में स्त्री', 'नया साहित्य : नया साहित्यशास्त्र', 'भारतीय काव्यशास्त्र की आचार्य-परम्परा' आदि समीक्षात्मक पुस्तकों सहित हिन्दी में उनके दो उपन्यास और तीन कहानी-संग्रह व अनेक नाटक प्रकाशित हैं। संस्कृत में तीन मौलिक उपन्यास, दो कहानी-संग्रह, तीन पूर्णाकार नाटक तथा एक एकांकी-संग्रह प्रकाशित हैं। उन्होंने 'सागरिका', 'नाट्यम्' आदि पत्रिकाओं का सम्पादन किया है। उन्हें 'साहित्य अकादेमी पुरस्कार', 'शंकर पुरस्कार', कनाडा के 'रामकृष्ण संस्कृति सम्मान', यू.जी.सी. के 'वेदव्यास सम्मान', महाराष्ट्र शासन के 'जीवनव्रती संस्कृत सम्मान' आदि से सम्मानित किया जा चुका है।

ई-मेल : radhavallabh2002@gmail.com

बाणभट्ट की विख्यात कृति *कादम्बरी*
का औपन्यासिक रूपांतर

कादम्बरी

बाणभट्ट

रूपांतर

राधावल्लभ त्रिपाठी

राधाकृष्ण पेपरबैक्स

पहला पुस्तकालय संस्करण
राधाकृष्ण प्रकाशन प्राइवेट लिमिटेड द्वारा
2001 में प्रकाशित

राधाकृष्ण पेपरबैक्स में
पहला संस्करण : 2019
चौथा संस्करण : 2025

राधाकृष्ण पेपरबैक्स : उत्कृष्ट साहित्य के जनसुलभ संस्करण

राधाकृष्ण प्रकाशन प्राइवेट लिमिटेड
जी-17, जगतपुरी, दिल्ली-110 051
द्वारा प्रकाशित

शाखाएँ : अशोक राजपथ, साइंस कॉलेज के सामने, पटना-800 006
पहली मंजिल, दरबारी बिल्डिंग, महात्मा गांधी मार्ग, प्रयागराज-211 001
1, अनमोल सोराबजी संतुक लेन, धोबी तलाव, मरीन लाइंस, मुम्बई-400 002

वेबसाइट : www.radhakrishnaprakashan.com
ई-मेल : info@radhakrishnaprakashan.com

बी.के. ऑफसेट
नवीन शाहदरा, दिल्ली-110 032
द्वारा मुद्रित

मूल्य : ₹250

BANABHATTA'S KADAMBARI
Re-created by Radhavallabh Tripathi

ISBN : 978-81-8361-907-3

कथा प्रवेश

व्याघ्रदेव की हवेली पक्कण (चांडालों की बस्ती) के बीचोबीच थी। उसके आसपास फूस की छाजन वाले कच्चे घर थे, जिनके ओटलों पर मेदुर श्याम वर्ण वाले नंगे चांडाल बालक धमा-चौकड़ी मचाते रहते, कुछ किशोर मार-पीट करते, लड़ते-झगड़ते या गाते-बजाते भी देखे जा सकते थे। बूढ़े लोग आँगन-गलियारों में खाट बिछाकर गल्पकथा करते रहते या मछलियाँ पकड़ने के जाल बुनते रहते, जबकि भीतर बातों के लच्छेदार जाल फैलाती स्त्रियाँ मृगया में मारकर लाए गए वन्य पशुओं की खालें सुखाने, चमड़े की तरह-तरह की वस्तुएँ बनाने या हाथीदाँत, व्याघ्रचर्म आदि की सफाई में लगी होतीं।

व्याघ्रदेव की हवेली में कलविंक पक्षी की भाँति फुदकती फिरती थी उनकी लाडली बेटी शंपा। बचपन से ही वह नटखट थी, कैशोर्य और पिता के दुलार ने उसे और भी चपल बना दिया था। आज प्रातः से ही उसने हवेली के सारे परिजनों को आतंकित कर रखा था, न कुछ खाए, न पिए, न नहाए-धोए। दिन-भर तो वह हवेली के पीछे बगिया में घूमती रही, साँझ होते-होते रूठी हुई-सी द्वार पर आ बैठी थी। उसके रिसाने का विशेष कारण था--पिता ने कल वचन दिया था कि प्रातः उसे भी मृगया पर साथ ले जाएँगे; पर वे भिनसार होने के पहले ही निकल गए और वह घर में छूट गई।

"अरे आज ऐसी चुपचाप क्यों बैठी हैं, छोटी स्वामिनी ?" बूढ़े सुदास ने आकर पूछा। शंपा अनमनी बैठी रही। सुदास ने अपना धनुष एक कोने में टिका दिया।

"तुम मृगया पर नहीं गए, सुदास काका ?" शंपा ने पूछा।

"गए थे, बीच में ही लौट आए। बहुत अद्भुत सौगात लाए हैं तुम्हारे लिए।"

"क्या ?"

सुदास ने कंधे पर टँगा चमड़े का थैला उतारकर उसमें से कुछ निकाला। प्रवाल और नीलम के टुकड़े जैसे उसकी मैली, कठोर हथेली पर जगमगा उठे। वह एक नन्हा शुकशावक था।

"यह क्या है ? सुग्गे का बच्चा ? इसका मैं क्या करूँगी ? मेरे पास इतने तोते हैं और मैनाएँ भी। तीतर-बटेरों से उनको बचाते-बचाते मैं वैसे ही हलकान रहती हूँ।"

"यह ऐसा-वैसा तोता नहीं है। यह वही है, जिसके लिए तुम कह रही थीं।"

"कौन-सा ? आश्रमवाला तोता ?"

"हाँ, वही।"

"धत् ! मैं नहीं मानती। बोलता है क्या ये ?"

"हाँ, हाँ। हमसे बोला।"

शंपा ने शुकशावक को उठाकर अपनी हथेली पर रखा। नवपल्लव पर जैसे इंद्रनील और मूँगे रख दिए गए हों।

शुकशावक के नयन मुँदे हुए थे।

"अरे, यह तो मूर्च्छित हो गया है। इसे चमड़े के थैले में रखकर क्यों लाए ?" शंपा सहसा चिंतातुर हो उठी।

"अभी चेत जाएँगे। सँभलकर रहना। उपदेश बहुत छाँटते हैं। मुनि महाराज हैं। हमको पट्टी पढ़ाने लगे।"

"अच्छा ? क्या बोला ये तुमसे ?"

"कहते हैं—भद्र, मैं पूर्वजन्म का मुनि हूँ। मुझे न पकड़ो। मैं तुम्हें वरदान दूँगा, तुम्हारा कल्याण होगा—और भी न जाने क्या-क्या।" कहकर सुदास फिक्-फिक् करके हँसने लगा।

शंपा भीतर दौड़ती हुई गई और नागदंत पर टँगा मयूरपिच्छ का व्यंजन लाकर शुकशावक को पंखा झलने लगी। सुदास ने जल लाकर दिया।

"कहाँ मिला ये ?"

"उधर रेवा के तट पर। संध्या-पूजा कर रहे थे मुनि महाराज। हमने भी कहा—जब तक पूजन कर रहे हैं, नहीं पकड़ेंगे। जाने क्या-क्या मंतर पढ़ते जाते। गाते अच्छा हैं, बड़ा बढ़िया सुर है।"

"अच्छा !" विस्मय से विस्फारित हुए शंपा के नेत्र अचानक जैसे दो नीलकमल खिल उठे हों।

"संध्या-अर्चना करके उड़ने ही वाले थे कि हमने धर दबोचा।"

"बिच्चारा !" शंपा ने बहुत हौले-से शुकशावक के माथे और पीठ पर उँगलियाँ फिराईं।

उस स्पर्श से शुकशावक को झुरझुरी-सी आई। उसने आँखें खोलीं। यह मैं कहाँ आ गया। कच्चे मांस की दुर्गंध से उसका सिर चकरा उठा। सामने ही अस्थियों का ढेर पड़ा हुआ था। कहाँ भगवान् जाबालि का पावन आश्रम और कहाँ यह कुत्सित स्थल ! यह तो अनेक प्रकार के पाप-कृत्यों का घृणित केंद्र प्रतीत होता है। एक बार फिर अपनी चपलता के कारण वह संकट में आ पड़ा है। वहीं बना रहता जाबालि के आश्रम की सारी सुरक्षा और पवित्रता में, क्या यह अधिक अच्छा न होता ?

"बोलो, तोताराम, बोलो ! मुझसे बातें करो।"

अच्छा, तो इस लड़की को विदित है कि वह मनुष्य की भाँति बोल सकता है। उसे

रेवा के तट पर संध्या-वंदन करने के पश्चात् जिस पुरुष ने दबोचा था, वह अवश्य ही कोई चांडाल था। ग्लानि के मारे शुकशावक की आँखों में आँसू आ गए। क्या मुझे अब पक्कण में रहना पड़ेगा ?

"नहीं बोलेगा, क्यों रे ?" वह लड़की कह रही थी।

उत्तर में शुकशावक ने अपनी सारी शक्ति लगाकर टें-टें की और चोंच से शंपा की उँगलियों में काटने का प्रयास करने लगा।

"देखो, देखो तो इस दुष्ट को। काटने को लपक रहा है। बोलता-वोलता कुछ है नहीं। यह वह तोता नहीं है बोलनेवाला। तुम झूठ कह रहे हो।" लड़की ने बूढ़े सुदास से कहा।

"तोते बामन के अवतार होते हैं। ये बामन लोग बड़े धूर्त होते हैं। बन रहा है ताकि हम इसे साधारण तोता समझकर छोड़ दें। छोड़ मत देना। बोलेग, अपने-आप बोलेगा। बामनों से बिना बोले भीं रहा थोड़े ही जाता है।"

इतना कहकर सुदास ने जाने के लिए अपना धनुष उठा लिया। "चलूँ," बाहर की ओर मुड़ते हुए वह बोला, "तुम्हारी बड़ी जिद थी इस तोते के बच्चे के लिए, तो आज यह मिल ही गया। अब जाबालि ऋषि के आश्रम में तो घुस नहीं सकते थे। आश्रम के बाहर यह उड़कर आ गया तो पकड़ में आ गया। चलें, आज हम नदी के उस पार हाथियों को फँसाने के लिए गड्ढों को फूस से ढकने जा रहे थे। दो-चार जोड़े हाथी-दाँत मिल जाते।"

"छिः ! हाथियों को कितनी पीड़ा होती होगी ! तुम लोग उनके दाँत इस तरह उखाड़ते हो। अच्छा, मैं तुम्हें बाबा से कहकर मुक्ता और रत्न दिलवाऊँगी यदि यह तोता बोला तो।"

सुदास के चले जाने पर वह लाड़ के स्वर में शुकशावक से कहने लगी, "बोल मेरे मिट्ठू, बोल। मैं तुझे अनार के दाने दूँगी। मैं तुझे मोती चुगाऊँगी।"

उत्तर में शुकशावक ने फिर टें-टें करके कर्कश चीत्कार किया।

"अब अधिक बनो मत, धूर्त कहीं के।" शंपा क्रोध में भरकर कहने लगी, "नहीं बोले तो क्या मैं तुम्हें छोड़ दूँगी ? क्रोध मत दिलाना मुझको, ऐसा सबक सिखाऊँगी कि सारी पंडिताई और वेद-शास्तर का सब ज्ञान धरा रह जाएगा। तेरा यह टेंटुआ मसक दूँगी। सब खतम।"

"वही उत्तम होगा मेरे लिए।"

शंपा अचकचाकर विस्मय से आँखें फाड़े देखती रह गई, पहले उसे विश्वास ही नहीं हुआ था कि इतने-से नन्हे जीव के भीतर से ऐसी सुंदर स्पष्ट वाणी निकल सकती है। फिर वह प्रसन्नता से उछलकर चिल्लाई—"अरे बोल पड़ा !" और शुकशावक को छाती से लगाए सारी हवेली में परिजनों को दौड़-दौड़कर बताने लगी।

फिर भीतर के प्रकोष्ठ से उसने बाँस का खाली पिंजरा उठाया, शुकशावक के लतावलयों में जकड़े पैर खोले और उसे पिंजरे में डालकर सटाक् से पिंजरे का द्वार बंद

कर दिया।

"तू मुझे अपना वेद-शास्तर कुछ सिखा देना। तू जो कहेगा, सो मैं तुझे दूँगी। किसी बात की कमी न होने दूँगी। मेरे बाबा इस बस्ती के राजा हैं।"

भाँति-भाँति के लालच देने, लानत-मलामत करने और उकसाने पर भी तोता एक वाक्य बोलकर जो चुप हुआ, तो फिर न बोला।

सारी बस्ती में आग की भाँति यह खबर फैल गई कि व्याघ्रदेव की हवेली में तोते का बोलने वाला बच्चा आया है। हवेली पर बच्चों, बूढ़ों और स्त्रियों का ताँता लग गया।

उनकी देह से उठते दुर्गंध के भभकों से शुकशावक को मूर्च्छा आ रही थी। उनके कुवचन शल्य की भाँति उसे बींध रहे थे। "बोलने वाला तोता है यह ?" बूढ़े लोग कह रहे थे, "बड़ा खजाना हाथ लगा है। इसे विदिशा या उज्जयिनी ले जाओ। एक करोड़ स्वर्ण मुद्राओं में बिकेगा।"

"पर यह कुछ बोलता तो है नहीं !" बच्चे कौतुक से पास आ-आकर कह रहे थे।

"हमारी मानो तो इसे बिकने मत देना, बिटिया।" कुछ प्रौढ़ स्त्रियाँ शंपा को समझा रही थीं, "ये तो मुनियों के साथ रहा है। ये मुनि लोग तो सब बता सकते हैं, गड़े खजानों का पता, जनम-मरण-ब्याह कब-किसका होना है—सब बता सकते हैं वे।"

"अपने ओझा जी भी तो बता देते हैं।" किसी ने कहा।

बच्चे पिंजरे से एकदम सटकर खड़े शुकशावक से बात करने का प्रयास कर रहे थे। शंपा को लगा कि उसका पालित शिशु सचमुच मूर्च्छित हो गया है। उसके क्रोध का आवेग असह्य हो गया तो उसने चीखकर सबको डाँट-डपटकर वहाँ से हटाया। एकांत हो गया और शुकशावक कुछ चैतन्य होता लगा तो उसे भी डपटती हुई बोली, "बड़ा दुःख हो रहा है तुझको, चांडालों के बीच आ फँसे इस बात का। यह कहो कि बच गए बच्चू ! इस जंगल में अब तक कोई गिद्ध तुम्हें निगल गया होता या किसी बहेलिये के द्वारा कब के मारे जा चुके होते। झूठ कह रही हूँ क्या ? बोल ! बोल ! कुछ तो कह।"

"हे बाले, तेरा रूप अनिंद्य है। मधुमास की मधुरिमा, वसंत का सौरभ और सुषमा, ज्योत्स्ना की धवलिमा—सबका उसमें समवाय है। महाकवि ने कहा है कि रूप पाप कर ही नहीं सकता। तो तू मुझे बंधन में बाँधे रखने का पाप मत कर, तू मुझे मुक्ति दे दे।"

शंपा अचरज से आँखें फाड़े हुए उस चूजे को ताकती रह गई। फिर मुँह बिचकाकर बोली, "एल्लो, जाने क्या-क्या तो प्रवचन करने लग गया। सबके सामने बोलने में क्या जा रहा था ! अब बोला तो ऐसा कि एक शब्द भी पल्ले न पड़ा। यही तो है तुम पंडित लोगों का। बिना लाग-लपेट के सीधी-सच्ची बात तो कहना जानते ही नहीं। सीधे-सीधे क्यों नहीं कहते कि लड़की, पिंजरा खोल दे।"

"लड़की, पिंजरा खोल दे।"

शंपा खिलखिलाकर हँस पड़ी। कुछ हटकर खड़े तमाशा देखते परिजन मुस्कुराए। शंपा की मधुर हँसी पर मुग्ध होती नभ से अप्सरा-सी थिरकती संध्या बस्ती में उतरने लगी। उसने गलियों में घूमते श्याम चांडाल बालकों को अपने काले आवरण में लपेट लिया। शुभ्र वर्ण की गाएँ, भेड़ें और बकरियाँ उसके धुँधलके में चितकबरी दिखने लगीं। परिजन दीपिकाएँ जलाने लगे। वे दीपिकाएँ अँधियारे के मटमैले सागर में तिरते नन्हे द्वीपों-सी लगने लगीं।

चांडाल कन्याएँ देहली पर दीपक जला-जलाकर रख रही थीं। वे दीपक घनी डालों वाले कर्णिकार के पेड़ों में फूट आए फूलों जैसे दिखते थे। दूर से कोलाहल आता सुनाई दिया। "लगता है, बाबा आ गए।" शंपा ने कहा और पिंजरा उठाए हुए द्वार पर आ खड़ी हुई।

मृगयानिवृत्त चांडालों का समूह बस्ती की ओर लौट रहा था। अँधेरे की नदी के जल पर पीले मराल (हंसों) के जैसी मशालें तिर रही थीं। धीरे-धीरे कोलाहल पास आता गया। फिर व्याघ्रदेव की हवेली के आगे के विशाल प्रांगण में मारे गए वन्य पशुओं के शव बिछने लगे। चीत्कार, उल्लास और विभिन्न पुकारों के स्वर से प्रांगण आकाश को छूने लगा।

"कैसा है बेटी तेरा बोलने वाला तोता ?" शंपा के सिर पर हाथ फेरते हुए व्याघ्रदेव पूछ रहे थे।

"बहुत नखरीला है, बाबा। जब मन आएगा तो मुनि महाराज लंबा प्रवचन झाड़ देंगे। नहीं तो मौन धारण करके बैठ गए। कुछ बोलता ही नहीं।"

व्याघ्रदेव हँसे। फिर परिजनों को सृग्धि (सहभोज) की व्यवस्था के विषय में आदेश देने लगे। चांडाल-समाज आज उल्लसित था। शरत्पूर्णिमा का दिन था। यों भी प्रत्येक पूर्णिमा को व्याघ्रदेव बस्ती के सारे निवासियों को भोज देते थे। फिर आज का दिन उत्सव का दिन भी था, पक्कण के लिए बड़ी उपलब्धि का दिन भी। सुना था कि दंडक वन में जाबालि ऋषि के आश्रम में मुनि महाराज के बेटे को एक चूजा मिला है, जो मनुष्य की भाषा में बात करने लग गया है। बेटी शंपा उस अद्‌भुत तोते को देखने और पाने के लिए इतने दिनों से हठ कर रही थी। चांडाल होने के कारण आश्रम के भीतर तो आ-जा नहीं सकते, तो उस तोते को पाने का कोई उपाय नहीं, पाने की तो बात ही सपना समझो। और लो, आज अचानक ही सपना सच हो गया। इसके अतिरिक्त आज मृगया में भी काफी माल हाथ लगा था। बहुमूल्य मोती, हाथीदाँत, अनेक व्याघ्र-चर्म; इनको नगर में ले जाकर बेचने से आय अच्छी होने वाली थी।

मृगया में जो कुछ हाथ लगता, उस पर बस्ती के सब लोगों का समान अधिकार था। हाथीदाँत, मुक्ताएँ तथा विभिन्न हिंस्र पशुओं की खातें—इनके विक्रय से नगर से अनाज, वस्त्र तथा अन्य आवश्यक पदार्थ खरीदकर चांडाल लोग ले आते। व्याघ्रदेव की हवेली का उपयोग मृगया से मिले पदार्थों या नगर से खरीदकर लाई गई वस्तुओं के संचय के लिए होता। हवेली में जो संपदा थी, उस पर उनका निजी अधिकार

न था।

रसोई की तैयारियाँ होने लगीं। बड़े-बड़े कड़ाहों में मांस पकने लगा। बुभुक्षा से अकुलाते कौलेयक और सारमेय जोर-जोर से भौंकने लगे। प्याज, लहसुन, हरिद्रा, कुस्तुंबरी (धनिया), इलायची और अन्य कई प्रकार के मसालों की गंध नासापुटों में भरती हुई भूख को जगा रही थी। हरिणों, व्याघ्रों, वराहों के मांस के पकने से उठती सुवास जिह्वा को रसाप्लुत करने लगी।

शंपा ने शुकशावक का पिंजरा हवेली के द्वार पर बाहर ओटले पर रख दिया था और उसी के पार्श्व में हथेली पर चिबुक रखे निःस्पृह भाव से महाभोज के संभार और संरंभ को ताक रही थी। रसोई में लगे स्त्री-पुरुषों के बीच उसका शुकशावक चर्चा का विषय बना हुआ था। किसी ने उसे अभी-अभी कोई मंत्र बुदबुदाते हुए सुन लिया था। एक चांडाल वृद्ध निराश होकर कह रहा था, "सँसकीरत भासा में बोलता है, तो हम क्या समझेंगे ? हम भूत भासा समझते हैं, पैशाची समझते हैं, सबर और पुलिंदों की भासा समझते हैं, पर सँसकीरत तो पल्ले नहीं पड़ती।"

दूसरे वृद्ध उसकी भर्त्सना करते हुए कह रहे थे, "कैसा मूर्ख है ! अरे, शाबरी और पैशाची समझ लेता है, तो फिर संस्कृत समझने में कठिनाई ही क्या है ?"

कोलाहल बढ़ने लगा। बस्ती के नर-नारी, जो मृगया में नहीं गए थे या रसोई की तैयारियों में नहीं जुटे थे, वे भी अपने-अपने कार्यों से निवृत्त होकर हवेली के सामने के विशाल प्रांगण में जुटने लगे।

भाँति-भाँति के मांस पके। व्याघ्रदेव ने हवेली के भीतरी प्रकोष्ठ में रखी वर्षों से संचित हाला मालूर की कुप्पियों में निकाली। स्त्री-पुरुष मदिरा की चुस्कियाँ लेते हुए मदमत्त होने लगे। कोई पणव बजाने लगा, कोई कोण। ये वाद्य वन्य पशुओं के चर्म, काष्ठ आदि से ये लोग स्वयं बनाते थे।

शंपा की दो-तीन समवयस्काएँ एक-दूसरे की कटि में हाथ डाले नृत्य करती हुई उसके पास आईं और उससे मदिरा पीने और नृत्य करने का निहोरा करने लगीं। शंपा ने निरपेक्ष भाव से निषेध कर दिया।

"यह तो उस गूँगे पंडित से प्रीत लगा बैठी है।" एक ने खिलखिलाकर कहा, "बोलता-वोलता है नहीं। कहाँ बोलता है, बता !"

"बामन से प्रीत, छिः ! बामन से क्या प्रीत करना !" दूसरी ने मुँह बिचकाकर कुछ घृणा के साथ कहा, "तोता तो बामन होता है।"

फिर वे हँसती हुई चली गईं।

"जाइए शंपा देवि ! आप भी भोजन ग्रहण कर लीजिए। यहाँ बैठे-बैठे कुछ प्राप्त होने वाला नहीं है।"

"यह कौन बोला ?" शंपा ने चौंककर आसपास देखा, कोई न था। फिर वह शुकशावक से बोली, "तुमने मुझसे कुछ कहा ?"

"जी हाँ ! आपसे ही कह रहा हूँ। भोजन कीजिए।"

"कैसे कर लूँ ? तूने तो कुछ खाया ही नहीं है मरे।"

"मैं कैसे खा सकता हूँ इस अपवित्र स्थान में ?"

"तू अच्छी पंडिताई झाड़ता है। क्या अपवित्र है यहाँ, बता ?"

"मांस की दुर्गंध के मारे सिर फटा जा रहा है।"

"क्यों ब्राह्मण लोग क्या मांस नहीं खाते ? यज्ञ में कितने पशुओं की बलि चढ़ती है, फिर ब्राह्मण लोग स्वाद ले-लेकर बड़े प्रेम से जीमते हैं कि नहीं उनका आमिष ?"

"मैं वैसा ब्राह्मण नहीं हूँ। यज्ञ की बात अलग है। यज्ञ में देवों को अर्पण कर अवशिष्ट हविष्य का भोग होता है।"

"हम भी तो देवी को भोग लगाकर ही खाएँगे।"

"ये सब तामस पदार्थ ! उनके साथ यह अनाचार भी !" बहुत दुःखी स्वर में शुकशावक ने कहा।

"अनाचार भी दिख गया अब। क्या अनाचार हो रहा है यहाँ ?"

"अविवाहित तरुण-तरुणियों का हाथ में हाथ लेकर निर्लज्ज बनकर नाचना। मैंने अभी देखा, उधर अँधेरे में एक युवक युवती के साथ व्यभिचार तक करने वाला था अभी। कैसा अधर्म है। शान्तं पापम्, शान्तं पापम्।"

शंपा खिलखिलाकर हँसने लगी। फिर बोली, "बहुत मन ललचा रहा है क्या इस अधर्म और व्यभिचार के लिए, क्यों पंडितजी महाराज !"

शुकशावक ने इस व्यर्थ तथा अपमानजनक प्रश्न का उत्तर देना ठीक नहीं समझा। पर शंपा शरारत से कहाँ बाज आने वाली थी, "अब बोलती क्यों बंद हो गई ? तुम ऊँची जात वालों के भी एक से एक किस्से जानते हैं हम लोग। लुका-छिपी करके करते हो तुम लोग यही सब। उसको पाप भी समझते हो और उसी से लिपटे भी रहते हो मन में। छिपाकर किया तो अधर्म नहीं और खुलकर किया तो व्यभिचार, क्यों ?"

शुकशावक बहुत गंभीर होकर दूर अनंत की किसी कुज्झटिका में देखने लगा। फिर धीरे-धीरे मंद स्वर में बोला, "मैंने प्रेम की वेदना जानी है। वही वेदना मुझे रचती और गढ़ती रही है। उसमें मैंने अपने प्रेम को पाया, पहचाना और परिष्कृत किया है। दुःख मनुष्य को बड़ा बनाता है।"

"तो सेंतकर धर ले अपने पास अपना दुःख और प्रेम की पीर भी। इस दुःख की बाल्टी में प्रेम की चादर धोता जा और पछीटता जा, धोता जा और पछीटता जा।" शंपा ने मुँह बिचकाकर कहा।

तभी व्याघ्रदेव हाला के कुछ कुप्पे परिजनों से उठवाते हुए हवेली से बाहर निकले— "बेटी, तू यहाँ बैठी है !" शंपा को देखकर उन्होंने कहा, "जा, जा ! कुछ खा-पी ले ! नाच, गा। खेल, कूद !"

"कैसे खाऊँ-पिऊँ और नाचूँ-गाऊँ, बाबा ? ये निगोड़ा तो जब से आया है कुछ खा-पी ही नहीं रहा है।"

"कौन, ये तोता ? अरे, यह तो बोल सकता है। इससे पूछो, क्या कष्ट है इसे।"

"पंडित जी महाराज हैं न। कह रहे हैं यह तो बड़ा अपवित्र स्थान है। मांस-मदिरा की दुर्गंध से मितली आ रही है। बामनों में भी बड़ी ऊँची जात के बामन लगते हैं। कोई पतित पावन होंगे पिछले जनम के।"

व्याघ्रदेव ने हँसकर कहा, "इसे पीछे की बगिया में ले जा। इसकी तो आश्रम में रहने की आदत पड़ी हुई है। हमारी बगिया भी किसी आश्रम से कम नहीं है।"

वास्तव में तो व्याघ्रदेव की हवेली के पीछे का उद्यान राजाओं के प्रमदवन से कम न था। ऊपर निरभ्र व्योम में पूर्णिमा का चंद्रमा चमक रहा था। छिटकती निर्झर ज्योत्स्ना की धाराएँ दूध से भरी नदियों-सी बह रही थीं। मल्लिका की कलियाँ उनमें नहा-नहाकर हँस रही थीं।

शुकशावक का कविहृदय देह की क्षुधा-पिपासा भूलकर सृष्टि के इस अद्भुत सौंदर्य में, उसके रूप, रस, गंध में रमने लगा।

"कहो, बामन देव ! कैसा है यह स्थान ?"

"हाँ, यह ठीक है।" शुकशावक को जब और कोई शब्द उस स्थान के अनिर्वाच्य सौंदर्य को बखानने के लिए न मिले तो उसने इतना-भर कहा।

"तो क्या खाएगा, बोल ? उधर जाबालि भगवान् के आश्रम में जो मुनि रहते हैं न, फल-फूल तो हमारे हाथ के वे भी खा लेते हैं। कहते हैं, फल-फूल में कोई छूत नहीं।"

"हाँ, कुछ फल ही ले लूँगा।"

शंपा बगीचे में आसपास लगे फल तोड़ने लगी। बीच-बीच में वह शुकशावक से बात करती जाती। "तूने अभी तक अपना नाम तो बताया ही नहीं !" वह पूछ रही थी।

एक क्षण चुप रहकर कुछ सोचता रहा शुकशावक, फिर बोला, "एक तोते के बच्चे का क्या नाम ? मैं मात्र एक शुकशावक हूँ।"

"सो तो मैं भी देख रही हूँ कि तू तोते का बच्चा है। पर कोई नाम तो होगा। इस जन्म का नहीं, पिछले जन्म का ही सही।"

"समझ लो, मेरा नाम वैशंपायन है।"

"इतना बड़ा नाम ? ये तो कुछ ऋषि-मुनियों के जैसा ही नाम लगता है। कोई वैशंपायन ऋषि महाभारत का किस्सा सुनाते रहे। तू उन्हीं का अवतार है क्या ? कुछ भी हो, मैं तो इतना बड़ा नाम न लूँगी। मैं तुझे बस विशु कहूँगी।"

"तुम कौन हो, शंपा देवि !"

"मैं कौन हूँ, यह भी कोई पूछने की बात है ?"

"तुम्हारा वास्तविक परिचय क्या है ?"

"वास्तविक परिचय क्या होता है ? मैं इस बस्ती की राजकुमारी हूँ; चांडालों के राजा व्याघ्रदेव की पुत्री।"

"तुम मुझे चांडाल कन्या नहीं, कोई देवी लगती हो। साक्षात् सरस्वती-सी, लक्ष्मी-सी।"

शंपा खिलखिलाकर हँस पड़ी। फिर उसने पिंजरा एक लता-कुंज में टाँग दिया। लता-कुंज अतिशय मोहक सुरभि से आवासित था। गात्रों को सहलाती हुई शीतल हवा छन-छनकर भीतर आ रही थी।

"माधवी लता का कुंज है।" वैशंपायन ने कहा।

"माधवी कहते होंगे तुम पंडितों की भाषा में। हमारे यहाँ तो इसे चमेली कहते हैं।"

"उधर वह प्रियंगु लता है। यह नवमल्लिका है इधर।" वैशंपायन एक-एक कर लता, पादपों के नाम गिनाने लगा।

"बाप रे ! इतने बड़े-बड़े नाम !" शंपा ने कहा। फिर पूछा, "अनार खाएगा ?"

"अनार क्या होता है ?"

"अनार नहीं जानता ? अरे तू कैसा तोता है ?"

शंपा पास के वृक्षों के झुरमुट से निकलकर अनार के पेड़ों की पाँत से एक पका हुआ अनार तोड़कर लाई।

अनार देखते ही वैशंपायन की आँखें चमक उठीं। बोल पड़ा—"यह तो दाडिम है !"

"दाडिम !" शंपा ने मुँह बिचकाकर नकल उतारी, "एक से एक कठिन नाम रखने में क्या मिलता है तुम पंडितों को ?"

वैशंपायन पंडित दाडिम की रक्ताभ आकृति पर मुग्ध हो उठे थे। बोले, "पूर्णिमा की रक्ताभ आभा में इस माधवी कुंज की सघन छाया में तुम्हारे किसलय से करतल में यह दाडिम फल ऐसा लगता है जैसे क्षीरसागर के अमृतमय फेनपुंज से उठता लक्ष्मी का उरोज !"

"धत् तेरे की ! पंडित, मैं तो समझती थी कि तू बड़ा भोला-भाला है। तू तो बड़ी गंदी-गंदी बातें करता है। छिः !"

"अब पोंगा पंडितों जैसी बातें कौन कर रहा है।" वैशंपायन ने उत्तर दिया।

"बित्ते-भर का भी नहीं है और बातें देखो इसकी। यह ले, खा अपना दाडिम फल।"

"बिना संध्या-पूजा के मैं कैसे खा सकता हूँ, माँ !"

अचानक माँ कह दिए जाने पर शंपा कुछ चौंकी, फिर उसकी आँखों में स्नेह की तरल छाया भर आई; कुछ धीमे स्वर में उसने कहा, "जो करना हो कर, बच्चा ! पर झटपट कर। तू खाएगा, तभी मैं खाऊँगी।"

"मुझे शुद्ध जल तो दो।"

"बगिया के उस कोने में वापी है। उसका पानी चलेगा ?"

"हाँ, वापी का जल तो पवित्र होता है।"

"भले ही उसमें चांडाल कन्याएँ छपाछप असनान करती हों।"

भूख से कुलबुलाती आँतों के बावजूद वैशंपायन पंडित सात्त्विक आवेश में भरकर शास्त्रार्थ की मुद्रा में आ गए—"मैं तुम्हें कात्यायन, आश्वलायन, पारस्कर, गौतम, मनु और याज्ञवल्क्य—इन सबके धर्मशास्त्रों या सूत्रों के उद्धरण देकर बता सकता हूँ कि

कन्या कभी अपवित्र होती ही नहीं, उसकी कोई जाति होती ही नहीं, वह साक्षात् दुर्गा का, भवानी का रूप है।"

"चांडालों की किसी रूपवती कन्या पर मन आ जाए तो बामन, क्षत्रिय लोग उसे घर में बिठा सकें--इसके लिए होंगे ये वचन।"

"मैं समझता हूँ कि ऐसा नहीं है। इस अभियोग का उत्तर है।"

शंपा अपने अभियोग का उत्तर सुने बिना ही वापी की ओर चल दी। बेल की एक कटोरी में वह वापी से जल भरकर लाई और पिंजरा खोलकर उसमें कटोरी सरका दी।

वैशंपायन ने आचमन-प्रक्षालन किया। फिर नारी के प्रति अपने मन में युग- युगांतर से जो पाप भावना संचित और अक्षय बनी हुई थी, उसके प्रक्षालन के लिए अघमर्षण मंत्र का जप किया। फिर वह संध्याविधि संपन्न करने लगा।

"अरे, जल्दी कर न ! मुझे भूखा ही मार डालेगा क्या ?" शंपा बीच-बीच में बड़बड़ा उठती।

संध्या पूरी होने पर वैशंपायन ने पुकारा—"माँ, लाओ, दाडिम दो।"

शंपा ने दोनों हथेलियों में दाबकर अनार की फाँकें कर दीं। मूँगे जैसे अनार के दाने उसकी हथेलियों पर बिखर गए।

"जैसे कमल की पँखुरियों पर प्रवाल बिखरें, जैसे किसलय पर पाटल की कलियाँ..."

शंपा ने वैशंपायन की उपमाओं पर ध्यान नहीं दिया। वह अपने हाथ से अनार के दाने उसे खिलाने लगी। उसकी आँखों से बरसती ममता और वात्सल्य की धार में वैशंपायन नहा गया।

"बस, अब नहीं, माँ !"

"इतना-सा ? अच्छा, आँवला खाएगा क्या ?"

"आँवला क्या ? आमलक ?"

"हाँ, वही होगा। तेरी तो भाषा ही कुछ टेढ़ी है।"

"आमलक तो मुझे विशेष प्रिय है।"

शंपा ने पास लगे आँवलों से लदे वृक्ष की डाल झुकाई। पाँच-छः बड़े-बड़े गदराए आँवले तोड़कर उसने हथेली पिंजरे के भीतर डाल दी।

"बस, एक आमलक मैं चखूँगा।"

वैशंपायन ने एक पके आँवले में चोंच गड़ाई। आँवले के मधुर, कषाय, अम्ल और कटु रसों से मिश्रित स्वाद में डूबी जिह्वा से उसने कहा, "अहो, अहो, परम स्वादिष्ट है !"

"तूने खा लिया, तो अब जाकर मुझे चैन आया।"

वैशंपायन को लगा कि उसे उसकी वह माँ मिल गई है, जिसके लिए वह फिर-फिर जनमता और मरता रहा है, जिसके लिए वह युगों से तरसता रहा है, जिसके अभाव में वह कई जनमों में बावला और विक्षिप्त होकर मरा है। वह शंपा के नेह की दुग्धधवल

कुल्या में उतरा गया। वे दोनों परस्पर विश्वास और प्रेम के तंतुओं में आबद्ध हुए, जो जितने ही सुकुमार थे, उतने ही सुदृढ़।

यह महाकवि बाणभट्ट और अपने कथित नाम के सम्मुख प्रश्नगर्भित कोष्ठक धारण करने वाले, उनके बेटे पुलिंदभट्ट या भूषणभट्ट की रचना की आब थी, जो चांडालों की उस बस्ती के अपावन, कृमिकीटनिवहसंकुल तामसवृत्तिप्रचुर परिसर को इस अनघ अनाविल स्नेह रस से प्रक्षालित करती बह उठी। इस रूपांतर में जो कुछ दिव्य, अपार्थिव, रम्य और मधुर है, वह उन दोनों का और जो नश्वर, लौकिक एवं कलुष है, वह इस रूपांतरकार का।

कथांतर

बाणभट्ट की कादंबरी का आरंभ परम प्रतापी, महायशस्वी सम्राट् शूद्रक और उनकी राजधानी विदिशा नगरी के वर्णन के साथ, उनकी परम भव्य विराट् राजसभा में एक अनाम चांडाल कन्या द्वारा वैशंपायन नामक परम ज्ञानी, शास्त्रज्ञ तथा सकलकलाकलापकुशल एक बोलने वाले तोते को प्रस्तुत करने के प्रसंग से होता है। पर इस रूपांतर का आरंभ चांडालों के पक्कण से हो गया है, तो यह बता देना भी उचित होगा कि वैशंपायन नाम के इस तोते को पक्कण के महाराज शूद्रक की सभा में लेकर आने की आवश्यकता क्यों आ पड़ी ?

वैशंपायन का मन शंपा के साथ लग गया था। उसे आश्चर्य होता था कि महर्षि जाबालि के उस परम पावन आश्रम में जहाँ एक से बढ़कर एक ज्ञानी-शास्त्रनिपुण मुनिजन रहते थे, वहाँ रहकर उसके मन की कारा में छंदों का जो प्रवाह अवरुद्ध रहा था, वह यहाँ बह उठा था। वह प्रतिदिन कोई न कोई नया छंद बनाकर शंपा को और उसके दर्शन के लिए आए बस्ती के जानकार लोगों को सुनाता। पहले दिन उसने शंपा को एक निरक्षर, चंचल चांडाल बाला समझा था। अब वह उसकी काव्य की समझ पर चकित था। वह कभी-कभी उसकी उपमा या बिंब विधान पर ऐसी सुचिंतित टिप्पणी करती कि बड़े से बड़ा साहित्यमर्मज्ञ भी दंग रह जाए, कभी-कभी वह उसकी कल्पना की खोट भी बड़े सटीक ढंग से बता देती।

वैशंपायन सोचता था कि पहले कितना मोहप्राय और गर्हित है पक्कण के लोगों का जीवन, पर अब उसे चांडालों की इस बस्ती में जीवन का अद्‌भुत आकर्षण और अनदेखा-अनपहचाना रूप दिखाई देने लगा था। पक्कण में कोई भिखमंगा नहीं, कोई याचक नहीं। हर एक के पास करने को कुछ-न-कुछ काम। यहाँ तक कि व्याघ्रदेव राजा होकर भी कभी अपने हाथ से मूँज की रस्सी बट रहे हैं, या मृगछाल साफ कर रहे हैं। बस्ती में कोई अपराधी नहीं, चोरी का भय नहीं। समृद्धि का यह हाल कि जिन रत्नों के लिए नगर के लोग एक-दूसरे के प्राण लेने को उतारू रहते थे, वे यहाँ कौड़ियों की भाँति बिखरे रहते।

जाबालि के आश्रम में संयम और साधना से व्यक्तित्व को उदास बनाने वाली जीवन पद्धति थी, पर मिल-बैठकर रचने का वह सुख नहीं था, जो यहाँ था। वैशंपायन

का यहाँ दुःख एक ही था—उसका पिंजरा। उसे लगता था कि वह अब उड़ सकता है। वह पिंजरे से बाहर आकर पक्कण के जीवन को और भी निकट से देखना चाहता था, यहाँ की जीवनचर्या की संगति और अंतर्विरोध दोनों को पकड़ना चाहता था। वह सोचता था कि इस अधम तिर्यक् योनि से छुटकारा पाने पर यहाँ देखे-समझे जीवन पर बड़ा काव्य रचेगा।

वह इस बस्ती का निवासी तो नहीं बन सकता, वह चांडाल तो नहीं हो सकता। यहाँ के जीवन को जितना अधिक देख और समझ सके, देख-समझ ले, फिर उसे यहाँ से निकलना तो है ही। इसलिए वह पिंजरे से बाहर आने को अकुलाने लगता। शंपा उसकी अकुलाहट को पढ़ लेती। वह उसे समझाती, "अभी तू उड़कर दूर नहीं जा सकता। तेरा नाम दूर-दूर तक फैल गया है। इधर मैंने पिंजरा खोलकर उड़ाया कि उधर किसी ने धर दबोचा। घबरा मत, वह जो तेरी जनम-जनम की—जिसे तू क्या कहता है— चिरंतन प्रणयिनी—कि सखी—कि संगिनी—जो कोई है, मैं स्वयं तुझे उसके पास ले चलूँगी।"

वैशंपायन की ख्याति इसी पक्कण तक सीमित न रही थी। विध्याटवी और दंडक वन के बीहड़ों में बसे वनग्रामों को पार कर उसकी चर्चा आसपास के नगरों में फैल गई थी। पक्कण और वनग्रामों के लोग तो उसे किसी देवता का अवतार समझते या सोचते कि वह कोई योगी है। और बालवृद्धनारीनर भविष्य जानने के लिए उसके दर्शनों को चले आते, कोई उससे ज्ञान-ध्यान की चर्चा करता, कोई सृष्टि का रहस्य जानना चाहता, कोई किसी असाध्य रोग की चिकित्सा पूछता। उसके कारण पक्कण के ओझा पिल्लइ देव का धंधा ही चौपट हो गया था। पर व्याघ्रदेव के भय से वे कुछ कर नहीं पा रहे थे।

इधर पक्कण की स्थिति में बड़ा उलटफेर हुआ था। एक प्रकार से वहाँ पहले से अधिक संपन्नता दिखाई देती थी। वैशंपायन के आगे सोना, चाँदी, हीरे, मोती, मणि-माणिक्यों के उपहार प्रतिदिन ढेर-के-ढेर चढ़ते। उसे अब सोने के पिंजरे में रख दिया गया था। व्याघ्रदेव की उस बगिया में उसके लिए अत्यंत स्वच्छ पर्णशाला बना दी गई थी। पूरी बगिया अपने-आप में एक आश्रम का रूप ले चुकी थी। वैशंपायन को लगने लगा था कि जिस जाबालि के आश्रम से उकताकर वह भागा था, वह उसके चारों ओर अपने-आप फिर से घिरता जा रहा है। वैशंपायन को व्यास की गद्दी पर विराजमान करके दर्शनार्थी भक्तों के सम्मुख बड़े गौरव के साथ प्रस्तुत किया जाता। उसके पिंजरे की पर्णशाला से बाहर आने के पहले उसके विशेष भक्त जय-जयकार करते हुए आलोक-शब्द (वैशंपायन मुनि के पधारने की घोषणा) करते। वैशंपायन को विवश होकर सुनने को आतुर भक्तजनों के आगे प्रतिदिन कुछ-न-कुछ प्रवचन करना पड़ता। उसके कुछ भक्तजन तो आश्रम के स्थायी निवासी बन गए थे। चढ़ावे में इतने भक्ष्य-भोज्य और चर्व्य-चोष्य पदार्थ आते थे कि सैकड़ों लोग तृप्त होकर जीम लें। ऐसे में पक्कण के आश्रमवासी भक्तों को जीविका की कोई चिंता नहीं रह गई थी। वे

अकर्मण्य और आलसी हो गए थे।

वैशंपायन पिंजरे में बैठा-बैठा कभी एकदम मौन होकर बस्ती में चलते कार्यकलापों की मीमांसा करता रहता। उसे लगता कि केवल चांडाल स्त्रियाँ ही हैं, जिन्होंने उसके प्रति भक्तिभाव के होते हुए भी अपना दैनन्दिन कर्म और सहज धर्म नहीं त्यागा है। वे उसी तरह घर के कामकाज निपटातीं, मछलियों के जाल बुनतीं या वन्य पशुओं के चर्म साफ करतीं, सुखातीं और इन कार्यों से निवृत्त होने पर उसके दर्शन के लिए आतीं। बस्ती के पुरुषों को तो वैशंपायन की उपस्थिति ने अधिकांशतः निठल्ला बना दिया था। वैशंपायन को यह भी अच्छा नहीं लगता था कि वे उसे अपनी बस्ती की एक गौरवदायी वस्तु मात्र मानकर उसकी रखवाली करने लगे थे। फिर भी पक्कण के चांडालों के प्रति आरंभ में उसके मन में जो घृणा थी, वह अब नहीं रह गई थी। वह वैदिक यज्ञ और चांडालों की देवीपूजा के कर्मकांड की तुलना करता। पूजापद्धति में वैदिक कर्मकांड के स्थान पर पौराणिक विधान अधिक था, पर दोनों के पीछे मूल भावना क्या एक ही नहीं थी ? कलुष तो दोनों में था हिंसा का। भगवान् जाबालि के आश्रम में जो जीवन-पद्धति विकसित की गई थी, उसमें यह कलुष बिलकुल न था, पर वहाँ व्यक्तित्व का विलोप था।

कभी-कभी वैशंपायन स्वप्न देखता कि वह अपने पिंजरे के बंधन को जन-जन की मुक्ति में बदल देगा। वह अज्ञान के अँधेरे में डूबी इस बस्ती में ज्ञान का प्रकाश फैला देगा। पर उसका यह भ्रम शीघ्र ही दूर हो गया। वह भगवान् जाबालि तो नहीं हो सकता था, जो अपने तपःप्रभाव से बस्ती को एक तपोवन में बदल दे। उल्टे उसे लगा कि पक्कण के चांडाल कई बातों में उससे अधिक अनुभवी और ज्ञानी हैं। कुछ भी हो, उसके यहाँ रहने से पक्कण का मूल स्वरूप नष्ट हुआ जा रहा था। चांडालों का काम-धंधा चौपट हो गया था। वैशंपायन झल्लाकर सोचता कि उसके लिए इन लोगों की श्रद्धा क्या इसलिए है कि वह उनके लिए बैठे-बिठाए पेट पालने का साधन बन गया है ? पक्कण की पारंपरिक कलाएँ नष्ट हो रही थीं—चमड़े या हाथीदाँत से सुंदर वस्तुएँ अब वहाँ नहीं बनती थीं, जिनकी नगरों में बड़ी माँग थी। अलबत्ता एक नई कला वहाँ विकसित होने लगी थी—कुश्ती और अखाड़ेबाजी की, अस्त्र-शस्त्रों के अभ्यास की। कुछ नवयुवकों ने उसके आश्रम के एक भाग में अक्षवाट बना लिया था। वे वहाँ दंडबैठक, मंडल और चारी, अंगहार आदि का अभ्यास करते, लाठी, भाले, बर्छी आदि चलाने की कला सीखते। दूध-बादाम का सेवन करके वे दिन-भर वहीं पड़े रहते। ये नवयुवक उद्दंड भी थे। वैशंपायन चिढ़कर कभी-कभी उन्हें बुरा-भला भी कहने लगता—"यह मारधाड़ या युद्ध की तैयारी यहाँ किसलिए होती रहती है ?" वह क्रोध में भरकर उनसे पूछता। वे लोग हँसकर कहते कि गुरुदेव, आपकी सुरक्षा के लिए ही हम यह सब कर रहे हैं, आप नहीं जानते, हमारे ऊपर कितना बड़ा दायित्व है आपकी रक्षा का। आपको क्या पता, कितने कितने शत्रु आपके लिए घात लगाए बैठे हैं। कभी भी आपका अपहरण हो सकता है। हम अपने पक्कण की लाज को बचाकर रखेंगे।

वैशंपायन को लगता कि उनसे विवाद करना ही व्यर्थ है। कभी-कभी उसे लगता कि दोष उसी में है। वह कहीं भी स्थिर होकर क्यों नहीं रह पाता ? वह अपने पिता श्वेतकेतु के पास नहीं रह सका—जब वह पुंडरीक था। इस अधम तिर्यक् योनि में भी तो उसी ने अपने पिता का साथ छोड़ा। वह जाबालि के आश्रम जैसे शांत, परम पावन स्थान में नहीं टिक सका, जहाँ रहकर इस देह और उसके भोग से उसे मुक्ति मिल जाती।

इस ऊहापोह में केवल शंपा के सान्निध्य में ही उसे शांति मिलती। शंपा का सान्निध्य भी अब पहले की भाँति सुलभ नहीं रहा था उसके लिए। पर कुछ दिनों से उसने हठ करके शंपा की शय्या अपने पर्णकुटीर में ही लगाने की व्यवस्था करवा ली थी।

शंपा भी नारी हृदय के अपने संवेदन से वैशंपायन की निरीहता और उस पर मँडराते आसन्न खतरे को भाँप रही थी।

प्रारंभ में नई वस्तु देखकर जो उछाह होता है, वैसा ही वैशंपायन को यहाँ आकर हुआ था। पर अब उसे लगने लगा था कि यहाँ रहकर भी तो वह छीजता ही जा रहा है। वैशंपायन रचना चाहता था। उसे लगता था कि इतिहास और परंपरा उसके भीतर हैं, उसे इनको अभिव्यक्ति देनी है। अभिव्यक्ति के लिए शब्द चाहिए। शब्द उसे मुक्ति दिला सकते हैं, क्योंकि मुक्ति रचने में है। पर शब्द तो यहाँ उसके लिए बंधन के कारण बन गए थे। शब्दों के कारण ही उसे सुदास काका ने पकड़ लिया था, उन्हीं के कारण वह यहाँ बंदी है।

पर उस रात वैशंपायन को लगा कि शब्दों ने ही उसे बचा भी लिया था।

आधी रात का समय था। अमावस्या का सूचीभेद्य अंधकार फैला हुआ था। पर्णकुटीर में एक दीपिका मद्धिम-सी जल रही थी, वह भी पता नहीं कब हवा के झौंके से या अन्य किसी कारण से बुझ गई थी। सहसा वैशंपायन को लगा था जैसे भूचाल आया हो। पर तुरंत ही सँभल गया था वह, और वस्तुस्थिति भाँपकर चिल्लाया था, 'माँ, बचा सको तो बचाओ। लोग मेरा अपहरण कर रहे हैं।'

पास में लेटी शंपा फुर्ती से उठ खड़ी हुई। अपने उपधान के नीचे रखी छुरिका उठाकर उसने वैशंपायन का सोने का पिंजरा उठाकर ले जाती आकृति पर फेंकी। लक्ष्य चूका नहीं, एक भयंकर तीखी चीख पक्कण में गूँजी। व्याघ्रदेव भीतर सोए थे, उनकी नींद टूट गई। वे स्वयं जागरूक थे। अपने भेदियों से उन्हें खबर लगती रहती थी कि कहाँ-कहाँ से संकट मँडरा रहा है। तत्क्षण सँभलकर उन्होंने विश्वस्त अनुचरों को पुकारा, "आर्यक हो ! भीमक हो ! भेदक हो !!"

हाथ में प्रचंड कोदंड उठाए तूणीर कसे वीर चांडाल युवक दौड़ पड़े। तत्काल धर लिये गए तस्कर।

प्रातः सूर्योदय के पहले ही चारों तस्करों को व्याघ्रदेव की आज्ञा से मौत के घाट उतार दिया गया। व्यायामप्रेमी अखाड़ेबाज पहलवान युवकों को बुलाकर अच्छी तरह डपटा गया, जो इस सारी घटना के समय खर्राटे भरते हुए बेसुध पड़े सो रहे थे, उनसे

साफ कह दिया गया कि वैशंपायन के आश्रम को अब उनकी सेवाओं की आवश्यकता नहीं है, तत्काल यहाँ से अपना डेरा उठा लें।

रात की घटना से वैशंपायन उतना उद्विग्न नहीं हुआ था, जितना प्रातः की इस सारी कार्यवाही से। व्यथा उसके जी को भीतर से रेतने लगी। प्रातः की संध्या-पूजा में मन नहीं लगा। हर जन्म में उसके साथ यही क्यों होता आया है, बार-बार कोई-न-कोई गत्यावरोध आ जाता है मार्ग में।

प्रतिदिन की भाँति शंपा भोजन देने आई। उसका प्रिय आहार—उर्वारुक के टुकड़े, हरी मिर्च और कर्कटीखंड। पर भोजन सामने वैसा-का-वैसा ही रखा रहा।

"क्या हुआ ? क्या जी अच्छा नहीं है ?" चिंतित होकर शंपा ने पूछा।

"एक बात कहनी थी, माँ।"

शंपा प्रत्याशा में मौन खड़ी उसे ताकती रही। कुछ ठहरकर वैशंपायन ने कहा, "मेरे कारण यहाँ और अधिक हिंसा और रक्तपात हो, यह मैं नहीं चाहता। अब तो मुझे जाने दो।"

शंपा की आँखें भर आईं—"ठीक है, हम छोड़ देंगे तुझे। पर जाएगा कहाँ ?"

"अब मैं उड़ सकता हूँ।"

"अच्छा !" कुछ क्रोध और विस्मय प्रकट करते हुए शंपा ने कहा, "सचमुच तू तो बहुत बड़ा हो गया है रे ! कितनी दूर उड़ पाएगा यहाँ से बोल ? यहाँ से फुदककर इस पक्कण को भी पार न कर पाएगा कि कोई धर दबोचेगा।"

"मेरे कारण यहाँ फिर हिंसा तो न होगी।"

"तू क्या समझता है तेरे चले जाने से हम सुरक्षित हो जाएँगे ? दूर-दूर के देशों से महाजन तेरी बोली लगाने आते हैं हमारे पास। सोना, चाँदी, हीरे, मोती, मणि-माणिक्य चाहे जितने ले लो, बस, बोलने वाला तोता दे दो। पांचाल देश के राजा ने तो अपना आधा राज्य तक बाबा को देने का प्रस्ताव भेजा था तेरे बदले में। तुझे ऐसे ही छोड़ दिया, तो कौन विश्वास करेगा ? सब समझेंगे हमने तुझे छिपा दिया है। तुझे पाने के लिए वे हम पर आक्रमण कर देंगे।"

"मेरे यहाँ रहने पर भी कोई-न-कोई राजा आक्रमण कर ही सकता है।"

"हाँ, पर हमें परास्त करना सहज नहीं है। और कोई आसानी से हम पर यों हमला करने की सोच भी नहीं सकता। इस बीहड़ में घुसना कठिन है। फिर कुछ दिनों बाद तो वर्षा आ जाएगी। वर्षा निकल जाने दे, फिर मैं स्वयं तुझे लेकर चलूँगी।"

शंपा के बार-बार निहोरा करने पर वैशंपायन ने आहार ग्रहण किया।

शंपा के जी में खटका बैठ गया था वैशंपायन को लेकर। दुनिया के सबसे बहुमूल्य रत्न को वह यों खोना नहीं चाहते थे व्याघ्रदेव भी। वैशंपायन पर कड़ा पहरा बिठा दिया गया। दर्शनार्थियों पर सदा सजग दृष्टि रखी जाती। वैशंपायन सोने के अपने पिंजरे में बैठा हुआ उखड़े-उखड़े मन से सब देखता रहता। जिस स्थान को वह तपोवन में बदल देना चाहता था, वह आशंका और संशय से भरा व्यूहस्थल बन गया था। प्रायः वह उत्तर

की ओर मुख करके उधर ही दूर तक ताकता रहता जहाँ तक दृष्टि जाती। चिरप्रतीक्षा में रत, तप और साधना में अपनी देह गलाती महाश्वेता वहाँ थी। उत्तर से बहती हवा उसे भली लगती। वह सोचता, यह महाश्वेता को छूकर बहती हुई आ रही है। कभी वह दक्षिण की ओर देखता, जिधर से अगस्त्य मुनि गए थे, कभी पश्चिम की ओर, जहाँ महर्षि जाबालि का आश्रम था।

ग्रीष्म का समय प्रखर संताप फैलाता हुआ प्रकर्ष पर था। मल्लिका की चटकती कलियों में अट्टहास कर रहे थे महाकाल। उमस भभूंदल की तरह अन्तःकरण और बाह्य करणों से लिपट रही थी। उससे अधिक असह्य थी विकट प्रतीक्षा की उमस।

जाबालि के आश्रम में सब को पता चल गया है कि वह यहाँ है, पर किसी ने उसकी सुधि नहीं ली। क्या वह उन सबके लिए अब त्याज्य और अस्पृश्य बन गया है ? अब तो कुमार हारीत संभवतः उसकी ओर देखना भी न चाहें। संभव है, अब तो महाश्वेता एक बार फिर उसे न पहचाने। जिसके लिए वह वर्षों से तप कर रही है, वह एक रट्टू तोता-भर तो नहीं हो सकता। फिर वह किसके लिए जी रहा है ?

चरम हताशा में वैशंपायन अपनी नियति के प्रति उदासीन होने लगा। जेठ का महीना इसी तरह बीत गया। वर्षा आई। सारा वन रोमांचित हो उठा। ताप से दरकती धरती पर पहली बौछार पड़ी तो धरती ने गरम साँसें छोड़ीं। कदंब की शाखाएँ कंटकित हुईं, फिर कोरकित होकर फूलों से लद गईं। टटके कुटज के फूलों से पट गया सारा अरण्य। कई दिनों तक मूसलाधार वर्षा ने रुकने का नाम ही नहीं लिया। पंक में धँसता-सा पक्कण दुर्गंध का द्वीप बनता जा रहा था। उद्यान में खिलती मल्लिकाओं, रजनीगंधाओं की सुगंध भी शूकरों, महिष-महिषियों और सारमेयों के मल की भभकती दुर्गंध को न दबा पाती। वर्षा के कारण दर्शनार्थी भी बहुत कम हो गए थे। वैशंपायन के प्रवचन सुनने में भी लोगों की रुचि कम हो गई थी। उल्टे ओझा पिल्लइ देव के नेतृत्व में अब कुछ वयोवृद्ध चांडाल उसकी निंदा करने लगे थे। उनका कहना था कि इस तोते के कारण उनकी बस्ती विपत् में पड़ गई है। दूसरी ओर जिन अखाड़ेबाज नवयुवकों को व्याघ्रदेव ने उस घटना के बाद खदेड़कर बाहर कर दिया था, वे दबे-छिपे कोई षड्यंत्र रच रहे थे—ऐसी भनक व्याघ्रदेव को अपने भेदियों से मिली थी।

जिस रात को उसके अपहरण की असफल चेष्टा की गई, उसी रात वैशंपायन ने शंपा से कहा था, "इस पक्कण पर कोई घनघोर विपत् आने वाली है, माँ !" शंपा ने फीकी हँसी के साथ टाल दी थी उसकी बात। पर अब वह समझ रही थी उसकी भविष्यवाणी का मर्म। वैशंपायन के आने से पक्कण में सहसा अपार समृद्धि आ गई थी। उसका दुष्परिणाम यह हुआ कि चांडाल अकर्मण्य हो गए। वर्षा के लिए प्रतिवर्ष की भाँति उन्होंने कोई प्रबंध नहीं किया था। वर्षा आने के पहले हर बार चांडाल तरुण आसपास के गांवों और नगरों में चर्म, हाथीदाँत, व्याघ्रों और सिंहों के दाँत तथा चमड़े, चंद्रकांत मणियाँ, मूँगें आदि बेचने निकल जाते थे। वहाँ से वे अनाज लेकर लौटते थे, जिसे व्याघ्रदेव की हवेली में सुरक्षित रख दिया जाता। बस्ती के हर परिवार को फिर

आवश्यकता के अनुसार पर्याप्त मात्रा में अनाज यहाँ से मिलता रहता। इस बार युवकों ने सोच लिया था कि वर्षा में भी वैशंपायन महाराज की महिमा से उसी तरह खाद्य-पदार्थों का अंबार लगा रहेगा। व्याघ्रदेव की हवेली में पहले का जो संचित धान्य था, वह कब तक चलता ? धीरे-धीरे अकाल की छाया पक्कण पर मँडराने लगी।

मध्यरात्रि में शंपा, व्याघ्रदेव और वैशंपायन ने कुछ विश्वस्त रक्षकों के साथ गुप्त रूप से पक्कण छोड़ दिया। शंपा ने वैशंपायन से इतना ही बताया कि हम यहाँ से उत्तर की ओर चल रहे हैं।

वैशंपायन रोमांचित और उल्लसित हो उठा, वर्षा में फूल उठी कदंब की डाल की तरह। "मुझे छोड़ क्यों नहीं देतीं ? मैं उड़कर जा सकता हूँ वहाँ !" कुछ अभिमान से उसने शंपा से कहा।

हर बार की तरह शंपा ने न उसे कोई उलाहना दिया, न हँसी-ठिठोली की। ओठों पर तर्जनी रखकर धीरे से कहा कि "एकदम चुपचाप रहना है, बोले कि गए।"

वैशंपायन समझ गया कि जिह्वा का थोड़ा-सा भी चापल्य स्वयं उसके लिए ही नहीं, शंपा और व्याघ्रदेव के लिए भी बड़े संकट का कारण बन सकता है। वह तब से जो चुप्पी साधकर बैठा तो शंपा की बातों का भी संकेत से ही उत्तर देता। बीहड़ वनों, दुर्लंघ्य पर्वतों को पार करके विन्ध्य की शृंखलाओं पर होते हुए वेत्रवती के तट पर आ गए। उस पार विदिशा नगरी थी।

कुछ दिनों से वर्षा रुक-रुककर होती रही थी। वेत्रवती में उफान आ रहा था। उत्ताल तरंगों की भृकुटियों से वह इन लोगों को आगे बढ़ने से बरज रही थी।

व्याघ्रदेव ने पास के वनग्राम में डेरा डाल दिया और वेत्रवती के उतरने की प्रतीक्षा करने लगे। वनग्राम बड़ा हरा-भरा था। जामुन और जंबीर के वृक्षों पर नागवल्लियों ने सघन कुंज रच दिए थे। कदंब के फूलों के पराग से आकाश आच्छादित हो रहा था। पके आम, शीतर्तु फल और पीलुओं की सुगंधि निरंतर नथुनों में भरती रहती। गाँव के लोग प्रायः वन्य पशुओं को भगाने के लिए चावल का भूसा जलाते। गाँव के बाहर विशाल वट वृक्ष था। उसके चारों ओर कँटीली बाड़ लगाकर गायों का बाड़ा बनाया गया था। इस बाड़े के आसपास बाघों को फँसाने के लिए खाइयाँ बनाई गई थीं, क्योंकि प्रायः व्याघ्र बाड़े में घुसकर गायों को उठा ले जाते थे। लोहे के तवे की तरह काली मिट्टी थी, केवल कुदाली से कोड़कर परती जमीन तोड़कर कहीं-कहीं खेतों के छोटे-छोटे टुकड़े निकाले गए थे।

गाँव के बाहर प्याऊ थी। वहीं इन लोगों ने डेरा डाला। प्याऊ के आसपास पथिकों ने सत्तू खाकर जो सकोरे फेंके थे, उन पर मक्खियाँ भिनभिना रही थीं। आसपास कीचड़-ही-कीचड़ था, केवल एक मड़िया में कुछ सूखा स्थान था।

व्याघ्रदेव के साथियों ने मार्ग में कटहल, आम्र और जंबीर के कुछ फल इकट्ठे कर लिये थे। उन्हीं में से वैशंपायन को खिलाकर इन लोगों ने कुछ आहार किया। बैठे हुए आगे बढ़ने की योजना बना ही रहे थे कि ग्राम प्रतीहार आ गया। पूछताछ करने लगा।

उसके बाद बोला, "चलो ग्राममुख्य बुलाते हैं।"

व्याघ्रदेव को लगा कि जाए बिना छुटकारा न होगा। पहले सोचा, अकेले ही हो आएँ, फिर लगा, इन लोगों को अकेले छोड़ना और स्वयं अकेले जाना ठीक नहीं, पता नहीं किधर से कौन-सी विपत् आ पड़े। सब को साथ लेकर ग्राममुख्य के सामने उपस्थित हुए।

ग्राममुख्य अपने भवन के आगे आसंदिका पर पालथी मारकर बैठा धूमवर्ति पी रहा था। प्रतीहार ने इन लोगों को कुछ दूर रुके रहने का संकेत करके उसके पास पहुँचकर उसे सूचना दी। ग्राममुख्य कुछ देर तक बिना कुछ कहे आँखें मूँदे धूमवर्ति गुड़गुड़ाता रहा। फिर प्रतीहार से बोला, "भेजो उन लोगों को इधर।"

व्याघ्रदेव ने अपना परिचय छिपाने के लिए दूर से ही उसे झुककर प्रणाम किया। ग्राममुख्य उनको गौर से देखता हुआ खोद-खोदकर उनसे गाँव का पता-ठिकाना और इधर आने का कारण पूछने लगा। "वेत्रवती जो है, बड़ी विकट नदी है, एक बार चढ़ गई तो अब यह नहीं उतरेगी महीने-भर।" फिर उसने कहा।

"क्या करें महाराज, किसी तरह विदिशा पहुँच जाते।" व्याघ्रदेव ने दीनता से कहा।

"किसलिए जाना चाहते हो विदिशा ?"

"विदिशा में हमारा दामाद है, महाराज। देखिए, इस फूल-सी छोटी-सी बिटिया को छोड़कर चला गया है। इसे उसके पास पहुँचा दें बस। उसके बाद सारी चिंता से छुटकारा मिल जाएगा।"

"अरे ऐसी रूपवती बहुरिया को छोड़कर चला गया। कैसा पुरुष है ?" ग्राममुख्य ने ललचाई दृष्टि शंपा के ऊपर डालते हुए कहा। फिर उसकी दृष्टि पिंजरे में मौन बैठे वैशंपायन के ऊपर गई—"यह तोता कैसा है पिंजरे में।"

"बड़ी जिद्दी लड़की है, महाराज यह। कहा कि अब इस तोते को तो छोड़ दे। बचपन से इसे पाला है इसने, तो साथ ही ले जाएगी।"

"तुम लोगों को बोलने वाले तोते का पता है ? सुना है, उधर दंडक वन में किसी चांडालराज के पास एक बोलने वाला तोता है, जो भूत, भविष्य, वर्तमान सब बता देता है ?"

"अच्छा !" व्याघ्रदेव ने आश्चर्य प्रकट करते हुए कहा, "यह तो बड़ी अचरज की बात है ! हमें अब तक पता न था !"

ग्राममुख्य ने कुछ उदासीन होकर बताया कि विन्ध्य की शृंखला पार करके उस पार पहुँचने का एक और रास्ता है, जिसमें नदी नहीं आती। पर मार्ग बड़ा दुर्गम है। और बीच-बीच में बर्बर शबरों ने डेरा डाल रखा है।

"सबर हमारा क्या करेंगे, महाराज ? हमारे पास है ही क्या ?"

अगले दिन वे विन्ध्य की मेखलाओं पर चढ़ते हुए विदिशा पहुँचने के दूसरे मार्ग पर बढ़ने लगे। ग्राममुख्य ने ठीक ही कहा था। यह मार्ग बड़ा ही दुर्गम था। गहन कांतार, शिलावेश्म, प्रस्तरों से भरे नुकीले पथ। पथ भी एकदम अपरिचित। किसी तरह अनुमान

से व्याघ्रदेव शंपा और अपने सहायकों के साथ आगे बढ़ते गए। वैशंपायन बहुत विषण्ण था। एकांत में, रात में, अवसर मिलने पर वह शंपा से बहुत दबे मंद स्वर में यही कहता, "अभी भी मुझे इस पिंजरे से मुक्त कर दो। तुम लोग लौट जाओ। क्यों मेरे कारण इतना कष्ट उठा रहे हो ?"

"तेरे स्वभाव की चंचलता नहीं गई अभी भी। फिर किसी संकट में गरदन फँसानी है क्या ?" शंपा कहती। उसके स्वर में भी पहले की प्रफुल्लता और चंचलता अब न थी। हँसती भी तो विषाद की जंजीरों में जकड़ी हँसी।

ठीक उस समय जबकि विदिशा के उत्तुंग सौध, उसके मंदिरों पर फहराती पताकाएँ और उसका वासुदेव का स्तंभ दूर से दिखाई देने लगे थे। विन्ध्य के शिखर से उतरते हुए उन लोगों को बर्बर शबरों ने घेर लिया। शबर इतने फुर्तीले कि व्याघ्रदेव के रक्षकों की उनके आगे एक न चली। उन्होंने सबको बाँधा और शबर सेनापति के सामने प्रस्तुत कर दिया।

शबर सेनापति को देखकर वैशंपायन की तो घिग्घी ही बँध गई। उसके बाद वह बहुत धीरे-धीरे दबी-घुटी सिसकियों में रोने लगा।

"क्या हुआ, विशु ?" शंपा ने फुसफुसाकर पूछा।

"अब सब समाप्त है। यह शबर सेनापति बड़ा दुर्दांत है। मेरे पिता की मृत्यु इसी के कारण तो हुई थी। यह वही है—हत्यारा !"

विन्ध्य की चट्टान पर चट्टान की तरह तना हुआ बैठा था शबर सेनापति। दो सेवक काले पत्थर से तराशकर बनाई गई-सी उसकी पिंडलियों को सहला रहे थे। अनेक शबर सेवक भोजन पकाने में लगे हुए थे। तीतर, बटेर तथा अन्य पक्षियों के मांस की गंध फैल रही थी।

"कौन हो तुम लोग ?" बहुत कर्कश स्वर में शबर सेनापति ने पूछा।

व्याघ्रदेव ने वही उत्तर दिया जो ग्राममुख्य को और अब तक दूसरे अपरिचित लोगों को वे देते आए थे। वे दक्षिण से आए कृषक हैं, अपनी बेटी को दामाद के पास पहुँचाने विदिशा जा रहे हैं।

शबर सेनापति ने अपने पीछे खड़े सेवकों को संकेत किया। सेवकों ने शंपा की काँख में दबी पोटली छीन ली। पोटली में कुछ न था, वैशंपायन के लिए कुछ फल और एक दो कपड़े। चलते समय कुछ मणि-माणिक्य जो शंपा ने साथ ले लिये थे, वे उसके परिधान में छिपे थे। शबर सेनापति घूर-घूरकर शंपा को ही देख रहा था। वैशंपायन को बहुत बुरा लग रहा था उसका इस तरह देखना। अशुचिता उसकी दृष्टि से बरस रही थी। "इस लड़की को पकड़कर हमारे डेरे पर ले जाओ। बूढ़े को पहाड़ से नीचे फेंक दो।" उसने कहा।

वैशंपायन ने डरकर चीत्कार किया। शंपा ने क्रोध में भरकर उसे घुड़क दिया। उसे डर था कि कहीं घबराहट में वैशंपायन बोलना आरंभ न कर दे।

सेवक वैशंपायन के पिंजरे को दूर फेंककर शंपा को एक ओर ले जाने लगे। दूसरे

सेवकों ने व्याघ्रदेव को पकड़कर घसीटना आरंभ किया। तभी दो-तीन हरकारे दौड़े आए। "सरदार, दंडक के उस पक्कण को तो वहाँ का चांडाल राजा छोड़कर भाग गया है। पक्कण के आवारा युवकों ने उसकी हवेली लूट ली है। वहाँ अब कुछ नहीं है।"

शबर सेनापति ने व्याघ्रदेव और शंपा को पकड़कर ले जाते सेवकों से कहा, "ठहरो।" फिर वह उठा और व्याघ्रदेव के पास आकर उसे घूरने लगा। फिर ठठाकर हँसते हुए बोला, "तो तुम हो चांडालों के राजा, जिसके पास बोलने वाला तोता है यह। हम तो तुमको ही लूटने जा रहे थे। तुम यहीं मिल गए। चूहा स्वयं चला आया मार्जार के पास !"

"नहीं, हम वह नहीं हैं, जो तुम समझ रहे हो।" व्याघ्रदेव ने कहा।

शबर सेनापति ने तीव्र अट्टहास किया।

आधी रात का समय। शबर शिविर में भयंकर कोलाहल और चीत्कार सुनाई दिया।

"माँ, उठो ! जंगली हाथी आ गए।" वैशंपायन ने शंपा को जगाया। शंपा को अभी-अभी झपकी-सी लग गई थी। वह फुर्ती से उठ खड़ी हुई वैशंपायन को उठाया और उपकार्या के खुले द्वार से बाहर निकल आई। उपकार्या के द्वार पर शबर सेनापति के द्वारा नियुक्त प्रहरी वन्य गजों के भय से भाग गए थे। शबरों के डेरे में महाकाल जैसे तांडव कर रहे थे। शंपा बदहवास इधर-उधर भागने लगी। तभी हाथियों द्वारा कुचल दिए गए मतवाले दुर्दांत शबर दस्यु सेनापति के शव पर उसका पाँव पड़ गया। भय से वह चीख उठी। वैशंपायन ने उसे डाँटकर कहा, "यह क्या बचपना है ? बाबा को देखो, वे उधर सेवकों की उपकार्या में होंगे।"

शंपा उसी ओर दौड़ी। सौभाग्य से व्याघ्रदेव सुरक्षित थे, उपकार्या के भीतर रस्सियों से बँधे हुए। शंपा ने काँपते हुए करों से जल्दी-जल्दी उनके बंधन खोले और एक हाथ में वैशंपायन को पकड़े और दूसरे में पिता को सहारा देते हुए तेजी से वहाँ से चल पड़ी।

अगले दिन अपराह्न में थके-हारे किसी तरह तीनों विदिशा पहुँचे। व्याघ्रदेव, शंपा और वैशंपायन ने विदिशा के बाहर उपवन में डेरा डाला।

भोर हुई। वैशंपायन ने ही टें-टें करके दोनों को जगाया। दोनों थककर इस तरह चूर थे कि दैनिक कृत्यों में हाथ-पाँव नहीं चल रहे थे। किसी तरह निपटकर व्याघ्रदेव नगर का चक्कर लगाने निकल गए।

फिर प्रतिदिन का यही क्रम बन गया। वैशंपायन आतुर होकर पूछता कि यहाँ से आगे कब चलेंगे, कब करेंगे हिमालय की ओर प्रस्थान ? शंपा उसे धीरज रखने को कहती। व्याघ्रदेव प्रतिदिन राजदरबार तक जाते। प्रहरी उन्हें रोक देते। वे विवश होकर लौट आते। सब चला गया। पक्कण का राजपाट, हवेली, सारी धनसंपदा। दोष किसका था इसमें ? चांडाल तो चांडाल ही निकले। आपस में लड़-लड़कर सब मिटा दिया उन्होंने, तो क्या करें ? अब तो पक्कण भी वापस नहीं लौट सकते। यहाँ से भी आगे नहीं जा

सकते। यह त्रिशंकु की भाँति कहाँ अधर में निलंबित हो गए। फिर अपने जी को आश्वस्त करते कि वैशंपायन जैसे ज्ञानी महात्मा की सेवा करने का अवसर मिला—यह क्या कम बात है ! बस किसी तरह राजा शूद्रक से भेंट हो जाए। सुना है, सचमुच बड़ा प्रतापी है। वह वैशंपायन के लिए अवश्य कुछ करेगा।

पर धीरे-धीरे धीरज चुकता जा रहा था। बहुत थके और उदास रहने लग गए थे व्याघ्रदेव। शयन के पूर्व शंपा उनके पाँव दबाती, सिर पर उँगलियाँ फिराती और आश्वासन देती उन्हें—"तुम चिंता मत करो, बाबा ! सब ठीक हो जाएगा !"

शंपा के पास जो माणिक्य थे, उन्हें एक-एक करके बेचकर काम चल रहा था। धीरे-धीरे चुकती जा रही थी व्याघ्रदेव की संपत्ति, रीत रही थी शक्ति और छीज रही थी अनुरक्ति। बढ़ रही थी दुर्बलता। दुगनी होती जा रही थी दीनता।

उस दिन शंपा ने प्रातः ही दृढ़ स्वर में कहा, "आज विशु और मैं—दोनों आपके साथ चलेंगे, बाबा। बहुत हो गया। इस तरह कितने दिन प्रतीक्षा कर सकते हैं हम ? ऐसा कैसा राजा है यह ? तीनों लोकों में सबसे दुर्लभ रत्न हम उसे सौंपने यहाँ आए हैं, और उसे हमसे मिलने का अवकाश नहीं। मैं तो सीधे धड़धड़ाती घुस जाऊँगी राजसभा में। चिल्लाकर कह दूँगी उसी के मुँह पर—'अरे राजा, यही तेरा आचरण है, यही शिष्टाचार है तेरे यहाँ का ? बूढ़ा आदमी प्रतिदिन प्रार्थना करता है प्रहरियों से, और मानुष रूप धारी वे राक्षस प्रतिदिन टाल देते हैं उसे ! प्रतिदिन यही उत्तर कि महाराज को अवकाश नहीं है, नहीं मिलेंगे। बड़े आए महाराज !'

व्याघ्रदेव ने फीकी हँसी के साथ कहा, "बेटी, यही सही। तू सदा अपनी जिद पूरी करती आई है। चल तैयार हो जा।"

शंपा ने अपने विदिशा आकर खरीदे गए वस्त्रों में सबसे उत्तम नीला कंचुक पहना, उसके ऊपर लाल अंशुक डाल लिया। ललाट पर गोरोचना का टीका लगा लिया। वैशंपायन ने उसे देखकर धीरे-से हँसते हुए कहा, "आज तो शिव के अनुकरण में तीसरा नयन ललाट पर बनाकर प्रकट हुई भवानी-सी लग रही हो, शंपा। शंपा ने कहा, "तू मेरा गणेश है न, आज तुझे अच्छे स्थान पर ले जाऊँगी।"

फिर शंपा ने मुक्ताहार धारण किया। साँवली देह पर कंठ में झूलते उस हार की आभा में वह यमुना-सी बन गई, जिससे गंगा की धारा आ मिली हो। फिर एक बार वैशंपायन का पिंजरा धोकर स्वच्छ कर दिया। "क्या आज चल रहे हैं हिमालय की ओर ?" वैशंपायन ने पूछा।

उसका स्वर कुछ ऊँचा उठ गया, तो शंपा ने घुड़ककर कहा, "धीरे ! आसपास के लोग तुझे बोलता सुन लेंगे।" फिर एक क्षण चुपचाप उसे ताकती रही और विषण्ण स्वर में हँसकर बोली, "हम विदिशा के महाराज शूद्रक से मिलने जा रहे हैं। चक्रवर्ती राजा हैं। बड़ा प्रताप है उनका।"

"क्यों ? किसलिए ?" अधीर होकर वैशंपायन ने पूछा।

"हम उनसे तेरी रक्षा की प्रार्थना करेंगे। हम अकेले तुझे हिमालय तक नहीं पहुँचा

सकते। तस्करों के गिरोह हमारे पीछे लगे हैं। उस रात्रि में वन्य गजों के उपद्रव में बचे शबर भी हमारी गंध सूँघते यहाँ तक आ पहुँचे हैं। और हिमालय अभी भी बहुत दूर है।"

"जैसी तुम्हारी इच्छा, माँ !" वैशंपायन ने जैसे अपने-आप को अब नियति के या शंपा के प्रति अर्पित कर दिया था।

प्रतिदिन की भाँति प्रहरियों ने व्याघ्रदेव को द्वार पर रोका। शंपा एकदम से बिफर उठी—चिल्ला-चिल्लाकर प्रहरियों को फटकारने लगी। प्रतीहार ने चिढ़कर कहा, "बहुत बढ़-बढ़कर बोल रही है, लड़की। बंद कर दो कारागार में।"

पर तभी कोलाहल सुनकर महाप्रतीहार द्वार पर आ गए। "ठहरो !" शंपा और व्याघ्रदेव को घसीटकर ले जाते प्रहरियों को रोककर उन्होंने स्थिर दृष्टि से दोनों को देखा और पूछा, "बात क्या है ?"

"क्षमा करें, प्रभु। ढीठ कन्या है। लाड़ में पली है। अबोध है। अज्ञानवश अविनय कर गई है।" व्याघ्रदेव ने हाथ जोड़कर कहा।

"चुप भी करो, बाबा।" शंपा ने क्रुद्ध स्वर में कहा, "मैं बताती हूँ इन्हें।" फिर वह महाप्रतीहार से बोली, "मेरे बाबा इतने दिनों से प्रतीहार भूमि में प्रतिदिन उपस्थित हो रहे हैं। वृद्ध हैं वे। राजा के हित के ही लिए उन्हें राजा से भेंट करनी है। कह रहे हैं कि राजा से हमें कुछ माँगना नहीं हैं, बल्कि उसे कुछ देना है। और तुम्हारे प्रतीहार इतने नीच हैं कि प्रतिदिन उन्हें टाल देते हैं। उत्कोच लेकर दूसरों को भीतर जाने देते हैं। यही न्याय है विदिशा नगरी का ? यही व्यवस्था है यहाँ की ?"

महाप्रतीहार ने ताली बजाई। दो रक्षक तत्क्षण दौड़े आए। उन्होंने रक्षकों को आदेश दिया—"इन दोनों प्रतीहारों को यहाँ से हटा दो। इन्हें दंड मिलेगा। महाराज के आस्थानमंडप के द्वार पर नियुक्त प्रतीहारी वेत्रवती से कहो, इन लोगों को महाराज के दर्शन कराए।"

कथामुख

प्रभात की प्रथम किरण अभी-अभी फूटी ही थी। बाल-रवि के मुख से दमकता पाटल रंग धीरे-धीरे धुलने लगा था। राजा शूद्रक अपने आस्थानमंडप में बस आकर विराजे ही थे कि लचकती वेत्रलता हाथ में झुलाती प्रतीहारी वेत्रवती मणिखचित भूमि पर सधे हुए चरण धरती उनके आगे उपस्थित हो गई। राजसिंहासन के दोनों पार्श्वों में बैठे राजा और सभासद उसके मुख की आब से सहम-से गए। ऐसा लगा जैसे विदिशा की अधिष्ठात्री देवी उस सभा में आ उतरी हो।

महाराज के सम्मुख पहुँचकर वेत्रवती ने झुककर घुटने टेके, अंजलि बाँधी और माथा टेका। फिर सविनय सिर ऊपर कर बोली—"देव, द्वार पर एक चांडाल कन्या उपस्थित है। पंजर में एक शुक है उसके पास। कहती है—इस धरती के सारे रत्नों के महासागर हैं महाराज और यह पंछी इस धरती का सबसे बड़ा रत्न है। मैं इसके साथ महाराज के दर्शन का लाभ पाना चाहती हूँ। तो जैसी आज्ञा दें प्रभु !"

राजा शूद्रक ने आसपास बैठे राजाओं पर दृष्टि डाली, फिर बोले, "क्या हानि है, उसे आने दिया जाए।"

राजादेश पाकर प्रतीहारी पलटी। शंपा और व्याघ्रदेव के साथ वैशंपायन को आस्थानमंडप में ले आई। शंपा के आनन पर टिके महाराज शूद्रक के नयन तो उसे निर्निमेष निःस्पंद ताकते रह गए।

महाराज शूद्रक परम प्रतापी, साहित्य, संगीत आदि सभी कलाओं में परम निपुण, गुणज्ञ सम्राट् थे। प्रतिदिन इस आस्थानमंडप में उनके अधिष्ठान में प्रायः विद्वानों की गोष्ठियाँ होती रहती थीं। रसिकों, कलावंतों और पंडितों के लिए राजा आदरास्पद और आश्रयदाता थे, धनुर्धारियों के लिए प्रत्यादेश थे, सुंदरियों के आकर्षण का केंद्र थे, यद्यपि स्वयं किसी स्त्री के प्रति कभी राग का अनुभव उन्होंने अपने इस जीवन में अभी तक नहीं किया था। अन्तःपुर में सैकड़ों रानियाँ थीं, सब उनका प्रेम पाने को तरसती थीं। शूद्रक थे कि राजकाज और कला, संगीत, साहित्य या अन्यान्य कार्यों में पूरी तरह अपने-आप को उलझाए रहते थे। कभी वादन करने बैठते तो मेघमेदुर मांसल मृदंग की थापों से राजप्रासादों को गुंजा देते, कभी मृगया पर निकल जाते तो बाणों की धारासार बौछार से जंगल के जंगल हिंस्र पशुओं से शून्य करते निकल जाते। प्रायः तो वे काव्य,

नाटक, आख्यान, आख्यायिका, प्रहेलिका आदि से जी बहलाते रहते थे। विदिशा नगरी उनके आधिपत्य में भारत भूमि का अलंकार बनी सारी धरती के वैभव से मंडित थी।

शंपा ने निर्भीक दृष्टि राजा पर डाली। 'राजा सचमुच बड़ा प्रतापी प्रतीत होता है।' उसने सोचा।

चंद्रकांत मणि की पर्यंकिका पर विराजमान थे राजा शूद्रक। वाम चरण उन्होंने स्फटिक के पादपीठ पर रख लिया था, जिससे चंद्रमा उनसे हारकर उनके चरण के नीचे आ गिरा लगता था। कुट्टिम पर विन्यस्त नीलम मणियाँ उनके चरण के रक्ताभ नखों पर नील वर्ण की आभा लीप रही थीं। पर्यंकिका में चारों ओर जड़ी पद्मराग मणियों से उनकी काया रक्ताभ हो उठी थी। जिसके ऊपर अमृत के फेन जैसे धवल दुकूल चामरों की हवा से फहरा रहे थे। सुरभित चंदन के अनुलेप से धवल उनके वक्षःस्थल पर बीच-बीच में कुंकुम की छाप अंकित थो, जैसे हिममंडित कैलास के शिखर पर सबेरे की धूप के टुकड़े बिखरे हों। स्वर्णाभरणों की दिप-दिपाती कांति से घिरे वे शिव के तीसरे नेत्र-से फूटी लपटों में लिपटे कामदेव से लगते थे।

एक क्षण तो शंपा राजा के अनुभाव से कुछ सहमी-सी खड़ी रही। फिर सँभलकर उसने राजा और उनके दोनों ओर बैठे सामंत समाज का ध्यान अपनी ओर खींचने के लिए लाल कमल-सी अपनी हथेली में पकड़े हुए बेंत को धरती पर ठकठकाया। उसकी कलाई के वलय झंकृत हो उठे। सारे राजसमाज के नयन उस झंकार से खिंचकर शंपा के मुख पर जा टिके।

विदिशा के बाजारों में अपार स्वर्ण बिखरा रहता था। कुछ दिन पहले ही शंपा ने अपने पास का सबसे बहुमूल्य रत्न बेचकर वैशंपायन के लिए सोने का पिंजरा बनवा लिया था। पिंजरे की सोने की शलाकाएँ वैशंपायन के देह से फूटती नीलम की ज्योति में पुतकर हरी-सी दिखती थीं। उसे हाथ में उठाए शंपा अमृतकलश लिये मोहिनी वेशधारी विष्णु-सी दिखती थी। एड़ी तक नील कंचुक पहने होने से वह नीलम मणि की चलती-फिरती पुतली प्रतीत हो रही थी। कंधे पर लाल अंशुक पड़ा होने से वह नील कमलों से भरी ऐसी भूमि-सी दिखती थी जिस पर संध्या की धूप बिखरी हो। कान में मुक्ताओं वाला झुमका उसके कपोल को धवल बना रहा था और वह दूधिया चंद्रकिरण में नहाती रात-सी दिखती थी। निद्रा की तरह उसने राजसमाज के नयन हर लिये, मूर्च्छा की तरह उनके मन पर अधिकार कर लिया। उसकी मुष्टिमेय कटि राजसभासदों को कामदेव के धनुष की यष्टि-सी लगी।

"ऐसा अद्भुत रूप और इस कुल में।" निर्निमेष नेत्रों से उसे ताकते सबके सब सोचने लगे।

शंपा ने प्रगल्भतापूर्वक प्रणाम किया महाराज शूद्रक को। व्याघ्रदेव ने अपना परिचय दिया। राजा ने तत्काल आसन पर उन्हें बिठाया। शंपा पिता के पास शूद्रक के रोकते-रोकते मणि जटित कुट्टिम (फर्श) पर बैठ गई। शूद्रक ने पूछा, "कहिए चांडालराज,

आपके पक्कण में सब कुशल तो है ? विदिशा नगरी में कैसे आना हुआ, और वह कौन-सा दुर्लभ रत्न है, जिसे आपकी पुत्री हमें दिखाना चाहती है ?''

व्याघ्रदेव ने कहा, ''महाराज, वह अद्‌भुत रत्न यह तोता है। इसका नाम वैशंपायन है। इसे सारे शास्त्र कंठस्थ हैं। राजनीति इसने घोंटकर पी रखी है। पुराण, इतिहास, कथाएँ– सब ऐसे सुनाता है जैसे साक्षात् व्यासपुत्र शुकदेव अवतरित हुए हों। पता नहीं कितने काव्य, नाटक, आख्यान आदि इसने रटे हुए हैं। संगीत, चित्र, नाट्य आदि सब कलाओं का यह मर्मज्ञ है।''

शंपा ने पिंजरा तनिक राजा की ओर सरकाया। राजा ने कौतूहल से वैशंपायन को देखा। इस बीच आसपास बैठे पंडितों, सामंतों में खुसुरपुसुर होने लगी।

''प्रतिदिन कुछ-न-कुछ नाटक होता ही रहता है इस राजसभा में। कभी कोई तांत्रिक चला आएगा, कभी कोई ज्योतिषी।'' पंडित हरिदत्त ने कहा, ''अब इन्हें देखो, इन चांडाल लोगों को। एक ठो तोता उठाकर चले आए। कह दिया–''बड़ा ज्ञानी तोता है।''

''तो क्या हुआ मित्र ? इन बेचारों को भी कुछ प्राप्ति होने दो।'' पंडित श्रीनिवास ने कहा।

वैशंपायन ने अपना दाहिना चरण उठाकर अत्यंत सुस्पष्ट स्वर में एक-एक अक्षर के विशद उच्चारण के साथ आरोह, अवरोह, काकु, और द्रुत, मंद्र, दीप्त स्वरों का ध्यान रखते हुए यह आर्या कही–

''दहक रही हैं हिय में लपटें धधके उस शोकानल की
आपकी रिपुस्त्रियों के, राजन् भीतर ही भीतर।
उसी अनल के आगे उनके उरोजयुगल अविरत
आसूँ में नहा नहा, विमुक्ताहार कर रहे व्रत।।''

राजा सुनकर चकित रह गए। एक क्षण तो पंडित और राजसभासद समझ ही न पाए कि कहाँ से काकली-सा यह स्वर फूटा। कवियों के मुख म्लान हो गए। वे सोचने लगे कि तोता जब ऐसी कविता सुनाने लगा, तो अब हमें कौन पूछेगा ? महाराज के सबसे चहेते पंडित ज्ञानराशि ने कहा, ''कुछ भी कहिए, पकड़ है तोते को कविता की। श्लेष का प्रयोग कर दिया। विमुक्ताहार अर्थात् आहार छोड़कर और मुक्ताहार छोड़कर। अच्छा पकड़ा। उक्ति सुंदर है।''

महाराज ने बृहस्पति के समान नीतिशास्त्र में पारंगत कुमारपालित नाम के अपने प्रधान अमात्य की ओर देखा और बोले, ''आपने सुना ? कितना सुस्पष्ट उच्चारण है। स्वर भी कितना मधुर ! उस पर यह काव्यप्रतिभा ! लगता है कवि कालिदास की आत्मा इस नन्हे पक्षी के पंजर में उतर आई है। विलक्षण संयोग है।''

वैशंपायन कहने को था कि महाराज, कृपा करके ऐसी सामान्य बल्कि अधम कविता को कालिदास के नाम से तो मत जोड़िए, तभी अमात्य कुमारपालित बोल पड़े, ''इसमें आश्चर्य क्या है, राजन् ? शुक और सारिकाएँ मनुष्यों की वाणी का जस-

का-तस अनुकरण करके दोहरा देते हैं—यह तो आज भी हम देखते ही हैं। वाक् का संस्कार तो है इनमें। वाक् प्रतिभा भी है। कभी-कभी यह संस्कार अतिशय को प्राप्त हो जाता है तो अभिव्यक्ति भी सहज संभव बन जाती है तिर्यक् योनि में पड़े जीवों तक के लिए।''

''पहले तो ये तिर्यक् योनि वाले भी मनुष्यों की वाणी में निर्गल बोलते ही थे।'' पंडित रुद्रदेव जी ने कहा।

''पहले किस युग में ?'' श्रीनिवास ने पूछा।

''पुराणों में वर्णन मिलता है। अग्नि के शाप से तोतों की जिह्वा उलट गई, तो इनकी वाणी अस्फुट हो गई। वास्तविक बात तो यह है कि ये तोते आदि जो जीव-जंतु हैं पहले बहुत अधिक बोलते थे। इतना अधिक कि मनुष्य इनके मारे घबरा जाते। ये तो मनुष्यों को चैन से ही न रहने देते, बात बात में टोकें—इसलिए फिर इनकी वाणी छीन ली गई।''

''ऐसा तो किसी पुराण में नहीं है।'' ज्ञानराशि ने कहा।

ठीक इसी समय पटह की तीव्र ध्वनि गूँज उठी। आस्थानमंडप उससे दोलायित हो उठा। महाराज शूद्रक हँसकर बोले, ''आज के इस विवाद का निर्णय कल होगा।''

पटह की ध्वनि का रुकना था कि शंख का गंभीर नाद धरती से लगाकर आकाश तक के विवर को कँपाता हुआ गूँज उठा। वैतालिक राजा की विरुदावली गाते हुए गुहार करने लगे कि मध्याह्न के स्नान का समय हो गया। राजा ने कंचुकी को बुलाकर आदेश दिया कि चांडालराज तथा चांडाल राजकुमारी के आतिथ्य और निवास की अच्छी व्यवस्था करा दी जाए, सब तरह से इनका सत्कार किया जाए। तभी एक मुँहलगी दासी ने आकर महाराज से कहा कि अंतःपुर से देवियाँ निवेदन करती हैं कि वे भी इस वाक्पटु तोते के दर्शन करना चाहती हैं।

''आपकी अनुमति है ?'' महाराज शूद्रक ने वैशंपायन से ही पूछ लिया।

''अपनी माँ के बिना मैं कहीं नहीं जाऊँगा।'' वैशंपायन ने अरुचि के साथ कहा, ''और रानियों के बीच रनिवासों में रहना मुझे सुहाता नहीं है।''

''कौन हैं इनकी माता जी ?'' शूद्रक ने व्याघ्रदेव से पूछा।

''यह मेरी बिटिया।'' व्याघ्रदेव ने कहा, ''मुनिमहाराज इसी को अपनी माँ मानते हैं।''

''अच्छा !'' खिलखिलाते हुए राजा ने कहा, ''ये तो सदैव इनके साथ ही रहेगी, चाहे जहाँ भी ये रहें। पर इनके पुण्य दर्शन का लाभ हमारे अंतःपुर की अभागी रानियों को भी तो कुछ मिले।''

स्नान के लिए राजा उठे तो आस्थानमंडप में हड़कंप-सा मच गया। अनुगत राजा हड़बड़ाकर उनके चरण छूने को झुके तो जनसंमर्द में एक के अंगदया पत्रभंग की नोक दूसरे के अंशुक को चीर गई, किसी के कंधे दूसरे के कंधों से टकराए, तो कुंकुम और पटवास की धूलि से दिशाएँ पिंजारित हो गईं।

चँवर कंधों पर धरकर चल पड़ी चामरग्राहिणियाँ। कलहंस के जर्जर रव-सी फैल गई उनके चरणों में बँधे नूपुरों की रुनझुन। घिसे काँसे की थाली के वादन-सा गूँज उठा प्रासादों में पाले गए सारसों का क्रैकार। राजाओं, सामंतों, कलावंतों और पंडितों के वैशंपायन को लेकर व्यक्त किए गए विस्मयमय उद्‌गारों में अट्टहास, उपहास और अपहास के शब्द गड्डमड्ड होने लगे और इन सबके ऊपर राजा के रास्ते से लोगों को हटाते प्रहरियों की हठपूर्वक–'हटिए, हटिए' के स्वर की चीत्कृति के साथ दिशाएँ चंचल होने लगीं।

अपने मुँह लगे राजकुमारों के साथ व्यायाम भूमि में जाकर राजा ने व्यायाम किया। व्यायाम करते हुए उनके कपोलों पर सिंधुवार के फूल की मंजरी जैसी पसीने की बूँदें छलछला आईं। वक्ष पर मुक्तायों की टूटी लड़ी जैसे रिस पड़ी। ललाट पर अमृत की बूँदें चुआते अष्टमी के चंद्रमा का बिंब उभर आया।

व्यायाम करके स्नान भूमि की ओर जैसे ही राजा चले, उन्हें स्नान कराने को सन्नद्ध खड़ी वारविलासिनियों का समुदाय सहसा थिरक उठा। उनमें प्रमुख ऐश्वर्यदेवी ने दासी के हाथ में रखे पात्र से सुगंधित आमलक उठाकर राजा के सिर में लगाया। राजा ने जलद्रोणी में डुबकी लगाई। फिर वे अमल-फटिक धवल स्नानपीठ पर जा बैठे, जैसे वरुण अपने राजहंस पर आरूढ़ हुए हों। वारांगनाओं में से चार ने आगे बढ़कर मरकत कलश की आभा में साँवला बनता जल उन पर डाला जैसे कमलिनी के पत्तों से पानी ढुलकाया हो। फिर रजतकलश उठाए सुंदरियों ने राजा का अभिषेक किया तो कई चंद्रमा एक साथ ज्योत्स्ना की धाराएँ बहाने लगे। धारायंत्रों की देवियाँ-सी कुछ देवियाँ मंगलकलशों के मुख पर अँगुलियाँ रखकर पानी की पतली-पतली धारा फव्वारों-सी राजा के ऊपर छोड़ने लगीं। कुछ वनिताएँ स्वर्णघट उठाए कुंकुम का जल छींटती ऐसी लग रही थीं जैसे दिन की लक्ष्मी प्रभात की किरणें बिखेर रही हो।

राजा स्नान से निपटे तो नगाड़े, झल्लरी, मृदंग, वेणु और वीणाओं के समवेत स्वर मंगल गीतों के साथ उल्लसित हुए, फिर इन सबके ऊपर उदग्र शंखनाद बंदियों की जय-जयकार के संग गूँजा।

राजा ने तर्पण कर सूर्य को प्रणाम किया, फिर देवालय गए और पशुपतिनाथ का पूजन किया, परिक्रमा की, अग्निहोत्र किया। उसके पश्चात् वे विलेपनभूमि में पहुँचे, जहाँ विलेपन की सुगंध से भौंरों के झुंड-के-झुंड खिंचे चले आ रहे थे। कस्तूरी, कपूर, कुंकुम से सुवासित चंदन का लेप लगवाकर सुरभित मालती का जूड़ा सिर पर धारणा कर उन्होंने वस्त्र बदले, फिर कुछ गिने-चुने राजाओं की मंडली के साथ भोजन किया।

इस बीच वैशंपायन अंतःपुर की सुंदरियों के परिहास का केंद्र बन गया था। कोई रानी अपनी नवपल्लव-सी आरक्त हथेली उसके आगे बढ़ाकर कहती–"महाराज मेरा हाथ देखिए न, बताइए तो कब होगा मेरा भाग्योदय ?" तभी दूसरी उसे अलग ठेलकर कहती–"राजाजी से हमारा संदेश कहिए न, कभी हमारे प्रासाद में भी पधारें। सुना है,

आपने तो घड़ी-भर में उनका मन जीत लिया। हमारे लिए उन्हें क्षण-भर का भी अवकाश नहीं।''

कुछ प्रौढ़ रानियाँ थोड़ा दूर अलग-अलग पर्यंकिकाओं पर बैठी शंपा को अपने बीच में बिठाकर उससे वैशंपायन का सारा वृत्तांत पूछ रही थीं—कैसे और कहाँ से मिला, क्या-क्या बातें करता है, क्या-क्या शास्त्र जानता है, इत्यादि।

''शूद्रक की रानियो, सड़ो-सड़ो, मरो-मरो, गलो-गलो। इसी अंतःपुर की चहारदीवारी के भीतर तुम सबकी सब मर जाओगी। तुम्हें कहीं ठौर न मिलेगी।'' सहसा इन सब वार्तालाप, हास-परिहास की ध्वनियों के ऊपर एक तीखी चीत्कार भरी चुनौती देती-सी, मोम की पुतलियों को तपाए लोहे की शलाका से दागती-सी, काष्ठपुत्तलिकाओं को आरी से काटती-सी वाक्यावली गूँजी। वैशंपायन का कलेजा काँप गया। उसने देखा—एक कोने में पसरी, बाल बिखेरे हुए, उद्‌भ्रांत-सी, विक्षिप्त-सी, नाना चेष्टाएँ करती, कभी सहसा हँस पड़ती, कभी रोती कोई सुंदरी बड़बड़ा रही थी, उसी ने एकदम से चीखते हुए ये कठोर शब्द कहे थे।

''वह पगली रानी है। उसकी ओर ध्यान मत दीजिए।'' दो-तीन रानियाँ एक साथ बोल पड़ीं।

वैशंपायन का जी एकदम उचट गया था राजा के रनिवास से। उसने शंपा को पुकारकर कहा, ''माँ, मुझे यहाँ से ले चलो।''

शंपा उठ खड़ी हुई।

व्याघ्रदेव और शंपा को सूर्यामुख प्रासाद में ठहराया गया था। वैशंपायन को लेकर शंपा प्रासाद में पहुँची। ''मैं तो समझती थी तू राजा के रनिवास में रम जाएगा। तू तो बड़ी जल्दी चिढ़ गया।''

''यह कैसा अंतःपुर है। मुझे तो लगता है जैसे सारा भवन आग की लपलपाती लपटों से घिरा हुआ है। इतना अशुचि, इतना जुगुप्सित, इतना जघन्य !''

''तेरी तो कुछ बात ही समझ में नहीं आती। अच्छा, अब कुछ खा ले।''

''इतनी अगड़म-बगड़म वस्तुएँ भोजन के लिए वहाँ रख दी गईं सामने। जी ही खराब हो गया।''

''क्या किसी रानी पर मन आ गया है ? आज संध्या के साथ अघमर्षण मंत्र का दूना जाप कर लेना।'' शंपा ने हँसते हुए कहा। फिर वैशंपायन के स्नान की व्यवस्था के लिए परिचारकों को आदेश देने लगी।

कंठ के नीचे कौर तो नहीं उतर रहा था वैशंपायन के, फिर भी शंपा और व्याघ्रदेव के अत्यधिक आग्रह करने पर उसने कुछ ककड़ी और आँवले के टुकड़े लिये।

''यहाँ से कब चलेंगे, माँ ?'' भोजन करके शंपा और व्याघ्रदेव भी निवृत्त होकर उसके पास बैठे थे, तो उसने पूछा।

''पता नहीं।'' शंपा ने बहुत धीमे स्वर में वातायन के बाहर उदयगिरि की शृंखला की ओर ताकते हुए कहा।

भोजन करके धूमवर्ति गुड़गुड़ाने के पश्चात् महाराज शूद्रक मुक्त्वास्थानमंडप में जा विराजे। खड्गधारिणी प्रतीहारी खड्गलता पार्श्व में रखकर उनके चरण चाँपने लगी। राजा की वयस्थ मंडली के पंडित और सामंत एक-एक करके उनके आसपास आकर बैठते गए। कवि श्रीनिवास तो इस ताक में थे कि कब वे अपने नए महाकाव्य से कुछ सद्यःरचित पद्य प्रस्तुत करने का अवसर पाएँ, वे अपनी पोथी खोलकर भी इसी संकेत की प्रतीक्षा में पृष्ठ उलट-पलट रहे थे। पर प्रतिदिन की भाँति राजा ने उनकी ओर ध्यान न दिया। "आज तो वैशंपायन जी से ही कथा सुनी जाएगी।" महाराज शूद्रक कह रहे थे।

"वैशंपायन कौन ?" पुरी के पंडित केशवचंद्र ने पूछा। वे प्रातः की सभा में उपस्थित नहीं थे।

"आपको विदित नहीं ?" श्रीनिवास जी ने हँसते हुए कहा, "काशी के एक महान् पंडित आए हुए हैं—वैशंपायनाचार्य जी महाराज। उनसे शास्त्रार्थ करिएगा ? आप जैसे नैयायिकों की बुद्धि ठिकाने लगा देंगे वे।"

केशवचंद्र मंद-मंद मुस्कराकर चुप हो गए। राजा ने हँसकर प्रतीहारी से कहा, "अनंगलेखे, जाओ देखो वैशंपायन जी महाराज भोजन आदि से निवृत्त हो गए या नहीं।"

अनंगलेखा ने मुस्कान बिखेरी, धरती पर हथेली और घुटने टेके और प्रणाम करके बोली, "जैसी देव की आज्ञा।" फिर वह बाहर निकल गई।

कुछ देर पश्चात् वह शंपा और वैशंपायन को लेकर उपस्थित हुई। पिंजरा महाराज के पार्श्व में एक चौकी पर रखकर शंपा भूमि पर बैठ गई और अनंगलेखा राजा की आज्ञा से द्वार पर जा खड़ी हुई।

राजा ने वैशंपायन से पूछा, "कहिए द्विजश्रेष्ठ, भोजन आदि हुआ आपका ?"

वैशंपायन ने कहा, "माँ के हाथों से तो अमृत झरता है। ये जो है वह सब ग्राह्य है। आपकी अंतःपुरिकाओं ने भी कोई कमी न रहने दी भक्ष्य भोज्य पदार्थों की। मतवाले कोयल के नयनों की छवि वाला मधुर कषाय जामुन का रस छककर पिया। प्रवाल से चमकते दाडिम के दो-चार दाने भी चखे। रसभरे आमलक पर चोंच गड़ाई। लावण्य उसका निराला और अम्लता अनोखी थी। फिर एक कण मुखशुद्धि के लिए हरी मिर्च भी जिह्वा पर रखा।"

"षड्रसों में कटु को ही आपने क्यों छोड़ दिया पंडित जी ?" रुद्रदेव ने पूछा।

"आप जैसे पंडित जनों के मुख में ही उसका वास बना रहे।"

सब हँस पड़े। शंपा ने कहा, "महाराज, यह विशु बातें बहुत बनाता है। इसकी बातों में न आइएगा।"

राजा ने कहा, "बस, बहुत हुआ। हम अपना कौतूहल रोक नहीं पा रहे हैं। आप तोते के वेश में कोई ऋषि हैं, कोई शापभ्रष्ट गंधर्व हैं या कोई योगी-यति हैं ? कौन हैं आप ? कैसे आपका जन्म हुआ ? कैसे आपको सारे वेद और शास्त्र कंठस्थ हो गए,

कहाँ से आपने सारी कलाओं और शिल्पों की यह अद्भुत समझ प्राप्त कर ली और कैसे इन चांडाल राजकुमारी से आपकी भेंट हुई—सारी कथा हमें बताइए।"

कक्ष में सन्नाटा छा गया। सबकी दृष्टि प्रत्याशा में वैशंपायन पर जा टिकी। वैशंपायन एक क्षण चुप रहा, फिर लंबी साँस छोड़कर बोला, "बड़ी लंबी कथा है, महाराज। फिर भी आपको ऐसा कौतूहल है तो सुनिए।"

वैशंपायन-कथा

धीरे-धीरे वैशंपायन ने कहना आरंभ किया—मैं द्विज हूँ। दो बार जन्म हुआ है मेरा। मेरे पिता थे, बूढ़े जर्जर देह वाले, जिन्होंने यह नश्वर पक्षी शरीर मुझे दिया। मुझे इस क्षुद्र निस्सार देह के भीतर दूसरा जन्म महर्षि जाबालि ने दिया। दोनों की स्मृतियाँ कचोटती हैं मुझे। पिता ने मुझे बचाने के लिए प्राण दे दिए, और मैं उनकी सेवा का कोई अवसर ही न पा सका। भगवान् जाबालि मुझे मुक्ति दिला सकते थे, फिर मैं ऐसा सिरफिरा निकला कि उनके अमृतमय वचन और उनका आश्रम छोड़कर भाग आया। एक अर्थ में मैं दोनों का अपराधी हूँ, पिता का भी, पितृतुल्य महर्षि का भी। मैं विश्वास-घातक हूँ।

जिज्ञासा और कौतुक में साँस बाँधे श्रोतृमंडली वैशंपायन को टकटकी बाँधे देखती रह गई। सिर झुकाए बैठी रही शंपा भी निःशब्द।

विंध्य के एक भीषण कांतार में हुआ था मेरा जन्म, वैशंपायन ने फिर कहना आरंभ किया— पास ही था अगस्त्य मुनि का आश्रम। कुहरे में गद्गद निनाद करती निकट ही बहती थी गोदावरी। पास ही था वह पंपा सरोवर, जिसके तट पर बैठे थे कभी श्रीराम। सीता को हर ले गया था रावण, तब आँसुओं की धार बह रही थी श्रीराम के कुवलयनयनों से, और उस समय पंपा सरोवर के सफेद कमल उन्हें नील कमल दिखे थे।

इसी पंपा सरोवर के पश्चिम तट पर विशाल सेमल का पेड़ है। आकाश उस पेड़ के कंधों पर टिका लगता है। अनगिनत घोंसले थे उस पेड़ में। अभी भी होंगे। अभी भी अगणित पक्षी उन घोंसलों में वैसे ही रहते होंगे। वह बहुत पुराना पेड़ था, सारे पत्ते उसके झड़ चुके थे। पर शाखाओं पर बैठे असंख्य तोतों के कारण वह प्रायः हरा-भरा दिखाई देता।

इसी पेड़ पर एक बहुत पुरानी खोह में रहते थे हम—मैं और मेरे पिता। मैं तो जन्म का अभागा ही था। मुझे जन्म देते हुए ही माँ के प्राण पखेरू उड़ गए थे। माँ की कोई स्मृति इस चित्त में रेखा न बना सकी। पिता की स्मृति है—निरंतर पिराते एक घाव-सी। सदैव टीसती कचोट-सी। अपनी घिसी हुई बदरंग चोंच में दानों की लुगदी बनाकर मेरी नन्ही चोंच में देते पिता। अपने बूढ़े विवर्ण पंखों की छाँह में मुझे समेटते पिता, आसपास

फैले भयावह जंगल की कथा मुझे सुनाते हुए, पंपा सरोवर, अगस्त्याश्रय, गोदावरी इन सबके विषय में मुझे बताते हुए। माँ के न रहने की पीड़ा तो थी उनके भीतर, पर सदा के लिए गँसे उस शोक-शंकु की पीर को बिसराकर मेरी सार-सँभाल में खपा दिया था उन्होंने अपने-आप को।

आज सोचता हूँ कि किसी के लिए मर-खप जाना ही तो जीवन है। जो मरा और खपा नहीं, वह तो अधूरा मनुष्य है, अथवा ईश्वर है। मैं स्वयं अधूरा हूँ, मैं अपने लिए जिया और मरा हूँ। इसीलिए मैं कचोट, स्मृति-दंश और अपूर्णता का बोध लिये आधा जीवन जी रहा हूँ।

पाँच या छह दिन की रही होगी उस समय मेरी आयु। आँखें खुली ही थीं। किसी तरह घिसट-घिसटकर कोटर के मुख तक आकर मैं देखता था आसपास का विराट् विश्व, अनंत आकाश, उस आकाश को नापते पेड़, विस्तीर्ण धरती। निकट ही थी पंचवटी, जिसमें कभी रहे थे राम-बनवास के समय सीता और लक्ष्मण के साथ। सारा प्रदेश पेड़ों से भरा हुआ। बुढ़ा चुके उन पेड़ों के काँधों पर कबूतर बैठकर गुटरगूँ करते, तो वे अग्निहोत्र के धुएँ से घिरे तपस्वियों जैसे दिखते। उनकी शाखाओं पर पुराने कपड़ों के टुकड़े फहराते रहते। मेरे पिता बताते थे कि ये कपड़ों के टुकड़े लक्ष्मण जी बाँधकर गए हैं, माता सीता पानी भरने जाएँ, तो कहीं मार्ग न भूल जाएँ इसलिए। उन पेड़ों के तनों से जहाँ-तहाँ लाल फूलों वाली बेलें लिपटी थीं। माता सीता ने कभी तोड़े थे इन्हीं बेलों से फूल, तभी तो उनके पत्ते तक माता के कर-किसलय की लालिमा से रँगे दिखते थे। मेरे कोटर से गोदावरी वृक्षों की सघन पंक्ति के बीच से झाँकती, धूप में चिलकती कभी-कभी दिख जाती थी।

दुर्दांत सिंह दहाड़ते, या गजदंत के लोभी वनचरों के शरों से बिद्ध गजहस्ती चिंघाड़ते तो मैं डरकर पिता के अंक में दुबक जाता।

धीरे-धीरे मेरे पंखों की पिंशंग चमड़ी पर रोमराजी अँकुराने लगी, जैसे पिता की आशाएँ अंकुरित हुई हों। मैं कुछ और चंचल और नटखट बन गया। कोटर के द्वार तक आकर बाहर का दृश्य देखता हुआ मैं सोचता रहता कि मैं कब अनंत आकाश में उड़ान भरूँगा।

उस दिन भोर के समय ऐसे ही कोटर के द्वार से झाँकते हुए मैंने दूर से ही धूलि का पुंज उड़ता देखा। वही क्षण था मेरी आशाओं के धूल में मिलने का।

प्रभात का राग लपेटे अलसाया था आकाश। थका-हारा पीला चंद्रमा मंदाकिनी के तीर के उस पार पश्चिम-तट की सीढ़ियाँ उतर रहा था। बूढ़े हिरन के रोओं-सी धूसर हो रही थीं दिशाएँ। गजराज के रक्त में रँगी सिंह की केशराशि की भाँति दमकने लगी थी पूर्व में सूर्य की रश्मियाँ। फिर मूँगे की बनी सम्मार्जनियों जैसी वे रश्मियाँ गगन के फर्श से अँधेरे का कचरा बुहारने लगी थीं। हथनियाँ मतवाले हाथियों को सूँड से थपथपाकर जगा रही थीं। बीच-बीच में सहसा कोई केसरी दहाड़ता। पूरा वनप्रांत थरथराकर काँप जाता। दूर आश्रमों के ऊपर अग्निहोत्र का धुआँ उड़ रहा था—जैसे धर्म

की पताकाएँ फहरा रही हों। जैसे कबूतरों की पाँत उड़ी जा रही हो।

धीरे-धीरे पूर्व के मंच पर आ विराजे भगवान् सूर्य। हमारे पेड़ पर रहने वाले तोते उड़ान भरने लगे। तीव्र टंकारों से वह पेड़ गूँज उठा। फिर पक्षी उड़ चले। धीरे-धीरे उस पर सन्नाटा उतरने लगा। रह गए हम दोनों—मैं और पिता। दुर्बलता और वृद्धावस्था के कारण पिता दाना बटोरने अब दूर तक नहीं जा पाते, नीचे बिखरे दाने ही वे आसपास से उठा लाते, और उन्हीं को मुझे खिलाकर स्वयं भूखे या आधे पेट रह जाते।

सहसा वह कोलाहल मैंने सुना—जंगल को, जी को दहला देने वाला। जिधर से धूलि का पुंज उठा था, उधर से ही वह आया था। भय से संपीडित होकर मैं पिता के जर्जर पक्षपुटों में दुबक गया। वनैले शूकरों की धूत्कार, हाथियों की चिंघाड़, सिंहों की दहाड़—इन सबसे भय नहीं लगता था, कान इनके अभ्यस्त हो चुके थे। पर यह कोलाहल दूसरे ही प्रकार का था। यह मनुष्य नाम के जंतुओं का कोलाहल था।

"पता नहीं, कौन लोग हैं।" अस्फुट स्वर में पिता बुदबुदाए।

जंगल को जकड़ता हुआ वह कोलाहल पास आता गया। कलभों की भयग्रस्त चीत्कार, शूकरों के कर्कश धूत्कार और गुफाओं में सोए सिंहों की उत्कट गूँजती दहाड़ के स्वर उसमें सम्मिश्रित होते गए। ऐसा लगा जैसे शिव की जटाओं के ऊपर गिरने के लिए भागीरथी उद्दाम वेग से आकाश से उतर रही हों।

फिर उस कर्णभेदी ध्वनिपुंज से कुछ शब्द अलग-अलग सुनाई पड़ने लगे।

"अरे सूचक, दौड़-दौड़ ! सुअरों का झुंड उधर गया है।"

"अरे जानुक, देख, उधर रहीं चमरी गाएँ। मार-मार !"

"वह भागा हिरन।"

"यह मैंने मारा भल्ल।"

"यह मैंने मारा शर।"

"पकड़, पकड़ !"

"उठा, उठा !"

पिता ने काँपते अशक्त स्वर में कहा, "बर्बर शबरों का सैन्य दल है। पर वे हमें नहीं मारेंगे। पक्षियों को वे नहीं मारते।"

महाकाल तांडव करने लगे। काँपने लगी दंडक की धरती। तीखे शरों के प्रहार की मर्मव्यथा से चीख पड़े गजराज। दहाड़ उठे गुफाओं में घायल सिंह। दिगंत तक फैल गए पटु पटह निनाद से सिंहों, गजों, वराहों और चमरी गायों के चीत्कार। बीच-बीच में सुनाई पड़ती शिकारी कुत्तों के पंजों से चीथे गए हरिणशावकों की करुण कराह। उनके साथ कानों से टकराते थे भय से दुबके पोतों को खोजती बावली बनी गैंडियों के आकुल स्वर।

पशुओं के पीछे भागते मृगया लोलुप शिकारी फिर दूर निकलते गए। वर्षा की मूसलाधार बौछार करके मेघखंडों के विरत हो जाने पर निःशब्द पीड़ा सहते आकाश-सा लगने लगा दंडक वन। मंथन के अवसान के पश्चात् थिराते क्षीरसागर-सा।

शिशुसुलभ कौतूहल में भरकर कोटर के द्वार तक चुपके से सरककर मैंने झाँककर

देखा। भय से साँस स्तब्ध रह गई। सामने ही चला आ रहा था विकराल शबर सैन्य—अर्जुन की सहस्रों भुजाओं में बिखरे नर्मदा के प्रवाह-सा। कालरात्रियों के प्रहरों-से बढ़े आ रहे थे झुंड, जैसे काजल की चट्टानें भूकंप में टूटकर छिटककर चल पड़ी हों, जैसे घने अँधेरे के ढेर को सूर्य ने अपनी किरणों से फाँक करके छितरा दिया हो।

उस विशाल शबर सेना के बीच में मैंने उनके सेनापति को देखा। मूँछों की उगती नई पाँत के बहाने अभी तो यौवन अँकुराया ही था उसके देह में, पर ताड़-सा विशाल श्यामल उसका तन कालिंदी के जल से जंगल को भरे दे रहा था। अभी-अभी मारे गए मतवाले हाथियों के मद के लेप से वह सुवासित था, भौंरे उस पर मँडरा-मँडराकर धूप से उसे बचाने को छत्र-सा तान रहे थे। भुजबल से जीती गई विन्ध्याटवी कानों में खोंसे हुए पल्लव के करतल से जैसे उसका पसीना पोंछ रही थी। विन्ध्य की चट्टान-से उसके वक्षःस्थल पर हरिणों के रक्त के ताजा छींटों के ऊपर गुंजा की मालाएँ झूल रही थीं। जीभ बाहर निकाल-निकालकर लार टपकाते, हाँफते, कौड़ियों की मालाओं से सजे, बनैले सूअरों के साथ हुई भिड़ंत में उनकी डाढों से चोट खा चुके शेरों जैसे भयंकर कुत्ते उसके पीछे चल रहे थे।

कुछ ही देर विश्राम किया शबर सेनापति ने उस सेमल के पेड़ की छाँह में। फिर उनका डेरा उठ गया। अंधड़ की भाँति जैसी आई थी शबर सेना, वैसी ही लौट गई। मुझे जैसे उत्क्रांत प्राण वापस मिल गए। पर उस समय मैं क्या जानता था कि एक बार फिर प्राणांतक-सी भेंट मेरी होगी इसी शबर सेनापति से !

तभी मेरा ध्यान एक बूढ़े शबर पर गया। या तो शबर सेना उसे बेकार समझकर छोड़कर आगे बढ़ गई थी, या वह स्वयं उन लोगों के साथ न जाकर उसी पेड़ के नीचे रुका रह गया था। संभवतः उसे मृगया में मारे पशुओं के माँस का आहार नहीं मिल पाया था। निश्चय ही वह भूखा था। उसकी आँखों से चिंगारियाँ-सी छूट रही थीं। अपनी पिपासित दृष्टि से हम पक्षियों के जीवन-रस को पीता हुआ वह उस सेमल के वृक्ष को नीचे से ऊपर तक घूरता रहा। कोटरों में दुबके असंख्य पक्षियों के प्राण-पखेरू उड़ पड़ने को हुए।

भय से स्तब्ध बने मैंने देखा कि वह उस वृक्ष पर ऐसे चढ़ रहा था जैसे सोपान पंक्ति पर आरोहण कर रहा हो। उसके बाद उसने एक-एक कोटर में हाथ डालकर नन्हे चूजों और पक्षियों के टेंटुए मसलकर उन्हें नीचे फेंकना आरंभ किया। वृक्ष के फलों की तरह पक्षी टपकने लगे।

काँपते हुए पिता ने अपने बूढ़े पंखों की ओट में मुझे छिपा लिया। मैं धुकधुकाते उनके हृदय का आर्त कंपन सुन सकता था। काले भीषण भुजंग के फण-सा उस बूढ़े शबर का हाथ हमारे कोटर में भी घुसा। शूकर की चर्बी की तीखी दुर्गंध से मुझे उबकाई आई। पिता बहुत जोर से चीखते हुए अपनी जर्जर चोंच से उसकी कलाई पर प्रहार कर रहे थे। उनके पीछे दुबका हुआ भी मैं देख पा रहा था उसकी काली कलाई को, जिस पर धनुष की डोरी की रगड़ से गट्टे पड़े हुए थे।

उसके पश्चात् मेरे इस जन्म की सबसे दारुण और दुखदाई घटना घटी। सँडसी की तरह उसके अँगूठे और अँगुलियों के पाश ने पिता की ग्रीवा को दबोच लिया। उनके रुँघते कंठ से अंतिम चूँकार निकला। फिर उस क्रूर शबर ने उन्हें नीचे उछाल दिया। उनके पंखों में सिमटा और चिपटा उनके साथ ही मैं भी नीचे गिरा—सूखे पत्तों के ढेर पर।

भय ! सर्वग्रासी आतंक ! उस आतंक के परिमंडल में लिपटा मैं स्वयं कितना नृशंस बन गया था ! पिता का मृत शरीर मेरे पास पड़ा था और मैं उन्हें छोड़कर अपने इस अधम तिर्यक् देह को बचाने का प्रयास कर रहा था। भय मुझे सूखे पत्तों के ढेर के भीतर ठेल रहा था। निर्बल चरण देह के बोझ को उठा नहीं सकते थे, फिर भी गिरता, पड़ता, हाँफता, काँपता मैं सूखे पत्तों की ओट में हो गया। वृक्ष के सारे पक्षियों का संहार करके बूढ़ा शबर नीचे उतरा, तब तक मैं उसकी पहुँच से दूर तमाल तरु के नीचे एक सघन अँधेरे कोने में जा पहुँचा था।

मेरे पंख फड़फड़ाने में असमर्थ थे। पाँव डगमगा रहे थे और मैं बार-बार एक ओर तिरछा होकर लुढ़कता, एक पैर से अपने को सँभालता। पहली बार मैंने धरती पर पैर रखे थे। चोंच आकाश की ओर उठाए मैं जीवन-दाता से जीवन की भीख माँग रहा था और धिक्कार भी रहा था अपने-आप को। क्या अधिकार था जीने का मुझ अधम को ? जिस पामर के पिता ने उसके देखते-देखते उसे बचाने के लिए अपने प्राणों की बलि अर्पित कर दी, वह अपने निर्घृण प्राण सहेजकर जीने को अकुला रहा था।

पानी ! उत्कट पिपासा ने अब मुझे कुछ भी सोचने और समझने में अक्षम बना दिया था। एक बूँद जल कोई चोंच में डाल देता। मेरी मृतप्राय देह में फिर से प्राणों का संचार हो जाता। उस अर्धमूर्च्छा की स्थिति में, मन के निःसंज्ञ और निश्चेष्ट हो जाने पर भी कोई था, जो देह को उस ओर ठेल रहा था, जिधर से जल देवता के नूपुर के निनाद-सा कलहंसों का कलरव आ रहा था। बड़ी दूर से आने के कारण क्षीण होते हुए भी उस स्वर को मेरे कान सुन पा रहे थे। सारसों की अस्फुट क्रैकार भी मैं सुन रहा था। यह जानते हुए भी कि इस जीवन में इस अक्षम अधम देह से घिसट-घिसटकर मैं उतनी दूर कभी भी नहीं चल सकूँगा, कभी नहीं पहुँच सकूँगा उस सरोवर के तट तक, कोई था, जो उस झुलसती मरीचिका में मुझे आगे ठेल रहा था। पैर मेरे उठ नहीं पा रहे थे, पर न केवल पैरों को उठाने का, मैं तो अपने कच्चे पंखों को फड़फड़ाने तक का दुस्साहस कर रहा था। चींटी की गति से मैं बढ़ता बार-बार मूर्च्छित होता, गिरता-पड़ता और हाँफता असहाय प्रकंपित अपने पग उसी ओर बढ़ा रहा था, जिस ओर मेरे अनुमान से सरोवर था। आकाश के बीचोबीच विराजे सूर्यदेव अंगार बरसा रहे थे और नीचे धरती लावे-सी लग रही थी। हे विधाता, तो फिर अब मुझे मृत्यु ही दे दे—अंत में सर्वथा श्रमनिस्सह होकर अत्यंत क्षीण कंठ से मैंने यह गुहार की और फिर मूर्च्छा के घने अँधेरे में डूब गया।

संज्ञा आई तो लगा कि किसी विमान में विराजमान हूँ। देवदूत जैसे मुझे चारों ओर

से घेरे हुए निरभ्र व्योम में उड़ रहे थे। आँखें मिचमिचाकर देखने और उन्हें पहचानने का प्रयास करने लगा मैं। करुणा का अमृत बरसाते दो नेत्रों से मेरी आँखें टकराईं। 'यह तपस्वी शुकशावक लगता है गिर पड़ा है उस तरु के कोटर से। हम ले चलते हैं इसको पंपा सरोवर तक।' उन नेत्रों के नीचे दो किशोर ओठों से झरते कोकिल कलरव को तिरस्कृत करने वाले मधुर स्वर में ये शब्द मैंने सुने।

वे देवदूत नहीं, तापस कुमार थे। मैं व्योम के किसी विमान में नहीं, उनकी कोमल-हथेली पर था। आगे चलकर मैंने जाना कि सहज करुणावश मुझे रुई-सी नरम अपनी हथेली पर उठाने वाले वे मुनिकुमार महर्षि जाबालि के पुत्र हारीत थे।

कुमार हारीत की वह नयनाभिराम मूर्ति अभी भी मेरे मन में बसी हुई है। बाद में मेरी उनके साथ चर्चाएँ हुईं, विवाद भी कभी-कभी हुआ। एक तरह से उन्हें भी मैंने धोखा दिया, उनके विश्वास को खंडित किया। पर वे मेरे जीवन-दाता थे—यह कैसे भूल सकता हूँ ? अब भी सूर्य की भाँति दमकती उनकी वह आभामय मूर्ति मेरे सामने साकार हो उठती है। सचमुच सूर्य से ही जैसे एक टुकड़ा काटकर उन्हें गढ़ा गया था। तड़ित से रचे हुए लगते थे उनकी देह के अंग-प्रत्यंग। घने तमाल वृक्षों की पंक्तियों से भरे उस वन में चलते हुए वे वर्षा के दिन प्रातः सहसा झाँक उठी धूप के टुकड़े जैसे लगते थे।

उन्होंने मुझे सरोवर के तट पर लाकर जल के पास रख दिया। स्वयं चुल्लू में जल भर-भरकर अंगुली से एक-एक बूँद मेरी चोंच में डालने लगे। स्तनधय शिशु जैसे माँ के वक्ष के आगे आकुल अपना मुख खोलता है, वैसी ही खुली हुई थीं ऊर्ध्वमुख मेरी चोंच और पी रही उनकी अंगुली से टपकता जीवन रस।

जल पिलाकर उन्होंने मुझे नलिनी पलाश की सघन मसृण छाया में रख दिया।

"गङ्गे च यमुने चैव गोदावरि सरस्वति।
नर्मदे सिन्धु कावेरि जलेऽस्मिन् सन्निधिं कुरु।।

सरोवर का अवगाहन करते तापस किशोरों का समवेत स्वर। स्नान करके मध्याह्न की संध्या की सबने। कमलिनी के पत्रपुट से भगवान् सूर्य को अर्घ्य दिया। फिर धौत धवल वल्कल धारण करके ज्योत्स्ना से आच्छन्न धूप के टुकड़े-से वे शोभित हुए।

वह मेरा भाग्य था, संयोग था, या पूर्वजन्म के पुण्य का प्रभाव था कि मध्याह्न की संध्याविधि निपटाकर मुनिकुमारों के साथ आश्रम की ओर लौटते हुए कुमार हारीत की दृष्टि फिर मुझ पर पड़ गई। उन्होंने कहा, 'इस तपस्वी शुकशावक को हम आश्रम ही लिये चलते हैं, यहाँ तो यह सुरक्षित नहीं है।' यह कहकर उन्होंने फिर मुझे किसलय-से अपने करतल पर उठा लिया।

समय कब किसको कौन-सा अवसर दे देता है, कहा नहीं जा सकता। जाबालि के आश्रम में मेरा पहुँचना मेरे जीवन का एक महान् क्षण था। प्रवेश करते ही मुझे लगा जैसे किसी अद्‌भुत दूसरे ही लोक में आ गया हूँ, फिर मुझे वह चिरपरिचित और आश्वस्तिकारक भी लगने लगा, साथ ही नया और अनोखा भी। जेठ की चिलकती धूप

से मैं पुष्पों और फलों से लदे असंख्य वृक्षों के द्वारा रचे गए घने अँधियारे में आ गया। उस अँधियारे के बीच सैकड़ों मुनिकुमार प्रभा के द्वीपों की तरह कुश, समिधा या फूल लेकर आते-जाते या बैठकर मंत्रपाठ करते दिखने लगे। कहीं-कहीं जंगली मुर्गे तापस-कुमारियों के द्वारा अर्पित वैश्वदेव बलिपिंड चुग रहे थे। तोते वषट्कार का उच्चारण कर रहे थे, मैनाएँ मंत्र गा रही थीं। वानर विनीत बनकर बूढ़े-अंधे तपस्वियों को उनकी लाठी का एक सिरा पकड़कर आश्रम के भीतर ले जा रहे थे, या बाहर ला रहे थे। वन्य हाथी अपना मद भूलकर सूँड़ों में पानी भर-भरकर पेड़ों के थालों को पूर रहे थे। तापस-कन्याएँ मुट्ठी में नीवार धान भर-भरकर हरिणशावकों को अपने हाथों से खिला रही थीं। कुछ छोटी-छोटी बालिकाएँ हरिण के छौनों को अंक में उठाए स्नेह की पुतलियों-सी डोल रही थीं।

आश्रम के बीचोबीच अशोक का विशाल वृक्ष था। उसी की छाया में मुनिजनों से घिरे बैठे थे भगवान् जाबालि। जरा से आलिंगित था उनका धवल देह। त्रिपुंड से अलंकृत भाल हिमालय के शिलाखंड-सा चमक रहा था, त्रिपथगा मानो उससे झर रही थी। राजहंस के जैसा शुभ्र स्फटिक कमंडलु उनके पार्श्व में रखा था। उनका शांत विग्रह कुंदन-सा दमक रहा था, आँखें उसे देखकर चौंधिया जाती थीं। उन्हें देखकर मुझे लगा कि धन्य है यह धरा, जिस पर ऐसे महर्षि विराजते हैं। ये सारे मुनिजन भी धन्य हो गए हैं, जिन्होंने उनका सान्निध्य पाया है, और धन्य है सारा-का-सारा यह पावन प्रदेश जो ऐसे तपःपूत महामुनि की उपस्थिति से मंडित है।

कुमार हारीत ने मुझे अशोक की छाया में रखा और पिता को प्रणाम किया।

"यह शुकशावक कहाँ से उठा लाए, भैया ?" किशोरियों के कंठ से फूटे कोकिल कलरव-से स्वर मुझे सुन पड़े, तो मैंने आँखें खोलीं। पावन सौंदर्य से नयन अघा गए। वन की अकृत्रिम अभिराम लताओं ने नगर के उद्यानों की लताओं को फीका बना दिया था।

"देखो तो, देखो तो, इसके तो पंख भी उगने लगे हैं ! कितने कोमल दूर्वा के अंकुर जैसे !"

दूर्वा के अंकुर जैसा ही उस बच्ची का स्वर था, जो एकदम मेरे पास आकर मुझ पर झुकी हुई कौतुक से मुझे निहार रही थी। उसके मृत्सुरभि लावण्यमय निश्श्वासों की फुहार में मैं नहा गया। देह रोमांचित हो उठी, आनंद से कंटकित हो उठा मन गद्गद हो गया।

"दीदी, मैं इसे उठा लूँ ?" पुलकित स्वर में वह बच्ची पास खड़ी अपने से कुछ बड़ी किशोरी से पूछ रही थी।

"अरे नहीं चिन्मई, उसे छूना नहीं। अभी वह बहुत छोटा है। उसे पीड़ा होगी।" गंभीर स्वर में बड़ी बहन ने उसे बरज दिया। उसके बरजते-बरजते बालिका ने मुझे अंगुलियों से हौले-से छू ही दिया। मेरे सारे देह में झुरझुरी-सी दौड़ गई। "कित्ता प्यारा है न !" चिन्मई हँसते हुए कहने लगी।

बच्ची की हँसी से भगवान् जाबालि की समाधि टूट गई। उनकी दृष्टि मुझ पर आ टिकी। लगा जैसे मैं ज्योत्स्ना के निष्पंद में, सुधा की फुहार में नहा रहा हूँ। बहुत साहस करके भरपूर नयन से मैंने निहारने का प्रयास किया महर्षि की तपे सोने की दमकती रमणीय प्रशांत दिव्य मूर्ति को, तुरंत ही चकाचौंध खाई आँखें झपकने लगीं। आसपास बैठे मुनिजन आबालवृद्धनारीनर विस्मय से चकित होकर कभी मुझे देखते, कभी महर्षि को। यह असाधारण बात थी कि महर्षि जाबालि अपनी जड़ को चेतन बनाती, अपावन को पावन करती दृष्टि से किसी को एक बार देख लें, फिर वे तो कुछ ध्यानस्थ-से, कुछ सोचते-से स्थिर दृष्टि से बड़ी देर मुझे देखते रहे थे।

"बेचारा, न चल सकता है, न उड़ सकता है। इस अल्पायु में अपने माता-पिता से बिछुड़कर क्लेश में पड़ गया यह भी !" दो-तीन बूढ़ी तपस्विनियाँ मुझे देखकर करुणा के साथ कह रही थीं।

"यह अपनी ढिठाई का ही परिणाम भोग रहा है।"

अचानक महर्षि के इस कथन ने सब को चौंका दिया। चकित होकर कुछ मुनि कुमार एक-दूसरे की ओर देखते हुए फुसफुसाकर परस्पर विचार करने लगे कि महर्षि के इस कथन का क्या गूढ़-गंभीर अभिप्राय हो सकता है। बूढ़े तापस और तापसियाँ इस प्रत्याशा से महर्षि के मुख पर दृष्टि लगाए रह गए कि वे अपने कथन की व्याख्या में कुछ और कहेंगे। महर्षि ने मुझे पहचाना, मुझे देखकर वे मुसकाए और मेरे विषय में उन्होंने कुछ कहा भी—यह आश्रम में एक बड़ी भारी बात उस दिन हो गई थी उन सबके लिए। अब मैं महर्षि के चारों ओर विराजे मुनि समाज के आकर्षण के केंद्र में था।

"यह क्या ढिठाई करेगा, तात ? इसकी नन्ही काया तो सर्वथा अशक्त और असहाय है अभी।" हारीत ने पिता से कहा।

"पर इस नन्ही काया के भीतर जो जीव है, वह तो बड़ा ढीठ है, पुत्र ! वह कई देहों का उपभोग करके इस अल्पसत्य देह में आया है।"

महर्षि के इस कथन से सारा मुनि-समाज एक बार फिर अत्यंत चकित हो गया। "क्या कह रहे हैं, बाबा ? क्या है—क्या है इसकी काया के भीतर ?" चिन्मई अपने से आयु में बड़ी बालिकाओं से उत्कट जिज्ञासा के साथ पूछ रही थी।

"वही जो तेरे भीतर है।" उसके पास खड़ी तापस बालिका ने कहा और कुछ किशोर कंठों की सुकुमार निष्पाप खनकती हँसी आसपास फैल गई। चिन्मई अपनी जिज्ञासा का उनसे समाधान न होता देख महर्षि के पास जाकर पूछने लगी—"बाबा जी, क्या कह रहे थे आप ? क्या है इस तोते के बच्चे के भीतर।"

"उसके भीतर बैठी है तू।" महर्षि ने कहा और स्नेह के साथ उसे अपने उत्संग में बिठा लिया। मेरे प्राण उस बच्ची के साथ उसी उत्संग में बैठने के लिए मचलने लगे। पर मैं अनधिकारी था इस सौभाग्य का, तोते का जरा-सा चूजा होते हुए भी मैं पाप से मुक्त नहीं था, जिस तरह वह बच्ची थी।

"मैं कहाँ हो सकती हूँ उसके भीतर। मैं तो यहाँ बैठी हूँ आपकी गोद में।"

"तू चिन्मई है न। तू सब कहीं है।" महर्षि ने कहा। आसपास बैठे मुनिजन तनिक हँसे।

"धन्य हैं, धन्य हैं महर्षि।" समीप बैठे एक वृद्ध मुनि ने गद्गद कंठ से कहा, "आप सब के भूत, भविष्य और वर्तमान को हथेली पर रखे आँवले की तरह प्रत्यक्ष देख लेते हैं।"

"अब तो भगवन् के श्रीमुख से ही सुनना चाहेंगे कि इस क्षुद्र पक्षी की योनि में ऐसा कौन-सा जीव है और उसने ऐसे क्या-क्या कर्म किए हैं ?"

"तुम्हारी कौतुकी वृत्ति शांत नहीं होती कभी भी, क्यों गुरुप्रसाद ?" महर्षि ने उस ब्रह्मचारी से कहा, जिसने यह अनुरोध किया था।

"बताइए न भगवन्, इस तोते के जन्म-जन्मांतर की कथा।" दो-तीन ब्रह्मचारी एक साथ बोल पड़े—"हमें भी इसका वृत्तांत सुनकर संभव है कुछ शिक्षा मिले।"

"अच्छी वाली कथा सुनाइएगा, मैं भी सुनूँगी।" चिन्मई के ऐसा कहने पर फिर हल्की-सी हँसी महर्षि के आसपास बिखरकर उनके प्रभावातिशय के आगे सहमी सकुचाई-सी लुक गई।

सबकी दृष्टि महर्षि पर उत्सुकता से टिकी थी। "बड़ी लंबी कथा है इसकी। अभी तो सब स्नान और देवार्चन से निवृत्त हो लें। फिर आहार करके आइए। तब बताऊँगा।" उन्होंने कहा।

मुनिजन और ब्रह्मचारी दैनिक कार्यों में लग गए। चिन्मई लगातार मेरे पास ही बनी हुई थी। "भैया इसे फल खिला दें ?" कभी वह कुमार हारीत से पूछती, कभी कहती, "इसे कोई काक उठा ले गया तो ? इसे बाँस की टोकरी में रख दे ?"

"आश्रम में कोई काक ऐसा दुस्साहस नहीं करेगा।" कुमार ने उसे समझाया—"तू जा, भोजन कर।"

दिन ढलने लगा। स्नान करके मुनिजन धरती पर लाल चंदन छींट रहे थे। वही चंदन अंगराग बनकर डूबते सूरज की देह पर लगा-सा दिखने लगा। फिर लगा जैसे तपस्वियों ने आकाश की ओर मुँह करके सूर्य को एकटक देखते हुए पूजा के बहाने जैसे उसका सारा तेज पी लिया हो। तब अपनी बची-खुची किरणें समेटता हुआ वह क्षितिज के नीचे सीढ़ियाँ उतरने लगा। उसकी रश्मियाँ धरती के तल और कमलिनी-वनों से उठने लगीं, और बसेरों की ओर लौटते पक्षियों के संग पेड़ों के शिखरों पर जा चढ़ीं। धूप के थक्के पेड़ों के कंधों पर आ लटके, जैसे मुनियों ने सूखने को रक्त वल्कल टाँगे हों। सूर्यदेव अस्त हुए। पश्चिम के सागर से मूँगे-सी रक्ताभ साँझ की देवी उठने लगी। धेनुओं के दुहे जाने की ध्वनि को तोड़ता हुआ बीच-बीच में ओंकार के जप का नाद सुन पड़ता। तापस कुमारियाँ देवबलि के लिए आश्रम की सीमा पर भात रख रही थीं।

सूरज का गोला अंबर के सोपानों पर लुढ़कते हुए पश्चिम के सागर में छपाक् से गिरा होगा, तभी उससे उछटे छींटे तारे बनकर नभ में छितराते जा रहे थे। सूर्य को अस्त

होता देख विरागी-से चंद्रमा ने आकाश के आश्रम में धीरे-धीरे पाँव धरे। चंद्रमा को भाल पर सँभाले आकाश त्रिनयन शंकर जैसा दिखने लगा। ज्योत्स्ना का प्रवाह भागीरथी-सा उसके माथे से झरकर धरती को सींचने लगा।

चिन्मई बड़ी कन्याओं के मना करते-करते मुझे उठाकर अपने कुटीर में ले गई थी। वह बड़े स्नेह और अनुरोध से मुझे इंगुदी का फल खिलाना चाह रही थी, जिसका स्वाद मुझे आज तक भी नहीं भाया। पर तपोवन के लोगों के लिए तो इंगुदी का फल अमृत था। उसी को वे खाते, उसी का रस निकालकर अनेक औषध बना लेते, उसी का तैल निकालकर सिर में लगाते, मनुष्य या तपोवन में पाले गए पशु-पक्षियों के भी चोट लगने या घाव हो जाने पर यही तैल काम में आता था।

"चिन्मई, ला उस शुकशावक को ला।"

"क्यों ? इसे मैं ही पालूँगी।" बच्ची ने हठ पकड़ते हुए कहा।

"हाँ, हाँ, तू ही पाल लेना इसे।" कुमार हारीत ने कहा, "अभी तो तात बुला रहे हैं इसको।"

"इसको ? वे इसको दुलार करेंगे क्या ?"

"नहीं, वे इसकी कथा सुनाएँगे इसी के सामने।"

"मैं भी चलती हूँ।" चिन्मई ने कहा।

कुमार हारीत ने मुझे उठा लिया। एक बार फिर मैंने अनुभव किया उनके सुकोमल पद्मसदृश्य करतल की शैया का।

महर्षि के आसपास फिर मुनिजनों, तपस्विनियों और ब्रह्मचारियों का समाज जुटा हुआ था। हारीत ने मुझे आहिस्ता से महर्षि के सम्मुख रख दिया और कहा, "तात, इस शुकशावक का वृत्तांत जानने की उत्कंठा हम सबके मन में घर किए हुए है आज दिन-भर से। आप बताइए, जो भी यह है, जो-जो इसने किया है और जो कुछ यह आगे करेगा—हम सब सुनने को लालायित हैं।"

एक क्षण महर्षि ध्यानस्थ-से, अनंत में ताकते-से, शून्य-से, निर्विकार-से बैठे रहे। चंद्रमा की किरणें अशोक वृक्ष की सघन शाखाओं से छन-छनकर नीचे उतर रही थीं। अत्यंत क्षीण आलोक आसपास बिखरा हुआ था, जिसके बीच दिपदिपा रही थी महर्षि की पावन तेजस्वी मूर्ति। हल्की-सी उमस थी। जालपाद नाम के शिष्य ने महर्षि को पंखा झलना आरंभ किया।

अंत में महर्षि ने कहा, "बड़ी लंबी कथा है। फिर भी आप सबका कौतूहल है, तो सुनिए..."

अंतराल !!

यहाँ तक आकर शुकशावक वैशंपायन क्षण-भर के लिए रुका और फिर महाराज शूद्रक को गहरी दृष्टि से देखता हुआ बोला, "राजन्, उस पावन आश्रम में उस संध्या महर्षि जाबालि ने मेरी जो कथा आश्रम के निवासियों को सुनाई थी, वही बिना किसी परिवर्तन के जस-की-तस मैं आपको सुनाऊँगा।"

"वह कथा सच्ची तो होगी ?" पंडित हरिदत्त ने प्रश्न किया।

"त्रिकालदर्शी महर्षि की वाणी पर संदेह करना आपके जैसे व्युत्पन्न व्यक्ति को शोभा नहीं देता।" वैशंपायन ने तिरस्कार के स्वर में कहा।

"नहीं, मेरा आशय था आपके जीवन में सचमुच वही सब घटा था क्या, जो उन मुनि महाराज ने बताया।"

"अजी, सच-झूठ का निर्णय आगे होता रहेगा, पहले पंडित वैशंपायन को अपनी कथा को सुनाने दीजिए।" पंडित श्रीनिवास ने कहा।

"सुनाऊँ माँ ?" वैशंपायन ने शंपा से पूछा।

शंपा सिर झुकाए मौन बैठी रही। महाराज शूद्रक उससे बोले, "कहिए, आपकी अनुमति है ?"

शंपा ने कहा, "महाराज, मैं क्या कहूँ ? आप कथा सुनना चाहते हैं, अवश्य सुनिए। इतनी बात अवश्य कहूँगी कि यह तो है बतोलिया। कथा सुनाने बैठेगा तो घंटों राग अलापेगा। और आप लोगों की राजकाज में व्यस्तता ठहरी।"

"कथा कुछ लंबी होने लगे, तो थोड़ा संक्षेप कर देंगे ये।" पंडित रुद्रदेव बोले।

"नहीं ! कथा तो पूरी सुनी जाएगी।" श्रीनिवास जी ने कहा।

"चलिए, आरंभ तो हो।" महाराज ने कहा।

"अच्छी बात है, तो सुनिए आप लोग।" वैशंपायन ने कहा और अपने पिंजरे में बने आसन पर व्यास की भाँति स्थिर होकर बैठ गया।

चंद्रापीड-कथा

भगवान् जाबालि ने मेरी कथा आरंभ करते हुए मुनि समाज से कहा था—मुनियो, इस शुकशावक की नन्ही-सी काया में जो जीव है, उसके पूर्व-वृत्तांत का ध्यान करते हुए इस समय उज्जयिनी के राजप्रासाद का चित्र मेरी आँखों के आगे खिंच गया है। राजा तारापीड चक्रवर्ती और परम प्रतापी सम्राट् हैं। अतुलित वैभव है, अदम्य प्रताप है उनका। पर इस समय तो वे अपने अंतःपुर में प्रवेश करते हुए सकपका गए हैं। किंकर्तव्यविमूढ़ होकर वे अपनी रानी विलासवती के सम्मुख खड़े रह गए हैं। विलासवती देवी है। यह तो सुविदित होगा आप सभी को कि राजाओं के अंतःपुर में सबसे बड़ी सर्वपूज्य जो राज्ञी होती है, उसे देवी कहा जाता रहा है। विलासवती में राजा के प्राण बसते हैं। वह उनकी शक्ति है। आज तक जो सदैव उत्फुल्ल कमल-सी उन्हें देखकर उल्लसित होकर स्वागत करती थी, वही देवी विलासवती ऐसी अनमनी, ऐसी थुनमथान-सी कैसे बैठ गई है ! यह तो बड़ी भारी अनहोनी हो गई ! वे प्रतिदिन इस समय रनिवास में पधारते हैं। उन्हें देखते ही विलासवती ज्योत्स्ना-सी शुभ्र धवल स्मित-सी छटा बिखेरती है, और द्वार तक आकर प्रत्युद्गमन करती है। वह ऐसी गुमसुम-सी कैसे बैठी रह गई है ? मुँह-लगी चेटियाँ कोई हँसी-ठिठोली क्यों नहीं कर रहीं ? परिजन पाषाण की भाँति चुप क्यों खड़े हैं ? यहाँ तक कि सदा कुछ-न-कुछ रटते रहने वाले शुक सारिका भी निःशब्द पिंजरों में सिर झुकाए बैठे हैं...

परम सौंदर्य और सकल गुणों की अनुपम निधि हैं देवी विलासवती। राजा तारापीड के लिए वैसी ही हैं जैसी शिव के जटा कलाप के लिए चंद्रमा की लेखा, या विष्णु के वक्षःस्थल के लिए कौस्तुभ की प्रभा। तारापीड के वसंत की कुसुमप्रसूति हैं वह। उसे ऐसी स्थिति में पाकर राजा पर वज्रपात होना तो स्वाभाविक ही है।

निकट आकर क्या देखते हैं महाराज तारापीड कि प्रिया के डबडबाए, नीचे झुके नयनों से तो टपटप अश्रु-बिंदु भी झर रहे हैं। पर राजा को आया जानकर, सँभलकर, उठकर समुदाचार तो उन्होंने किया ही। उठ खड़ी हुईं, नमन किया। राजा ने हाथ पकड़कर पार्श्व में पर्यंक पर उन्हें बिठा लिया। डरते-डरते अपने करतल से वे रानी के कोमल कपोल पर ढुलक आए अश्रु-बिंदु पोंछने लगे। फिर पूछा, "यह कैसा निःशब्द रुदन है देवि ? क्यों उतार दिए हैं सारे अलंकार, और अलक्तक भी क्यों नहीं लगाया

है पाँवों में ? क्यों मौन हैं मणि नूपुर ? ललाट पर गोरोचना का तिलक भी नहीं। और यह कोमल अंगुलियों वाली हथेली सूने कान पर कर्णफूल बनी क्यों टिकी है ? कुसुम-रहित तुम्हारे इस केशपाश को देखकर मेरे जी में अँधेरे के मेघ घुमड़ उठे हैं। हवा में थरथराते रक्त पल्लव-सा काँप रहा है मन, दुःख में छूटते तुम्हारे इन निश्श्वासों के सामने। क्या अनजाने में मुझसे कोई चूक हुई, या किसी परिजन ने कोई अपराध किया ? बहुत सोच-विचार करके भी मैं तो समझ ही नहीं पा रहा हूँ कि कौन-सी त्रुटि हो गई है मुझसे ? मेरा तो जीवन ही तुम्हारे अधीन है और यह सारा साम्राज्य भी। सुंदरी, अपने क्लेश का कारण मुझसे कहो।''

राजा बार-बार निहोरा कर-करके पूछ रहे हैं और विलासवती हैं कि बस मौन शून्य में ताक रही हैं। विवश राजा ने जिज्ञासु दृष्टि परिजनों पर टिका दी है।

रानी के साथ सदा की मुँह-लगी तांबूलकरंकवाहिनी मकरिका हाथ जोड़कर शीश नवाकर महाराज से निवेदन करने लगी-''देव, आप से रत्ती-भर भी चूक कभी हो सकती है क्या ? और आपके रहते किस परिजन की शक्ति है कि देवी के प्रति अपराध करे ? महारानी अनमनी तो कई दिनों से हैं। आपके आगे व्यक्त नहीं होने दी इन्होंने मनोव्यथा अभी तक। आज चतुर्दशी है, सो भगवान् महाकाल की पूजा के लिए गई थीं। वहाँ चल रहा था महाभारत का वाचन। उसमें प्रसंग था कि पुत्रहीन को सद्गति नहीं मिलती, पुम् नामक नरक से जो तारे, वही पुत्र है। बस, यह प्रसंग जब से सुनकर आईं, तब से ऐसी ही बैठी हैं। कह-कहकर थक गए हम। न आहार लें, न अलंकार धारण करें, न उत्तर दें। बस, दुर्दिन की भाँति आँसू की धार बहा रही हैं। अब महाराज जानें।''

यह सुनकर राजा एक मुहूर्त तो सन्नाटे में बैठे रह गए। फिर लंबी साँस छोड़कर बोले, ''देवि, भाग्य के आगे हम लोग क्या कर सकते हैं ? देवताओं ने हमीं पर कृपा नहीं की। हमारे ही हिय को आत्मज के आलिंगन का अमृत-भरा आस्वाद न मिला। पिछले जन्म के पुण्यों में कुछ कमी रह गई होगी। तो अब तो मनुष्य के जतन से जो-जो हो सकता है, सब करो ! गुरुजनों की भक्ति करो। देवताओं की पूजा करो। ऋषियों की वंदना करो। पहले भी बृहद्रथ, दशरथ जैसे राजाओं को पुत्रों के मुँह देखने का सौभाग्य बड़ी साधना के पश्चात् मिला था। मेरी तो स्वयं की कितनी बड़ी साध है देवी को पूर्णिमा की रात-सी पांडुर गर्भमदालस देखने की, हल्दी के रंग की साड़ी पहने, गोद में मचलते शिशु को लिये कब तुम्हें देख पाऊँगा-यह मैं भी तो सदा सोचता रहता हूँ। यह अनपत्यता का दुःख भीतर-ही-भीतर समुद्र में लगी आग-सा मुझे भी तो जलाता रहता है। इसलिए शोक को छोड़ो, धैर्य धारण करो और धर्म में मन लगाओ !'' यह कहकर चुल्लू में जल भरकर अपने करतल से राजा ने रानी के आँसू पोंछे, जैसे टटकी कोंपल खिले कमल पर फैली ओस की बूँदों को पोंछ रही हो।

उज्जयिनी के चंडिका गृह का दृश्य है। दर्शनार्थियों की आवाजाही लगी हुई है। मध्याह्न का समय है। आकाश से अंगारे बरस रहे हैं। नंगे पाँव एक स्त्री मंदिर की ओर चली आ रही है। वह उपवास से कृशकाय है। फिर भी उसके मुख पर अद्भुत

आभा है। लोग उसे देखकर सहमकर अलग हटते जाते हैं। वे उसे देखकर आँखें झुका लेते हैं।

"कौन है यह महिला ?" मार्ग में आता एक युवक किसी वृद्ध के द्वारा रास्ते से सहसा पीछे खींच लिए जाने पर चिढ़कर पूछता है। झिड़की के स्वर में वृद्ध बताता है—"नहीं जानते ? महारानी हैं उज्जयिनी की।"

प्रतिदिन की भाँति संभ्रम में भरकर अगवानी के लिए देवालय के द्वार तक आ गए हैं पुजारी।

कितने ही दिन इस तरह बीत गए। उस दिन की राजा की बात रानी ने ऐसी गाँठ में बाँधी कि उनकी पूरी दिनचर्या ही बदल गई। काया छँटकर छरहरी हो गई। उस पर सौम्य छाया छा गई। संयम का तेज आँखों में दिपदिपाने लगा। उनवास से कृश हुई देहयष्टि में अपार सात्त्विक बल आ गया। पहले अंतःपुर के बाहर चरण रखती थीं, तो केवल रथ पर ही। अब कोसों पदयात्रा कर लेतीं। ग्रीष्म में हिमगृह में रहती थीं, शीत में चंदनकाष्ठ की हंसतियाँ निरंतर उनके प्रकोष्ठ में प्रज्वलित रहतीं। अब वे ही रानी विलासवती कड़कड़ाते जाड़े में पैदल गोव्रज चली गईं और प्रातः हिमशीतल जल से खुले में स्नान कर बैठीं, तो राजा तो दाँतों तले उँगली दबाकर रह गए। पौष और माघ के दो महीनों में निरंतर यही क्रम चला। मध्याह्न में कुसुम, धूप, लेप, अपूप, तिलकुट, पायस, बलि और लाजा का संभार लेकर अंबा के मंदिर जाना। लौटकर स्वल्प फलाहार। फिर शाकुनिक, मौहूर्तिक, आदेशिक तथा बौद्ध भिक्षुओं के प्रातः से सायं तक अंतःपुर के बर्हिद्वार पर बने रहने वाले जमघट से चर्चा। शैवों, शाक्तों, वैष्णवों के लिए निरंतर उपहार सजा-सजाकर वे भिजवाती रहतीं। जिसने जो भी उपाय बताया, छोड़ा नहीं। गले में रुद्राक्ष की माला के साथ गोरोचना से लिखा भूर्जपत्र का मंत्रकरंडक भी झूलने लगा था।

रात छँटने लगी थी। फीके पड़ते दो-चार तारे नभ में दिखते थे। बूढ़े कबूतर के पंखों के रंग वाला दिखता था आकाश। राजा अपने वास कक्ष में सोए हुए थे। उन्होंने स्वप्न देखा कि सौधप्रासाद के शिखर पर खड़ी हैं देवी विलासवती। वे मुख खोलती हैं, जमुहाई लेती हैं और उसी समय चंद्रमा नभ से उतरकर प्रासाद की छत पर चला आता है और देवी के मुख में समाने लगता है।

विचित्र सपना था। अचरज में भरे राजा अचकचाकर उठ बैठे। पार्श्व में देखा—देवी की शैया खाली थी। वे तो ब्राह्ममुहूर्त में उठकर महाकाल के दर्शनों के लिए प्रस्थान कर चुकी थीं। महाकाल के धर्माभिषेक के समय नियमतः वे वहाँ उपस्थित हो जाती थीं।

"कोई है ?" राजा ने पुकारा।

तत्क्षण वास भवन के बाहर खड़ी वेत्रवती उपस्थित हो गई। वेत्रलता भूमि पर रखकर उसने राजा को प्रणाम किया।

"प्रधान अमात्य को संदेश भेजो कि हमने स्मरण किया है।"

"जो आज्ञा, देव !"

अमात्य शुकनास का शास्त्रों का ज्ञान अगाध था। ज्ञान का व्यवहार में उपयोग करना भी वे जानते थे। बचपन से वे राजा तारापीड के साथ रहे थे। शुकनास का ही प्रज्ञा बल था जिसके आसरे राजा चैन की नींद सोते थे।

सद्यःस्नात और माथे पर त्रिपुंड धारण किए गौरवर्ण के मंत्री शुकनास ने राजा के वास भवन में प्रवेश किया, जैसे देवराज के कक्ष में बृहस्पति आए हों। राजा ने उठकर शुकनास को गले लगाया, फिर बिठाकर स्वप्न का वृत्तांत बताया। शुकनास ने प्रसन्न होकर कहा, "महाराज, हमारे और उज्जयिनी की प्रजा के मनोरथ पूरे होने का समय आ गया। अब वह दिन दूर नहीं जब स्वामी अपने पुत्र का मुख निरखेंगे।"

"स्वप्न तो स्वप्न ही है।" राजा ने हँसकर कहा।

"स्वप्न में हमारी संचित इच्छाएँ और विश्वास, प्रतिबिंबित होते हैं, महाराज ! और हमारी नियति भी इन्हीं से बँधी है। इसलिए स्वप्न में वह भी झाँकती है। यह स्वप्न मिथ्या नहीं होगा। ब्राह्ममुहूर्त के स्वप्न झूठे नहीं होते। आज मैंने भी नींद टूटते-टूटते बड़ा रमणीय स्वप्न देखा है।"

"अच्छा ?" साश्चर्य तारापीड बोले, "तुम्हारा स्वप्न क्या था ?"

"मैंने देखा कि देवी मनोरमा के अंक में एक शांत दिव्य आकृति वाला धवल धौत वस्त्रधारी द्विज श्वेत कमल रखकर चला गया है। ज्योत्स्ना-सा अवदात शतदल पुंडरीक।"

"भाग्य है। भाभी मनोरमा की गोद भी भरेगी। हमारे मनोरथ पूरे होंगे।"

शुकनास ज्योतिष, गणित और मुहूर्तशास्त्र के प्रमाण दे-देकर राजा को विश्वास दिलाने लगे कि उनके स्वप्न का वांछित फल मिलेगा और वह भी निकट भविष्य में ही, तो राजा का चित्त प्रसन्न हो गया। वे शुकनास के साथ सौध के तल्प पर जा चढ़े। प्रभात की किरणों से पिंजरित थे उज्जयिनी के राजपथ, धूप की गुनगुनाहट का सुख ले रही थीं रात-भर ओस में भीगती अट्टालिकाएँ। सिप्रा तरंगों के हाथ उठा-उठाकर राजा का स्वागत कर रही थी। यौवन से मदमाती मालव युवतियों के कुच-कलश उसके जल में अगणित ऊर्मियाँ उठा रहे थे, जैसे महाकाल के मस्तक पर भागीरथी को देखकर उसने भौंहें टेढ़ी की हों। महाकाल के देवालय का गगनचुंबी शिखर और उस पर लगा विशाल स्वर्णकलश आतप में तपता हुआ दूसरा सूर्यपिंड प्रतीत हो रहा था। तारापीड को लगा, उनकी उज्जयिनी पृथ्वी का नहीं, स्वर्ग का दूसरा टुकड़ा है, जिसे स्वर्ग से धरती पर उतरते समय पुण्यात्मा लोग अपने शेष बचे पुण्यों के विनिमय में ले आए हैं। अथवा त्रिलोकी से सर्ग, स्थिति और संहार के कारण महाकाल ने स्वयं इस धरती के ऊपर दूसरी धरती के रूप में उसे रचा है।

दूर उज्जयिनी के चारों ओर प्राकार के पीछे बनी सागर-सी गंभीर परिखा का वलय देखा जा सकता था। उत्तुंग अट्टालिकाएँ और आसपास मंत्रियों, अमात्यों के सौध। उनके पीछे उज्जयिनी का विपणिपथ था--शंख, शुक्ति, मुक्ता, प्रवाल और मरकत की राशियों से पटे हट्ट, पुष्पों का आपण।

राजा तारापीड को अपनी प्रिय नगरी प्रियतमा लगने लगी। आसपास के भवनों

में पुष्पों का संभार बिखरा हुआ था। महावर रचे पग धरकर कोई सुंदरी पार्श्व के भवन की छत पर चढ़ी होगी, सोपान पंक्तियों पर उसके चरणराग की छाप अंकित थी। कुछ भवनों की चित्रशालाओं में उत्सव प्रारंभ हो चुके थे। भवन की छतों पर मदनयष्टियों में बँधे केतु मदन की यशःपताकाओं से फहरा रहे थे। चूने से पुते कुछ भवन ऐसे दिखते थे जैसे महाकाल संध्या के समय की आरती के समय अट्टहास करते हों और वही अट्टहास उन भवनों पर परत के ऊपर परत चढ़ता गया हो। मयूरों की अनवरत केकाएँ उन भवनों की छत से परस्पर होड़ बदती-सी उठतीं। उज्जयिनी के देवालयों पर दूर-दूर तक स्वच्छ ध्वजाएँ फहरा रही थीं, मानो आकाशगंगा की धाराएँ उसे सींचने को नीचे उतर रही हों। उसके नीचे उपवनों के जलवटी यंत्रों से छूटते फव्वारों से अँधियारा छा गया था। सिवान केतकी के पराग की धूलि से धूसर थे और क्यारियों में भौंरों की भरमार ने काले परदे तान दिए थे।

राजमार्गों, रथ्याओं और वीथियों में उज्जयिनी के निवासी आ-जा रहे थे। उनमें से कुछ प्रेयसियों के घर रात बिताकर घरवालियों के पास लौट रहे थे। कुछ रामायण, महाभारत, पुराण या आख्यान सुनने के लिए विभिन्न स्थलों की ओर प्रस्थान कर रहे थे। असंख्य लोग महाकाल के दर्शन के लिए अग्रसर थे।

तारापीड को दिवस मधुर लगने लगे और यामिनियाँ मधुरतर। रानी विलासवती में शनैः-शनैः परिवर्तन आता जा रहा था, जो राजा की सूक्ष्म दृष्टि से अनदेखा न रहा। संकोच के कारण अथवा अपने सौभाग्य पर अविश्वास होने के कारण वे सीधे-सीधे पूछ न सके। रानी उन्हें खिलते पारिजात से सुवासित नंदनवन की भूमि-सी, कौस्तुभ मणि से विभूषित विष्णु की वक्षःस्थली-सी भली लगने लगीं। जल से भरी मेघमाला-सी वह मंथर गति से चलने लगी थी। वर्षा की तरह उसके पयोधराग्र श्यामल होते जा रहे थे। तारापीड उसकी ओर उत्सुकता और कौतुक से देखते, स्मित की छटा रानी के ओठों के बीच थिरकती हुई उनके चित्त को गुदगुदा जाती, तारापीड कुछ पूछते-पूछते रह जाते, रानी कुछ कहते-कहते।

बड़ा शुभ दिन था वह। प्रदोष का सारा समय राजा मुक्त्वास्थानमंडप में बिताते थे। सहस्रों दीपिकाओं के मध्य असंख्य नक्षत्रों से घिरे पूर्ण चंद्र की भाँति वे इस समय वहीं बैठे थे। राजा की दृष्टि तो बार-बार अपने पार्श्व में बैठे अमात्य शुकनास की ओर चली जाती। शुकनास सदैव ऊँचे वेत्रासन पर आसीन रहते। धुले धवल अंबर सागर के तट पर छितराए शुभ्र फेन पुंज-से उनकी देह पर फहराते रहते।

वे तारापीड को कुरुक्षेत्र का वृत्तांत सुना रहे थे। तभी महत्तरिका कुलवर्धना ने आस्थानमंडप में पाँव रखा। उसके नूपुर की रुनझुन ने आसपास बैठे राजाओं का ध्यान अपनी ओर खींचा जैसे राजहंसी ने कमलनाल तोड़ते हुए उसके भीतर के असंख्य सुकुमार तंतुओं को अपनी चोंच से खींचा हो। सभा निवात वनस्थली-सी निःस्तब्ध हो गई। शुकनास ने भी अपना कथन बीच में रोककर कुलवर्धना को संदेश देने के लिए संकेत किया, राजा ने ग्रीवा तनिक उसकी ओर मोड़कर पूछा, "क्या है कुलवर्धने ?"

कुलवर्धना के मुख पर हास्य का लास्य थिरका। "विशेष बात है, ऐसे नहीं कहूँगी।" उसने कहा।

"बता भी दे।" शुकनास ने उसे कौंचा और फिर वे तारापीड से बोले, "अवश्य ही कोई बड़ी शुभ वार्ता लगती है।"

राजा के बहुत निहोरा करने पर कुलवर्धना ने उनके कान में फुसफुसाकर कुछ कहा।

"क्या सचमुच ?" राज के स्वर में उत्कंठा, आतुरता, हर्षनिर्भरता एक साथ शबलित हो गईं। कुछ ऊँचे स्वर में वे शुकनास से बोले, "मित्रवर, आपने सत्य कहा था।" शुकनास ने अपने वेत्रासन पर झुककर थोड़ा और राजा के पास सरकते हुए पूछा, "देव, आपने उस दिन जो स्वप्न बताया था, क्या उसका फल सामने आ गया ? लगता है, कुलवर्धना ने ऐसा कुछ कहा है, जिससे आपका पोर-पोर अमृत के रस से इस तरह सिंच गया है कि देह पर रोमांच के रूप में आनंद के अंकुर फूट पड़े हैं।"

"तो सचमुच हर्ष की वार्ता हो तो हमें भी बताइए, मन सुनने को अकुला रहा है।"

तारापीड कुछ झेंपते हुए हँस पड़े। "मंत्रिवर, स्वप्न का जो फल आपने बताया था, वह तो कुलवर्धना के कथन से चरितार्थ हो गया लगता है। पर भई, हमें तो विश्वास नहीं होता। हमारी ऐसी भाग्यसंपत् कहाँ ? ऐसा प्रिय वाक्य सुनने के हम अपात्र हैं। यों कुलवर्धना कभी मिथ्या तो नहीं बोलती, क्यों कुलवर्धने ?"

"मिथ्या कहूँ तो मेरी जिह्वा गल जाए। देव, आप स्वयं जाकर देवी से पूछ क्यों नहीं लेते ? यदि हम ऐसे ही झूठे हैं तो जो दंड उचित हो आप दे सकते हैं।"

"दंड नहीं, तुझे तो पुरस्कार ही मिलेगा।" शुकनास ने कहा।

तारापीड ऐसे हर्षविह्वल थे कि मुँह से कठिनाई से बोल फूट रहे थे। आँखों से बरबस प्रसन्नता के अश्रु छलक रहे थे। ओठों पर हँसी नाच रही थी।

"चलो, देवी के पास ही चलें।" फिर वे उठते हुए बोले और शुकनास को भी अपने साथ आने के लिए संकेत किया।

"ऐसी क्या शुभ बात हो गई, मंत्रिवर ?" मुँह लगे राजा लोग पूछते रह गए। अमात्य ने हँसकर कहा, "समय आने पर सबको विदित होगी ही शुभ वार्ता।" राजा ने सबको विसर्जित करते हुए कहा, "अच्छा, आप लोग हमें अनुज्ञा दीजिए।" और शुकनास के साथ अंतःपुर की ओर चल पड़े। चलते-चलते वे देह से केयूर, दंतपत्र और हार आदि आभूषण एक-एक कर उतारते हुए सकुचाती, मुसुकाती, फिर भी हाथ फैलाती कुलवर्धना के करतल पर रखते चले गए। राजा के साथ-साथ चलते परिजन अलग-अलग ड्योढ़ियों पर रुकते गए।

अंतःपुर की अगणित प्रज्वलित प्रदीपिकाएँ लपटों के मस्तक हिला-हिलाकर राजा का स्वागत कर रही थीं। वासभ्वन के द्वार पर पूर्णकलश रखा हुआ था। भीतर असंख्य मणियों तथा रत्नों की आभा ने अंधकार को धकेलकर बाहर कर दिया था। पर बाहर भी सहस्रों दीपिकाएँ उसे भगा रही थीं। कदाचित् कहीं भी आश्रय न पाकर अनाथ-सा

बावला-सा बेचारा अंधकार पीछे के वातायन से वासभवन के भीतर घुसकर चुपचाप देवी विलासवती की जानुलंबिनी सघन केशराशि से जा लिपटा था। उनके सिरहाने धवल मंगल कलश रखे थे, उन पर गोरोचना से भोजपत्रों पर लिखे मंत्रों से युक्त यंत्र बँधे हुए थे। सफेद सरसों के दाने और बिना गुँथे फूलों की अंजलियाँ धरती पर जहाँ-तहाँ बिखरी थीं। छोटे-से छींके से पीपल और नीम के पत्ते बँधे थे।

अंतःपुर की वृद्धाएँ रानी का अवतरणक मंगल कर रही थीं।

तारापीड को उस समय अपनी प्रिया कुलशैलों से भरी पूर्व की धरती-सी, ऐरावत के डुबकी लगाए जाते समय की मंदाकिनी-सी और जलधरपटल से सूरज को अपने भीतर समो लेने वाली वर्षा के समय की दिवसलक्ष्मी-सी लगी।

राजा को देखते ही ससंभ्रम देवी विलासवती समुदाचार के लिए उठ खड़ी हुई।

"बस, बस, कष्ट न करो, देवि ! उपचार की आवश्यकता नहीं।" राजा ने हँसते हुए कहा और रानी का हाथ पकड़कर पास बिठा लिया।

"बैठिए अमात्य," फिर निकट रखी पर्यंकिका की ओर संकेत कर शुकनास से वे बोले।

"देवि, हमारे प्रिय मित्र शुकनास कुछ पूछना चाहते हैं।" राजा ने मुस्कराते हुए कहा।

"क्या ?" मंदस्मित बिखेरती रानी ने मंद स्वर में कुछ लजाकर पूछा।

"यही कि कुलवर्धना ने अभी-अभी जो सूचना दी है वह क्या सच है ?" विलासवती के मुख पर प्रश्नातुर नयन गड़ाए हुए पूछने लगे तारापीड।

विलासवती सिर झुकाए मौन बैठी रही। राजा के बार-बार पूछने पर बोली, "धत्, मुझे क्या पता !"

शुकनास हँस पड़े। दुर्दिन के बादल छँटने पर टटकी धूप में खिलते उपवन-सा विहंस उठा सारा अंतःपुर। सेविकाओं ने मुस्कान बिखेरते हुए मुख मोड़ लिये।

"चलिए हमें तो आप नहीं ही बताएँगी," राजा कहने लगे—"पर यह उदर में आ बैठा नवजीवन जो अमृत की धार छोड़ रहा है, उससे निःसंतान होने के हमारे-आपके दुःखों की धधकती ज्वालाएँ बुझ गई हैं, और उनके बुझने से उठा धुआँ तमाल के रस से पुते हुए-से श्यामानयान होते जा रहे आपके चूचुकों पर जो आ लगा है, उसका क्या करेंगी आप ? यह जो कटि में कांची कसने लगी है, उसका क्या करेंगी ? ये जो उदर की त्रिवलियाँ मिटने लगी हैं—उनका क्या करेंगी ?"

चेटियाँ मुँह दबाकर हँसने लगीं। राजा का स्वभाव ही ऐसा था। फक्कड़ और मनमौजी। जो मन में आता बिना लाग-लपेट के कह देते। कोई दुराव-छिपाव नहीं। रसीला और रँगीला उनका चित्त था।

विलासवती कृत्रिम क्रोध में आँखें तरेरकर राजा को अति करने से रोकती हुई धरती में सिर गड़ाती गई। शुकनास बोले, "छोड़िए राजन्, क्यों देवी को बार-बार प्रश्नों से आतंकित कर रहे हैं। कुलवर्धना ने जो कहा, उसका इन्होंने खंडन किया है क्या ?"

उज्जयिनी उल्लास में उमड़ पड़ी। अंतःपुर में कंचुकियों, वामनों और कुबड़ों की ठेलपेल मच गई। मृदंग, शंख और पटह के निनाद से प्रासाद गूँज उठा। वेश्याएँ रथ्याओं पर निकल आईं और नृत्य करने लगीं।

विलासवती ने पुत्र को जन्म दिया था।

तारापीड का हृदय पुत्र को देखने के लिए अकुला रहा था। पर ज्योतिषियों द्वारा बताए शुभ मुहूर्त पर ही वे वासभवन के भीतर जा सकते थे।

एक नवनिर्मित प्रासाद सूतिकागृह के लिए सुसज्जित किया गया था। राजा को उसमें प्रवेश करते हुए लगा जैसे वे किसी दूसरे ही लोक में चले आए हों।

सूतिकागृह के द्वार पर मणिजटित स्वर्णकलश के जोड़े रखे हुए थे। दीवारों पर असंख्य पुतलियाँ उत्कीर्ण थीं। स्वर्ण के हल और मूसल भी रखे हुए थे। द्वार के दोनों ओर सौभाग्यवती स्त्रियाँ गोबर से चौक पूरकर षष्ठी देवी बना रही थीं। उन्होंने उलटी कौड़ियाँ चिपकाकर आँखें बनाई थीं, कुछ रुई के फाहे उस पर लगा रही थीं, तो कुछ टेसू के फूल सजा रही थीं। हल्दी से रँगे पीले कपड़ों से उन्होंने षष्ठी देवी को सजाया था। उसके पास मोरपंखों पर विराजमान भगवान् कार्तिकेय बनाए गए थे। उन्हीं के निकट बैठीं दो-तीन स्त्रियाँ लाख से सूरज और चंद्रमा उकेर रही थीं। कुछ स्त्रियाँ मिट्टी की गोलियों पर कुंकुम की छाप लगाकर मालाएँ तैयार कर रही थीं। नया प्रासाद, नई-नई रम्य रचनाएँ, नवेली दुल्हनों-सी तरुणियाँ। राजा अपने ही भवन के परिसर को जैसे पहली बार देख रहे हों।

द्वार पर फूलों की माला पहने बकरा बँधा हुआ था। भीतर आते ही जनसम्मर्द के बीच राजा ने अपने-आप को पाया। कोलाहल इतना था कि आलोक शब्द का उच्चारण करने वाले रक्षक—हटो-हटो—चिल्लाते रह गए, राजा के एकदम निकट आ जाने पर ही लोग पहचानकर, सहमकर दूर हटते गए—कई कक्ष और कई ड्योढ़ियाँ लाँघते गए राजा। किसी कोने में वृद्धा सुहागिनें सौरी गा रही थीं। दूसरी ओर ब्राह्मण स्वस्तिवाचन कर रहे थे। नंगी तलवारें लिये रक्षापुरुष लगातार कक्ष का चक्कर लगा रहे थे।

राजा ने जल और अग्नि का स्पर्श किया। फिर शुकनास के साथ सूतिकागृह के भीतरी भाग में आ गए।

पलंग पर रानी लेटी थी। उसके सिरहाने सब प्रकार के अनाज रखे हुए थे। उन पर एक वृद्धा विराजमान थी। उसके पास रखे दीपक में साँप की केंचुल और मेढे के सींगों का बुरादा जल रहा था। नीम के पत्तों की धूप का कसैलापन सूतिकागृह में फैला हुआ था।

तारापीड ने सर्वथा नए रूप में विलासवती को देखा। क्षीण और फीके मुख पर भी आलोकित थी अद्‌भुत आभा। उसकी गोद में वह सोया था—नन्हा शिशु—एकदम निःस्पंद और शांत होते हुए भी उसने सारे राज्य में, पुर में और प्रासादों में कैसी हलचल मचा दी थी ! उसके तेज के आगे सूतिकागृह में जलते हुए दीपक निष्प्रभ हो चुके थे। नवप्रसवजन्य हल्की लालिमा अभी भी उसके देह पर थी, उससे तुरत उगे सूरज-सा वह

लग रहा था। राजा को वह कल्पवृक्ष की कोंपल-सा लगा। उसके अवयव मूँगों के अवयवों के टुकड़ों-से, प्रातः की धूप के कणों से या पद्मराग मणि की रश्मियों-से रचे हुए प्रतीत हुए। आँखों-ही-आँखों में राजा ने उस अनिंद्य, हृद्य नवरचना को पी डाला, छू लिया, उससे बातें कर लीं।

"देख रहे हैं देव," शुकनास कह रहे थे—"अभी तो देह की शोभा पूरी तरह स्फुट नहीं हुई है, पर चक्रवर्ती के चिह्न सब हैं।"

तभी हाँफते हुए विश्वस्त सेवक मंगल ने वहाँ प्रवेश किया। उसकी सारी देह रोमांचित थी। प्रसन्नता के मारे मुख से बोल ही नहीं फूट रहे थे। "क्या बात है, भाई मंगल ?" शुकनास ने ऐसी स्थिति में उसे देखकर पूछा।

"बधाई हो अमात्य, बधाई हो महाराज !" मंगल ने कहा, "अमात्य की ज्येष्ठा ब्राह्मणी मनोरमा देवी ने भी पुत्ररत्न को जन्म दिया है।"

"कितने भाग्यशाली हैं हम !" राजा ने हर्षविह्वल होकर कहा, "सयाने लोग सच ही कहते हैं कि संपत् और विपत् अकेली नहीं आतीं। हम स्वयं वहीं जाकर मनोरमा भाभी को बधाई देंगे।"

बाहर चारण, भाट, बंदी जन उच्च स्वर में विरुद गा रहे थे। नट, नर्तक, गायक, वादक, कुशीलवों की भीड़ प्रासाद के द्वार पर लगी हुई थी।

उज्जयिनी में आनंद, प्रमोद और उल्लास के महासागर उमड़ रहे थे। कब दिन होता, कब रात—कुछ पता ही न चलता। षष्ठी जागरण हुआ। सुहागिनों के गीतों से नगर के सारे गलियाँ और चौराहे गूँज उठे। दसवें दिन राजा ने ब्राह्मणों को सुवर्ण और गाएँ दान में दीं। पुरोहितों, मौहूर्तिकों और आदेशिकों से परामर्श कर सपने में चंद्रदर्शन से जन्म होने के कारण बेटे का नाम रखा—चंद्रापीड।

नन्हे राजकुमार के एक-एक अंग-प्रत्यंग और उपांग को निर्दिष्ट कर शुकनास सामुद्रिक दृष्टि से उसका शुभ फल बताते जा रहे थे, राजा गद्गद होकर प्यासे की तरह उनके शब्द पी रहे थे। आँखें तो पुत्र पर ही टिकी थीं। "और आप अपने लाड़ले का नाम क्या रखने जा रहे हैं, अमात्य ?" फिर स्निग्ध, प्रसन्न दृष्टि शुकनास पर डालते हुए वे पूछने लगे।

"हमने तो उसका विप्रजनोचित—'वैशंपायन' नाम सोच रखा है।"

"बहुत ही अच्छी जोड़ी रहेगी चंद्रापीड और वैशंपायन की। दोनों ने एक ही दिन जन्म लिया है। दोनों में अटूट सख्य होगा। इनके चूडाकर्म, उपवीत आदि सब संस्कार हम साथ-साथ कराएँगे।"

धीरे-धीरे दोनों कुमार बड़े हो रहे थे। प्रायः वैशंपायन को धात्रियाँ विलासवती के सदन

में ले आतीं। दोनों कुमार घंटों साथ-साथ खेलते। उनकी किलकारियों से प्रासाद गूँज उठता।

बच्चे जब पाँच वर्ष के हो गए, तो राजा को उनकी शिक्षा की चिंता होने लगी। अब ऐसे गुरु कहाँ मिलेंगे जैसे कृष्ण को इसी उज्जयिनी में महर्षि सांदीपनि मिल गए। शुकनास के साथ वे घंटों विचार-विमर्श करते रहते, किस आश्रम में भेजा जाए, कौन-कौन से तपोवन हैं जहाँ तपःपूत ज्ञानी और सब वेदों, उपवेदों के ज्ञाता ऋषि रहते हों।

दोनों के मन में एक ही बात थी, जो धीरे-धीरे एक बड़ी योजना का रूप लेकर सामने आ गई। वे अपने बेटों को कहीं नहीं भेजेंगे, यहीं उज्जयिनी में ही एक महान् विद्यामंदिर निर्मित कराएँगे, जिसमें सारे देश के सभी विद्याओं के बड़े-से-बड़े आचार्य सादर आमंत्रित करके रखे जाएँ। यहीं दोनों कुमारों की शिक्षा हो।

नगर के बाहर सिप्रा के तट पर सुरम्य एकांत स्थान में विद्यामंदिर बनने लगा। उसका परिसर आधे कोस में फैला था। आसपास हिमालय के शिखरों-सा ऊँचा परकोटा था, जिसके चारों ओर परिखा का वलय था। विद्यामंदिर का मुख्य भवन इतना ऊँचा था कि उज्जयिनी के किसी भी भाग से वह दिखाई दे सकता था।

इसी बीच शुकनास ने देश के कोने-कोने से महान् गुरुओं को उज्जयिनी बुलाने के लिए योग्य चतुर संदेशहर भेज दिए थे। गुरुजन आने लगे। एक विराट् गुरुकुल वहाँ बस गया।

चंद्रापीड वैशंपायन के साथ विद्याध्ययन में लग गया। दस वर्ष तक वह विद्यामंदिर के बाहर नहीं निकला। उसके अतिनिर्मल मतिदर्पण में सारी विद्याएँ संक्रांत होती गईं। व्याकरण, न्याय, मीमांसा, धर्म-शास्त्र, राजनीति, धनर्वेद, रथचर्या, गजशास्त्र, शालिहोत्र, गायन, वादन आदि में वह पारंगत हो गया। महाभारत, रामायण और पुराण का उसे अभ्यास कराया गया। कैशोर्य के साथ ही अपरिमित ऊर्जा और महाप्राणता उसमें आती गई थी। वह हाथी के बच्चों के कान पकड़कर उन्हें नीचे बिठा देता। एक कृपाण के प्रहार से मृणाल दंडों की तरह बाल तरुओं के झुंड-के-झुंड काटकर गिरा सकता था। दस पुरुषों के उठाने योग्य लौह दंड से वह व्यायाम करता था। बलशालिता को छोड़कर शेष सब गुणों में उसका चिरसहचर वैशंपाथन उसी के समान था।

विद्यामंदिर में रहते-रहते दोनों ने एक साथ चौदह विद्याओं में प्रवेश पा लिया और साथ ही कैशोर्य की सीमा पार कर तारुण्य की परिधि में भी। जैसे प्रदोष को चंद्रोदय, वर्षा को इंद्रधनुष तथा कल्पवृक्ष को पुष्पोद्गम रमणीय बना देते हैं, वैसे ही यौवनारंभ ने चंद्रापीड को और मनोहर बना दिया था। अवसर की ताक में रहने वाले नए सेवक-सा मदन उसके साथ चलने लगा। यौवन-लक्ष्मी की स्फीति के साथ उसका वक्ष चौड़ा होता गया, उरुदंडयुगल भर गए, मध्य भाग छँट गया। स्वर में मृदंगमांसल गांभीर्य ने और हृदय में स्निग्धता ने घर कर लिया।

प्रातः का समय था। चंद्रापीड वैशंपायन के साथ दैनिक कृत्यों से निवृत्त होकर

स्वाध्याय के लिए वैदिक उपाध्याय के पास जाने वाला था, तभी द्वार पर नियुक्त प्रहरियों में से एक ने आकर कहा, "राजकुमार, देवाधिदेव महाराज तारापीड का संदेश लेकर बलाधिकृत बलाहक आए हैं।"

पिता का नाम सुनते ही चंद्रापीड ने अंजलि मस्तक पर धारण करके सादर कहा, "उन्हें भीतर ले आओ।"

बलाधिकृत ने सम्मुख आकर चंद्रापीड को प्रणाम किया और कहा, "कुमार, महाराज आज्ञा देते हैं कि अब हमारे मनोरथ पूर्ण हुए। कुमार ने सारे शास्त्र पढ़ लिये, सारी कलाएँ सीख लीं। कुलगुरु सहित समस्त आचार्यों ने आपके समावर्तन की सहर्ष अनुमति प्रदान कर दी है। प्रजा राजकुमार के दर्शनों के लिए उत्कंठित है। अंतःपुर की सभी रानियाँ कुमार को निहारने के लिए लालायित हैं।"

चंद्रापीड ने शांत मन से उस दिन का स्वाध्याय पूरा किया, फिर वैशंपायन के साथ एक-एक कर सभी गुरुओं के पास जाकर उनको प्रणाम किया, सबसे गमन की अनुज्ञा ली और विद्यामंदिर के बाहर आ गया।

बलाहक बाहर प्रतीक्षा कर रहा था—"आइए, कुमार ! स्नातक बनने के उपलक्ष्य में महाराज की ओर से आपके लिए एक अनूठा उपहार है।"

"पिता का स्नेह और आशीष ही मेरे लिए सबसे बड़ा उपहार है।" चंद्रापीड ने कहा।

"कौन-सा उपहार साथ में लाए हो, भाई बलाहक ?" वैशंपायन ने कुछ अधीर होकर पूछा—"छिपा क्यों रहे हो, दिखाओ।"

"छिपा कहाँ रहा हूँ, कुमार वैशंपायन !" बलाहक ने कहा, "वह तो व्यक्त और साकार आँखों के सम्मुख है—एकदम प्रत्यक्ष !"

"कहाँ ?" चंद्रापीड और वैशंपायन दोनों ने एक साथ पूछा।

"यह तो रहा !" द्वार पर खड़े अश्व को दिखाकर बलाहक ने कहा।

अभी तक चंद्रापीड की दृष्टि इस अश्व पर गई ही नहीं थी। दृष्टि उस पर गई, तो वहीं अटकी रह गई। "सचमुच दर्शनीय है।" कुछ क्षण पश्चात् उसके मुँह से निकला।

"पारसीक देश के राजा ने महाराज के लिए भिजवाया है। अश्व क्या है, त्रिलोकी का अनूठा रत्न है। उच्चैःश्रवा के जो लक्षण बताए जाते हैं, वे सब इसमें मिलते हैं। नाम भी है—इंद्रायुध।" बलाहक बता रहा था।

वैशंपायन अपने शालिहोत्र के ज्ञान का उपयोग करता हुआ इंद्रायुध की प्रशंसा करने लगा।

सृष्टि के एक आश्चर्य की भाँति इंद्रायुध चंद्रापीड के सम्मुख तना खड़ा था। दोनों ओर से दो पुरुष उसकी लगाम थामे हुए थे। वह लगाम को थोड़ा-सा झटका देता तो वे दोनों गिर-गिर पड़ने को होते। यह साँस भीतर खींचता, तो लगता सारा आकाश पिए जा रहा है। उसकी हिनहिनाहट से धरती थरथरा उठती। उसकी देह पर काली, पीली

और लाल पट्टियों से इंद्रधनुष बने हुए थे, लगता था नंदी देवता कैलास को ठूँसा मारकर उसके धातु-राग से अपने-आप को रँगकर चले आए हों। वह अत्यंत दीर्घकाय था और चट्टान को तराशकर बनाया हुआ लगता था।

"देखो तो मित्र वैशंपायन ! विद्यामंदिर से बाहर आते ही यह कैसा अनोखा रत्न हमें मिला।" चंद्रापीड ने उल्लसित होकर कहा, "यह तो सचमुच त्रिलोकी का एक रत्न है। इसकी पीठ पर बैठकर सवारी कर ली तो समझ लो तीनों लोकों का राजपद पा लिया। यह कोई सामान्य अश्व प्रतीत नहीं होता। लगता है कोई शापभ्रष्ट योगी है।"

"ठीक कहते हो ! बंधु," वैशंपायन ने कहा, "रंभा नाम की अप्सरा भी तो पहले वडवा बनकर रही थी।"

इंद्रायुध पर चढ़ने के पहले चंद्रापीड का मन हुआ कि उसे प्रणाम करे—क्षमा माँगे ऐसे किसी महापुरुष पर आरूढ़ होने के अपराध के लिए।

उज्जयिनी की उन्हीं रथ्याओं और राजपथों से होते हुए वह लौट रहा था, जिनसे होते हुए दस बरस पहले विद्यामंदिर गया था। बिजली के वेग से नगर में समाचार फैल गया था राजकुमार के वापस लौटने का। लोग घरों के द्वारों से बाहर निकल-निकलकर मार्ग के दोनों ओर पंक्ति बाँधकर खड़े उत्सुक निर्निमेष नयनों से उसे निहार रहे थे। सारे घरों के वातायनों पर जैसे सुंदरियों के मुखड़ों के असंख्य कमल उग आए थे। उज्जयिनी नगरी अपनी लक्ष-लक्ष पलकों को उघाड़कर प्रिय राजकुमार को जैसे तक रही थी।

राजकुल आ गया। राजद्वार पर सदा की भाँति दोनों ओर दिग्गजों की लंबी कतारें, जैसे आकाश से श्यामल घटाएँ उतर-उतरकर पंक्तिबद्ध थम गई हों। दूर-दूर के देशों से आए हुए दूत भौंरों की भाँति मँडरा रहे थे।

चंद्रापीड चिरपरिचित उस दृश्य को वर्षों के बाद देख रहा था। सब कुछ अद्भुत और अलौकिक-सा लग रहा था। द्वारों पर श्वेत वस्त्र, श्वेत उष्णीष और श्वेत कुसुम शेखर धारण किए द्वारपालों की पंक्तियाँ अचल, स्थिर, और अनुल्लंघनीय—स्फटिक की उकेरी मूर्तियों की तरह।

छः वर्ष की आयु में जब राजकुल छोड़कर विद्यामंदिर गया था, तब कहाँ विचार किया था कि कैसे चलती है राजकुल के भीतर गुफाओं जैसी आयुधशालाएँ, विस्तीर्ण गजशालाएँ और मंदुराएँ। कैसे अधिकरण लेखक सैकड़ों राजाज्ञाओं को भोजपत्रों पर लिख-लिखकर कहाँ-कहाँ भेजते रहते हैं, अधिकरण मंडप में धर्माधिकारी जन वेत्रासनों पर विराजमान होकर क्या-क्या प्रकरण कैसे निपटाते हैं ? अब दस वर्षों में उसने विद्यामंदिर में राजनीति और व्यवहार सीखा था, उसके आधार पर बचपन में वे सब अबूझ लगने वाले, रहस्यमय भासित होते रहने वाले व्यापार उसके आगे स्पष्ट होते जा रहे थे।

सात ड्योढ़ियाँ लाँघकर वह राजप्रासाद के भीतरी भाग में पहुँचा, जहाँ पिता बैठे हुए थे। दोनों दैत्याकार रक्षाधिकारी पुरुष खड़े हुए थे। हथेलियों, एड़ियों और आँखों

को छोड़कर उनका सारा देह लोहे की जालियों से आच्छादित था।

प्रासाद के इस भाग में बहुत पहले कभी आया था बचपन में। यहाँ पहुँचकर उसे भय लगा था और कौतूहल भी हुआ था। माता तथा धात्रीमाताओं की दुलार भरी दुनिया से जैसे किसी अज्ञात लोक में उसे ला पटका गया हो। वह इन रक्षाधिकारियों को आँखें फाड़कर देखता रह गया था। कोई रक्षाधिकारी उसकी तरफ बढ़ा था, नेह से उसे अंक में उठाने के लिए ही बढ़ा होगा। चंद्रापीड तमककर युद्ध करने की मुद्रा में उसके सामने खड़ा हो गया था। उसकी मुद्रा देखकर पिता तथा आसपास खड़ी वारवनिताएँ हँस पड़ी थीं। उनमें से एक ने 'परे हट मुए' यह कहकर रक्षाधिकारी को धकियाकर चंद्रापीड को गोद में उठा लिया था। चंद्रापीड उसके अंक से कसमसाकर छूटकर भागा था धात्री माँ के पास।

आज भी वारवनिताएँ पिता के दोनों ओर खड़ी थीं। कुछ चँवर डुला रही थीं, कुछ सेवा की प्रतीक्षा में तत्पर भूमि पर बैठी थीं। पर ये वारवनिताएँ वे नहीं थीं, जिन्हें बचपन में देखा था। ये उनसे भी अधिक तरुण थीं। स्मर उनके देह में उच्छ्लित हो रहा था। उनकी दृष्टि में वात्सल्य भी नहीं था। चंद्रापीड उनसे दृष्टि मिलाने का साहस ही नहीं कर पाया। उसने पिता को प्रणाम किया। पिता ने उसे अंक में भर लिया। फिर चंद्रापीड विनय के साथ पिता के चरणों के निकट रत्नजटित कुट्टिम पर बैठ गया।

"हाय, यह क्या करते हैं ?" निकट खड़ी वारवनिता के कंठ से विस्मयमय स्वरलहरी फूटी, तो दूसरी ने फुर्ती से अपने कंधों से रेशमी दुपट्टा उतारकर कुट्टिम पर बिछाते हुए कहा, "इस पर बैठें, कुमार।" रक्तांशुक नीलमणिजटित कुट्टिम पर बिछा, तो जैसे दूर्वा से भरी धरा पर प्रभात के सूरज की किरणें बिखरी हों।

अंशुक बिछाते समय उस रमणी के शिथिल स्कंध चंद्रापीड के इतने निकट आ गए थे कि सहमकर उसने सिर झुका लिया, पर तभी उन कंधों के नीचे उद्दाम अविकल बहते दो निर्झरों में दृष्टि रिपटकर गोता खा गई।

"कष्ट न करें, भद्र !" संकोच से जड़ होता किसी तरह वह इतना-भर कह पाया।

"भद्रे नहीं, अज्जुके।" किसी वारवनिता ने चुटकी ली और हँसी की हल्की-सी लहर उनके बीच उठकर लीन हो गई।

असमंजस में उस वारवनिता ने अपना अंशुक नीचे ही पड़ा रहने दिया था। उसके पार्श्व में खड़ी सुंदरी ने तर्जनी से उसे कटि में कोचा, फिर धीरे-से कुछ कहा और धीमे स्वर में हँसी।

प्रस्तर की मूर्तियों से अचल खड़े रहे रक्षाधिकारी।

"मदनिके, अपना अंशुक उठा लो।" पिता ने आदेश दिया—और चंद्रापीड से विद्यामंदिर की वार्ता पूछने लगे। कौन-कौन-सी विद्याओं की कितनी जानकारी उसे है—यह जानने के लिए उन्होंने इतने सटीक सटिप्पण प्रश्न किए कि चंद्रापीड स्वयं उनके ज्ञान पर चकित रह गया।

"सुवदने, अब लगता है राजकुमार को वैशिक की शिक्षा और देना शेष रह गई

है, अन्य सब शास्त्रों और कलाओं में तो यह पारंगत हो ही गया।'' सबसे निकट खड़ी सुंदरी से वे हँसते हुए कह रहे थे।

''आदेश करें, देव, हम प्रस्तुत हैं।'' तरुणी ने त्वरित उत्तर दिया।

''कुमार के लिए सबसे बड़ी शिक्षा तो इस समय वही है।'' कोई चुलबुली बोल पड़ी।

''वही प्रासंगिक है, वही प्रकृष्ट है, वही परमाश्वयक है।'' किसी प्रगल्भा ने जोड़ दिया।

वे ठिठोली करने लगीं, हँसने लगीं। श्वेत मोतियों की कई मालाएँ जैसे एक साथ टूट-टूटकर बिखरीं। चंद्रापीड कुछ लजाया-सा, कुछ सहमा-सा, कुछ नवागत अतिथि-सा अपने में सिमटा बैठा रहा। तभी वैशंपायन ने उसे कोचा—''चलें कुमार !''--तो वह उठ खड़ा हुआ। ''अनुज्ञा दें, तात।'' उसने पिता से कहा—''माता के पास जाऊँगा।''

''जाओगे देवी के पास ?'' तारापीड बोले और दोनों कुमारों को आशीर्वाद के साथ विदा किया।

चंद्रापीड ने अंतःपुर में प्रवेश किया। कुबड़े और वामन इन दोनों कुमारों को उचक-उचककर कटि तक स्पर्श करने का अभिनय करते हुए उछल-कूद करने लगे। वर्षवर हाथ मटका-मटकाकर नाचने लगे।

उसके अर्थशास्त्र के गुरु ने बताया था कि अंतःपुर में कुब्ज, किरात, वामन और वर्षवरों को नियुक्त करना चाहिए तथा अंतःपुर में आने-जाने वाले कंचुकियों को बहुत वृद्ध होना चाहिए। वैशंपायन के साथ घंटों उसने इन व्यवस्थाओं के औचित्य पर विवाद किया था। आज वह उन व्यवस्थाओं को अपने प्रासादों में देख रहा था। विद्यामंदिर में उसे इन व्यवस्थाओं को जारी रखने की शिक्षा दी गई थी।

चंद्रापीड और वैशंपायन दोनों को देखते ही देवी विलासवती हुमसकर उठीं और अभिवादन के लिए झुके दोनों बच्चों को उठाकर एक साथ दोनों पार्श्वों में सटा लिया। ''मेरे वत्सो !'' वे कहने लगीं--''कितना दुःख झेला है तुमने उस चहारदीवारी के भीतर दस वर्ष ! उस कारागार में। मैं तो आर्यपुत्र से यही कहती रही कि यहाँ रहकर भी तो शिक्षा हो सकती है दोनों कुमारों की। पर वे जो करते हैं उचित ही करते हैं।'' कहते-कहते देवी के नयन अश्रुजलावित हो उठे।

धात्रियों, चेटियों और परिजनों के समूह में चंद्रापीड आँख का तारा बना हुआ था। ''अब हमको तो कुमार बिल्कुल ही भूल गए होंगे,'' कोई वृद्ध स्त्री एकदम निकट आकर उसके दोनों कपोल अपने झुर्रियों से भरे सूखे करतल से सहलाती हुई कह रही थी। ''माता कुलवदने !'' कहकर चंद्रापीड प्रणाम करने को झुका।

''अरे, पहचान लिया कुमार ने !'' कुलवदना ने गद्गद स्वर में कहा—''कुमार को देखकर जी जुड़ा गया !'' दो-तीन प्रौढ़ स्त्रियाँ भर्राए कंठ से कह रही थीं।

चंद्रापीड भूला नहीं था उनको। वे उसकी धात्रियाँ थीं। उसका मन हुआ उन्हें प्रणाम करे। पर समुदाचार का ध्यान रखकर अंजलि बाँधकर रह गया। इन्हीं धात्रियों

ने उसे दूध पिलाया था। केवल जननी का स्तन्य ही पर्याप्त नहीं था उसके लिए। आलान स्तंभ-सी भुजाओं, कपाट से आयत वक्षःस्थल तथा सुपुष्ट कसे कंधों वाले गजहस्ती जैसे उसके डीलडोल के निर्माण में इन स्त्रियों ने अपना रक्त, माँस और मज्जा अर्पित किया था। उनके भी तो स्तनंधय शिशु थे, जिन्हें घर पर छोड़कर वे प्रासाद बुला ली गई थीं। वैद्यों से उनके स्वास्थ्य की परीक्षा कराई गई थी, उनके भोजन का विशेष प्रबंध कराया गया था, सब प्रकार का सौख्य और सौविध्य उनके लिए प्रस्तुत था, पर घर जाने और अपने बच्चों से मिलने की अनुमति नहीं थी।

"अब तो कुमार हमारे लिए अलभ्य हो गए। ये कभी हमारे अंकशायी रहे थे। अब तो देवी को इनके लिए कोई रूपवती वधू ढूँढ़नी होगी, जो इनकी अंकशायिनी बने।" परिजनों के सम्मर्द में से किसी परिहासप्रिया प्रौढ़ा ने कहा। कई कंठों की हँसी वासभवन में खनकी।

"मैं एक नहीं, दो वधुएँ लाऊँगी—एक चंद्रापीड के लिए और एक वैशंपायन के लिए। मेरे दो बेटे हैं।" देवी विलासवती ने कहा।

वैशंपायन तो जैसे संकोच से धरती में गड़ गया। चंद्रापीड को लगा वैशंपायन कुछ उदास है। इतनी देर हो गई, अभी तक वह अपने मित्र को उसके माता-पिता के पास नहीं ले गया—यही कारण होगा। मित्रस्नेह के कारण वह उसके साथ बना हुआ है, पर उसे तो वैशंपायन का ध्यान रखना था।

"बड़ा विलंब हो गया। माँ, अब हम दोनों पितृव्यपाद शुकनास और माता मनोरमा के दर्शन के लिए जाएँगे।" उसने देवी विलासवती से कहा और वैशंपायन का हाथ पकड़कर बोला, "आओ चलें।"

शुकनास के भवन से लौटते हुए साँझ होने को आई थी। दिन की लक्ष्मी ने आकाश से नीचे उतरते-उतरते चमकता पद्मराग का नूपुर पश्चिम में सूर्यबिंब के रूप में उतारकर रख दिया था। दिन-भर सूरज ने रक्तकमलों का मधुरस करपुटों में भर-भरकर छककर पिया था, अब उसी को थका हुआ वह रक्तातप के भक्कों में थोड़ा-थोड़ा करके उगल रहा था।

आश्विन का महीना था। उज्जयिनी की गलियों में कुमारियों के गलकंठों से संध्यार्चना के गीत उठ रहे थे। घरों के बाहर की भित्तियों पर उन्होंने संध्या देवी की आकृति भी बनाई थी। अँधियारे की जालियाँ सौध शिखरों को ढकती फैल रही थीं, जिससे मयूरयष्टियों पर मयूरों के न होने पर भी उनके बैठे होने का भ्रम होता था। शुकनास के भवन के पीछे की वीथी से अपूप चले जाने की सुवास उठ रही थी।

शुकनास और मनोरमा का अभिवादन करके कुछ देर वहाँ रुककर वैशंपायन के आग्रह करने पर भी अकेला ही शुकनास के भवन से बाहर निकल आया था चंद्रापीड। ड्योढ़ियाँ लाँघकर बहिर्द्वार पर आते-आते साँझ इतनी गहरा गई थी कि प्रतीक्षारत आरक्षकों ने उसे देखा नहीं।

अपने नगर को वह स्वयं कितना जानता है ? चंद्रापीड के मन में आया। वह

उज्जयिनी का युवराज है, पर उज्जयिनी को तो उसने देखा ही नहीं। अर्थशास्त्र के आचार्य ने कहा था कि शास्त्र एक सीमा तक ही सहायक हो सकता है, उसके आगे स्वयं ही जानना और सीखना पड़ता है, अपनी ही आँखों से देखो, अपनी ही बुद्धि से सीखो। अपना विवेक भी तभी काम करेगा जब अपने आसपास के जगत् को अच्छी तरह देखा हो। व्यवहारजगत् से अपरिचय की स्थिति में विवेक के भी द्वार बंद हो जाते हैं।

इसी उधेड़बुन में वह सामने की एक वीथी में मुड़ गया। बाईं ओर एक भड़भूजे का आपण था। चने भुँजने की सौंधी सुगंध आसपास फैल रही थी। अद्भुत गंध, उसके आकर्षण में चंद्रापीड आपण के आगे ठिठका खड़ा रह गया, नथुने फुलाकर प्राण वायु के साथ चनों के लावण्य को फेफड़ों में भरने लगा। निश्चय ही बड़े स्वादिष्ट होते होंगे वे भाड़ में भर्जित चणक। उन्हें चखने का उसे अवसर ही नहीं मिला कभी। विद्यामंदिर में दूर-दूर के देशों से उसके लिए एक से एक उत्तम फल मँगवाए जाते थे—दाडिम, नारंगक, नारिकेल, कदली आदि, और राजप्रासाद में तो इतने व्यंजन पाकशाला में बनते थे कि केवल चख-चखकर छोड़ देने पर ही पेट भर जाता था।

बूढ़ा भड़भूजा चनों को भाड़ में भूँज रहा था, चटचटाकर फूल-जैसे हल्के होकर चने उछल-उछल पड़ते। भड़भूजे के कपाल और कपोलों से स्वेद बिंदु झर रहे थे। आपण में भुने सक्तु, लाजा और भूँगड़ों के पहाड़ सरीखे ढेरों के पीछे एक बूढ़ी स्त्री बैठी ग्राहकों को निपटा रही थी। चंद्रापीड के देखते-देखते दो-तीन ग्राहक चने, लाजा या सूक्त ले लेकर और दाम चुकाकर चले गए। वीथी में सन्नाटा फैल गया।

"कौन है रे ?" बहुत कर्कश स्वर में भड़भूजे वाली ने पूछा। वृद्धा का स्वर इतना कठोर था कि चंद्रापीड सहम गया। सहसा कुछ उत्तर नहीं निकल पाया मुँह से। तभी भड़भूजे ने चनों का घान भाड़ से निकालकर अलग रखा और पसीना पोंछते हुए पूछा, "क्या बात है ?"

वृद्धा ने चिढ़े हुए स्वर में कहा, "पता नहीं कौन है। पूछ रही हूँ मुँह से बोल नहीं फूटते। आपण के आगे खड़ा हो गया। क्यों रे गूँगा है क्या ?"

अब चंद्रापीड को लगा कि उसे भी कुछ कहना चाहिए। आपण के कुछ निकट आकर उसने कहा, "मैं चंद्रापीड हूँ।"

"कौन चंद्रापीड ?" स्त्री ने उसी प्रखर कर्कश स्वर में पूछा।

"कोई परदेसी लगता है।" भड़भूजे ने कहा।

चंद्रापीड को लगा कि उससे भूल हो गई। अपना वास्तविक परिचय नहीं देना चाहिए था। वह कहने ही वाला था कि हाँ, परदेसी ही हूँ, तभी भड़भूजा बोल पड़ा—"कहीं आप राजकुमार चंद्रापीड तो नहीं ?"

"हाँ, वही !" चंद्रापीड ने कुछ आस्वस्ति का अनुभव करते हुए कहा। अपना वास्तविक परिचय प्रकट हो जाने से वह कुछ उद्विग्न था। वह राजप्रासाद के घेरे से कुछ दूर निकल आया है, साथ में कोई नहीं है, और इस वीथी से वह सर्वथा अपरिचित है।

उसका यह आचरण राजनीति के विरुद्ध है।

भाड़ में अभी भी लपटें उठ रही थीं। उनके प्रकाश में चंद्रापीड का मुख ललछौंही आभा से दमक उठा था, और उसके देह पर लदे आभूषणों के झिलमिल प्रकाश ने आपण को जगमगा दिया था।

भड़भूजे ने उसे प्रत्यक्षतः ही पहचान लिया था, और उसका मुख भय से विवर्ण हो गया था। उसके भाड़ के सामने राजकुमार का यों प्रकट होना एक अविश्वसनीय और अकल्पनीय घटना थी। क्या किसी कुल्या में मिलने के लिए अलकनंदा आ सकती है ? क्या ग्राम की वाटिका में नंदनकानन उतर सकता है ? पर असंभाव्य भी तो कितना कुछ घटता ही आया है जीवन में--यह भी वैसा ही था।

भड़भूजे की वृद्ध पत्नी मुँह बिचकाकर कह रही थी—"देखो तो ! कह रहा है राजकुमार है। कोई चोर-उठाईगीर लगता है। हमारे यहाँ कुछ नहीं है, यहाँ कुछ नहीं है इस भाड़ के अतिरिक्त। इसी में झोंक दूँगी मुए को।"

तत्काल भड़भूजे ने कोपावेश के साथ स्त्री को तीव्र स्वर में डपटते हुए कहा, "अरी मूर्ख स्त्री, चुप भी रहेगी या नहीं ? जो मुँह में आया बक देती है। समझ तो तीन कौड़ी की भी नहीं है।"

"मैंने क्या कह दिया ?" वृद्धा ने चिढ़कर उसे भी तेवर दिखाया।

"क्या कह दिया ? राजकुमार ही हैं—देखती नहीं ? आज ही तो विद्यामंदिर से आए हैं। दिन-भर सारे नगर में कैसी धूमधाम थी, कैसा स्वागत हुआ, तुझे कुछ पता ही नहीं ?"

"राजकुमार हैं तो हमारे यहाँ कैसे आ गए ?" अब की बार वृद्धा ने कुछ सहमे हुए, स्खलित से कंठ से कहा, "अब हमारे यहाँ रखा ही क्या है ?"

उसके कथन में भय की आड़ में छिपी घृणा और अनादर के उत्कट भाव चंद्रापीड से छिपे न रहे। भड़भूजा हाथ जोड़कर काँपते स्वर में चंद्रापीड से कहने लगा--"इसकी धृष्टता को क्षमा करें, युवराज ! बुढ़ापे में इसकी तो मति ही मारी गई। आप हमारे आपण पर पधारे, धन्य हैं भाग्य हमारे। कहिए क्या सेवा करें हम ?"

चंद्रापीड ने कहा, "कुछ नहीं, मैं तो ऐसे ही घूमता हुआ इधर निकल आया। अब चलूँगा।"

कहकर वह चलने को हुआ। तभी भड़भूजे की स्त्री ने बहुत ही कठोर प्रत्यादेशमय पुरुष स्वर में पुकारा--"ठहरो !"

चंद्रापीड रुक गया। स्त्री ने कहा, "तो तुम राजकुमार हो पणे-गुने हो। राजमहल में जो होता रहता है उसके विषय में तुम क्या जानते हो, क्या जानते हो तुम उसके विषय में ? बताओ ?"

चंद्रापीड उसके स्वर की तेजी के सामने एक क्षण हतप्रभ हो गया, फिर सँभलकर बोला, "बहुत कम जानता हूँ, पर जानना चाहता हूँ।" भीतर बवंडर-सा क्रोध उठा, पर उसे दबा गया चंद्रापीड। अर्थशास्त्र के गुरुजी ने शिक्षा दी थी—विषम से विषम स्थिति

में भी क्रोध व्यक्त नहीं होने देना चाहिए, क्रोध का अभिनय अति आवश्यकता होने पर करना चाहिए।

"जानना चाहते हो ?" स्त्री कह रही थी—"तो पता लगाओ। पंद्रह वर्ष पहले की बात। मेरी एक बच्ची थी। फूल-सी सुकुमारी थी। मेरे लिए वह प्राण से प्यारी थी। पंद्रह बरस बीत गए। वह राजसेवा में गई तो गई। पंद्रह बरस से मैं उसे देखने को तरस रही हूँ। कोई नहीं बताता कि वह कहाँ है—क्या निगल गया उसको राजकुल ? बताओ ?"

"अब तू चुप रहेगी कि नहीं ? फूलमती के विषय में बेचारे युवराज क्या बता सकते हैं !" भड़भूजे ने फिर अपनी स्त्री को शांत करने का व्यर्थ प्रयास किया।

"ये हमको सूली पे तो चढ़ा सकते हैं--तो चढ़ा दें। और कर क्या लेंगे—मेरा इकलौता लड़का--कुलूत की लड़ाई में मारा गया। लड़की को तुम्हारा राजकुल लील गया। अब हमारे पास क्या रहा..."

बुझते हुए भाड़ के आलोक में चंद्रापीड ने देखा—दुरंत व्यथाकथा उस स्त्री के मुख पर अंकित थी। "मेरी बेटी !" अत्यंत करुण स्वर में उसने कहा और रोने लगी। 'धैर्य रखो माता, तुम्हारी पुत्री मिल जाएगी' उसने कहना चाहा, पर जब तक सांत्वना के दो शब्द मुख से निकलते, बलाहक अपने अश्व की वल्गा खींचकर ठीक उसी स्थान पर रुका और भाड़ की मंद पड़ती लौ के फीके प्रकाश में चंद्रापीड को गौर से देखकर पहचानकर बोला, "कुमार, आप यहाँ ? हम लोगों ने सारा प्रासाद और राजकुल छान डाला।"

बलाहक के पीछे कुछ और खोजिए अश्वारोही आ गए। लगाम पकड़कर बलपूर्वक खींचे गए अश्व की भाँति चंद्रापीड उनके साथ चला।

चंद्रापीड समझना चाहता था राजकुल को, राजप्रासाद की व्यवस्था को। यह तो वह देख रहा था कि उज्जयिनी नगरी की चौथाई प्रजा राजकुल के माध्यम से पल रही है और शेष जनता महाकाल के प्रसाद से पल रही है। दास, दासियाँ, कुबड़े, वामन, चेट, विट, भाट, नट, नर्तक, गायक, वादक, कुशीलव, रजक, मालाकार, आदि सहस्रों की संख्या में राजकुल के द्वारा जीविका पा रहे थे। अंतःपुर की दासियाँ नगर के संपन्न गृहस्थों की स्त्रियों से कहीं अधिक अलंकृत और प्रसन्न दिखती थीं। फिर भड़भूजे की स्त्री क्या कहना चाहती थी ? उसने ऐसा क्यों कहा कि राजप्रासाद के भीतर क्या हो रहा है, तुम्हें कुछ पता है ? क्या हुआ होगा उसकी पुत्री का ? संभव है, वह यहाँ के वैभव में रम गई हो, और स्वयं अपने माता-पिता के पास न जाती हो। चंद्रापीड ने पूछताछ भी की, पर असंख्य दास-दासियों के सम्मर्द में पंद्रह साल पहले राजकुल की सेवा में आई भड़भूजे की लड़की को कौन पहचानता ?

राजकुल से मन उचटने पर चंद्रापीड प्रायः प्रातः ही मृगया पर निकल जाता, श्वपोषक उसके पीछे भागते। उनके साथ खूँखार शिकारी कुत्ते होते। चमचमाते भल्ल भल्लूकों के वक्ष विदीर्ण करने लगते। धनुष की टंकार से वृक्षों पर विराजी वनदेवियाँ सहमकर दुबक जातीं। दिन में जंगल में शूल्य मांस का आहार कर, पहाड़ी झरने का

जल पीकर, अपने-आप को पूरी तरह थकाकर संध्या के गहराते अँधियारे में वह वापस लौटता। एक बार देवगिरि के निकट के एक वनग्राम में ही रात को डेरा डाल दिया। तीन दिन के पश्चात् वह घर लौटा। अपने प्रासाद में विश्राम कर रहा था, तभी कुलवदना आई। झुककर भूमि पर हाथ रखकर प्रणाम कर बोली, "महादेवी ने स्मरण किया है।"

"क्यों रे, कहाँ रहता है तू ?" माता ने उसे देखते ही अंक में भर लिया और उपालंभ देने लगी–"एक सप्ताह हो गया तुझे देखे बिना, जब देखो तब मृगया, ऐसी कैसी मृगया !"

चंद्रापीड को लगा कि जननी के ममतामय उत्संग की संगत से बड़ी इस चराचर स्थावर-जंगम जगत् में कोई वस्तु नहीं है, वही सारी द्विविधाओं का समाधान है, अनसुलझे सुलगते प्रश्नों का उत्तर है।

पर ऐसा एक क्षण-भर के ही लिए लगा। जीवन-भर जितने दिन फिर वह जीवित रहा, यह सोचता रह गया कि वह अनुभव इतने कम समय का क्यों था, क्यों शंकाओं के घेरे उसे तुरंत फिर से घेरने लग गए, क्यों कुतर्कों के काँटों की बाड़ फिर से चारों ओर उठ खड़ी हुई, क्यों विश्वास के सुपुष्पित उद्यान में फिर से संदेह कंटकित हो उठे ?

"माँ, एक भड़भूजे की कोई कन्या बहुत पहले राजकुल में आई थी ?" चंद्रापीड ने साहस कर अपने मन की उधेड़बुन को माता के सामने रखना चाहा।

"भड़भूजे की कन्या ?" रानी विलासवती ने सस्मित सस्नेह अपनी बड़ी-बड़ी आँखों से उसे निहारते हुए वात्सल्य के अथाह सागर में डुबोते हुए कहा, "मैं समझ गई। तुझे बाँधे रखने के लिए कोई जतन करना पड़ेगा–मैंने तो अभी कहा भी था आर्यपुत्र से तेरे लिए कोई अच्छी राजकुमारी ढूँढ़ें।"

"वह बात नहीं है, माँ !" चंद्रापीड ने कहा, "मैं दूसरे प्रसंग की चर्चा कर रहा था।"

अब की बार देवी ने कुछ गंभीर दृष्टि से उसे जाँचा। "क्या प्रसंग था ?" फिर उन्होंने पूछा।

चंद्रापीड ने समावर्तन के पश्चात् उज्जयिनी में अपनी पहली साँझ की घटना बताई। सुनकर देवी सहसा बहुत चिंतित हो उठीं। "अकेला कैसे तू चला गया बेटा–तू इतना बड़ा हो गया, युवराज होने वाला है, और यह क्या बच्चों जैसी चेष्टा कर बैठा।"

चंद्रापीड कुछ उदास होकर हँसा।

माँ ने उसे पर्यंकिका पर बिठा दिया था, और स्वयं पार्श्व में खड़ी अपने वक्ष से उसका सिर लगाए हुए थीं। उनका नेह-भरा स्पर्श चंद्रापीड को रोमांचित कर रहा था।

"तू पत्रलेखा से मिला या नहीं ?" सहसा देवी ने पूछा।

"कौन पत्रलेखा ?"

"पत्रलेखा को नहीं जानता तू ?" माँ ने इस तरह कहा, जैसे पत्रलेखा से अपरिचित होना अपने-आप में कोई दोष हो, अक्षम्य अपराध हो।

"हाँ, पर जानेगा भी कैसे ?" फिर जैसे उस अपराध के लिए उसे क्षमा करती हुई,

उसे दया का पात्र बनाती हुई वे कहने लगीं—"शैशव में ही तो तुझे भेज दिया विद्यामंदिर। पत्रलेखा तो थी उस समय यहाँ, पर तुझे स्मरण नहीं होगा अब।" फिर देवी विलासवती कुलवदना से बोलीं, "कुलवदने, देख तो क्या कर रही है पत्रलेखा ?"

कुलवदना चली गई।

"पत्रलेखा आयु में तुझ से कुछ ही महीने छोटी होगी। तेरा जन्म हुआ, उसके पश्चात् कुलूत देश पर विजय प्राप्त की थी आर्यपुत्र ने। सब मारे गए। कुलूत देश के राजा, उनके सेनापति। भाग गए सब दास-दासियाँ। प्राण दे दिए वहाँ की रानी ने। राजप्रासाद में पहुँचे विजयी राजा, तो यह अकेली पालने में पड़ी बिलख रही थी। कुलूत की राजकुमारी—अनाथ हो गई थी। उसे उठाकर साथ ले आए तेरे पिता और मुझे सौंप दिया। कहा—बड़ी होकर सेवा करेगी। पर पत्रलेखा को दासी नहीं माना मैंने कभी। उसे बेटी की तरह ही पाला है।"

सुनते हुए चंद्रापीड का चित्त उचट गया था। महाकाल का गगन में उड़ान भरते गरुड़-सा ध्वज गवाक्ष से दिखाई दे रहा था और सुनाई पड़ रही थी वहीं से आती संध्याबलिपटह की पटु ध्वनि, उज्जयिनी के सौध शिखरों पर तैरती हुई, शंख, भेरी और घंटे के अनुरणन से सम्मिश्रित।

"आपने बुलाया था, माँ ?"

स्वर से चौंक गया चंद्रापीड। बहुत गहरा, मंद्र, मेघस्तनित-सा स्वर, अथाह सागर के भीतर से उठा-सा, चित्त में सहसा आलोडन-विलोडन और उत्कंपन उत्पन्न करता हुआ-सा।

पत्रलेखा देवी विलासवती के आगे शीश नवाए खड़ी थी। एक वेणी—अधसँवरी, अधखुली-कंधे से झूलकर वक्ष पर सर्पिणी-सी सरककर त्रिवली-तरंगविषम मध्यभाग से नीचे झूल रही थी। माथे पर इंद्रगोपिका जैसा रक्तांशुक नीचे आकर उसके कपोलों को ढके हुए था, जैसे सूर्य की किरणों ने चंद्रमा को लपेट रखा हो।

चंद्रापीड को लगा पूर्वदिशा से उषा इस असमय में यहाँ चली आई है।

"पत्रलेखे, तू कुमार को तो जानती है न ?"

पत्रलेखा ने सिर उठाकर नहीं देखा। "जी !" स्थिर मुद्रा में वैसी ही खड़ी वह बोली।

"आज से मैं कुमार को तुझे सौंपती हूँ। तू रात-दिन छाया की भाँति इसके साथ रहेगी। तू अभी कुमार के प्रासाद में इसके साथ जा।"

"जैसी आज्ञा, माँ।" पत्रलेखा ने उसी धीर प्रशांत स्वर में कहा। वदन उसी तरह विनयावनत बना रहा। फिर अचानक अपनी बड़ी-बड़ी आँखों में चंद्रापीड को सहसा समोकर उससे बोली, "चलें कुमार।"

"पर माँ !" कहते-कहते चंद्रापीड अटक गया।

"पर क्या ? तुझे एक तांबूलकरंकवाहिनी चाहिए कि नहीं ? मैंने सोलह वर्ष पत्रलेखा को इसीलिए पाला है। यह तेरे विषय में सब कुछ जानती है—तेरी रुचि,

स्वभाव, आवश्यकताएँ कुछ भी इसे अविदित नहीं है। यह सदा तेरा ध्यान रखेगी। तुझे सँभालेगी, सहारा देगी। तू भी इस पर अपनी छत्रच्छाया रखना। पत्रलेखा में मेरे प्राण उसी तरह बसते हैं जैसे तुझमें।''

निशीथ के दीप वासगृह में रत्नों और मणियों की झिलमिल आभा के बीच शिखाएँ उठाए जल रहे थे। चंद्रापीड को नींद नहीं आ रही थी। पत्रलेखा उसके पर्यंक के पार्श्व में ही भूमि पर कुश का आस्तरण बिछाकर लेट गई थी।

पत्रलेखा की उपस्थिति ने चंद्रापीड को अव्यवस्थित कर दिया था।

''अब शयन कीजिए, कुमार।'' माँ के पास से लौटकर आहार से निवृत्त होने के पश्चात कुछ देर परस्पर वार्तालाप करती रही थी वह, फिर चंद्रापीड की शैया सहेजती हुई बोली, ''रात्रि का दूसरा प्रहर बीत रहा है।''

''तुम भी सो जाओ, पत्रलेखे।''

''आपके सो जाने पर मैं अपना आस्तरण यहाँ बिछा लूँगी।''

''तुम, यहाँ ?'' चंद्रापीड ने कुछ चकित होकर कहा था।

''हाँ, क्यों इसमें ऐसी क्या बात है ? मुझे तो छाया की भाँति सदैव आपके साथ रहना है। माँ का यही आदेश है।''

चंद्रापीड पर्यंक पर लेटा, तो पत्रलेखा चरणों में संवाहन करने लगी।

''यह क्या करती हो, पत्रलेखे !'' एक बार फिर पीड़ा में भरकर चंद्रापीड उसे बरजने लगा—''तुम राजकुमारी हो।''

''मैं मात्र आपकी सेविका हूँ।''

पत्रलेखा इतनी स्थिर आत्मविश्वास से भरे उत्तेजनाविहीन स्वर में हर बात कहती थी कि चंद्रापीड उसके आगे अपने-आप को पराजित-सा अनुभव करने लगता। उस दिन से पत्रलेखा उसके लिए एक प्रहेलिका बन गई, जिसे वह कभी सुलझा न सका।

गवाक्ष से पूर्णिमा के चंद्रमा की ज्योत्स्ना झाँककर कभी चंद्रापीड को ताकती, कभी भूमि पर लेटी पत्रलेखा को। दर्पण की भाँति चमक उठा था पत्रलेखा का मुख ज्योत्स्ना के स्पर्श से, फिर भी उस गहरी उदासी की परत ज्यों-की-त्यों थी। श्वास-निःश्वास के झूले पर मंद-मंद झूल रहा था उसका वक्ष। रति स्वयं जैसे विरति बनकर यहाँ आ सोई थी।

'क्या सचमुच पत्रलेखा ऐसी ही अनमनी है—ऐसी ही उद्वेगहीन और अचंचल ?' चंद्रापीड सोचने लगा।

चंद्रापीड धीरे से पर्यंक से उठा और गवाक्ष तक आ गया। बाहर उज्जयिनी के राजपथ पर अमल धवल ज्योत्स्ना बिखरी थी। श्वेत वस्त्र पहने नूपुर और कर्णपूर ऊपर चढ़ाकर कोई अभिसारिका अपनी ही छाया से डरती हुई धीरे-धीरे जा रही थी।

''क्या कुमार सोए नहीं ? कुछ चाहिए ?'' पत्रलेखा उसकी छाया से चौंककर उठ गई।

''कुछ नहीं। तुम सो जाओ।'' चंद्रापीड ने कहा।

पत्रलेखा मौन, घुटनों पर अपना सिर रखे बैठी टुकुर-टुकुर उसे ताकती रह गई। चंद्रापीड पत्रलेखा से जो कहना चाहता था, कह न सका। चुपचाप गवाक्ष से बाहर चंद्रमा को ताकता रहा। फिर वापस अपनी शैया पर आकर लेट गया। उसके लेटने पर पत्रलेखा भी अपने शयन पर फिर सो गई।

पत्रलेखा चंद्रापीड की छाया बन चुकी थी और वह निरंतर उसके भीतर-बाहर छाई रहती। 'क्या मात्र छाया ही है पत्रलेखा ?' चंद्रापीड सोचता। पत्रलेखा अव्याख्येय गुत्थी थी, एक कुज्झटिका थी, अशरीरिणी-सी थी।

वैशंपायन से पत्रलेखा की चर्चा करनी चाही, तो कुछ क्षण तो वह तटस्थ और मौन रहकर चंद्रापीड का मनोगत सुनता रहा, फिर बोला, "मित्र, क्षमा करना। इस तांबूलकरंकवाहिनी कन्या का रखा जाना—तुम्हारे प्रासाद में—कुछ उचित नहीं लगा मुझको तो। न तो ऐसी कोई अनिवार्यता है, न बाध्यता कि रखनी ही पड़े तांबूलकरंकवाहिनी। यह कोई शास्त्रसमर्थित प्रथा नहीं है। आचार्य कौटिल्य ने इसका कहीं निर्देश नहीं किया। इतिहास, पुराणों में, प्राचीन ग्रंथों में भी तो इसका कहीं वर्णन नहीं है। मुझे तो लगता है कि कुछ पीढ़ियों से यह नई प्रथा चल पड़ी है, राजाओं ने अपने विलास के लिए तांबूलकरंकवाहिनी का एक नया पद प्रकल्पित कर लिया। अब एक रमणी केवल पान के बीड़े लगा-लगाकर देने के लिए। ऐसे कितने बीड़े पान खाते हो तुम दिन-भर में, बताओ ? ये तांबूलकरंकवाहिनियाँ भी—कोई भली स्त्रियाँ थोड़े ही होती होगीं, है कि नहीं ?"

वैशंपायन से जहाँ कितने ही विषयों पर संवाद और हृदयसंवाद होता आया था, पिछले कुछ वर्षों से, चंद्रापीड को लगता था कि कभी-कभी वैशंपायन अपने एक आग्रह को बलपूर्वक यों पकड़ लेता है कि उसकी बात फिर न तो सुनना चाहेगा, न समझना। अपने तर्क की पुष्टि के लिए वह शास्त्र का सहारा लेता था, जो शास्त्रसमर्थित नहीं, वह सब व्यर्थ। ऐसे में चंद्रापीड को लगने लगता कि वैशंपायन उससे कुछ दूर चला गया है। वैसे भी इन दिनों वैशंपायन का साहचर्य कम ही हो पाता था। वह अपने पिता के निर्देश पर धर्मशास्त्र का विशेष अभ्यास कर रहा था, क्योंकि अमात्य बनने के लिए धर्मशास्त्र का सर्वांगीण ज्ञान होना उनकी दृष्टि में परमावश्यक था। फिर अमात्य शुकनास ने यह भी कह दिया था कि विद्यामंदिर में दस वर्ष बिताकर भी उसके चित्त की चंचलता पूरी तरह दूर नहीं हुई है, गंभीरता ने मनोदेश में घर नहीं बनाया है, और स्वाध्याय को अभी और तेजस्वी बनाना है उसे। इसलिए वैशंपायन स्वाध्याय में अधिक व्यस्त रहता था। चंद्रापीड के मृगया निष्क्रमणों में कम ही साथ देता था।

दो वर्ष व्यतीत हो गए। चंद्रापीड आलानबद्ध तरुण दिक्कुंजर-सा लगता था। पिता के साथ राजकुल की व्यवस्थाओं में वह दीक्षित हो गया था। यह समझ चुका था कि राजपद ऐश्वर्य के उपभोग के लिए उतना नहीं है, जितना अपनी शक्ति के विनियोग के लिए।

राजा होना ऐसा है जैसे स्वर्णनिर्मित रत्नजटित भारी-भरकम छत्र स्वयं उठाकर धूप में चलना। राजा को विश्राम करते हुए भी विश्राम नहीं, सुखोपभोग करते हुए भी सुख नहीं।

उज्जयिनी वसंतोत्सव के रागरंग में डूबी हुई थी। गुलाल और अबीर से दिशाएँ पिंजरित थीं। प्रासादों में क्षीबाएँ सुधबुध बिसराकर उन्पद नृत्य कर रही थीं। प्रमदवन में मदनपूजा आयोजित थी।

"पत्रलेखे, तुम नहीं जाओगी प्रमदवन ?"

"मैं आपके साथ रहूँगी, कुमार, और आपको तो मदनपूजन में जाना नहीं है।"

"पर मदन की अर्चा तो कन्याओं को करनी ही होती है। सब करती हैं।"

"मैं उन सब में नहीं हूँ। मैं काम को नहीं पूजती।"

चंद्रापीड कुछ दिग्भ्रांत-सा उसे घूरता रह गया। पत्रलेखा ने कहा, "स्नान का समय हो गया आपका। मणिभूमि में सब तैयारी करवा आई हूँ। चलिए, स्नान कर लीजिए।"

वल्गा से खींचे जाते अश्व-सा चंद्रापीड उसके पीछे चला।

दिन में प्रायः प्रासाद के तल्प से चंद्रापीड उज्जयिनी की वीथियों में चलते मदनमहोत्सव के दृश्य देखता रहा। आज वैशंपायन का भी अमात्य शुकनास ने स्वाध्याय से अनध्याय कर दिया था, वह चंद्रापीड के ही साथ बना रहा।

मृदंग की थापों पर उन्मत्त लोकनर्तक नाच रहे थे। दोनों मित्र देख-देखकर हँस-हँसकर लोट-पोट हो रहे थे, उनकी भंगिमाएँ और विकृत चेष्टाएँ। पीछे प्रस्तररेखा-सी बैठी थी पत्रलेखा।

कुछ विनोदी तरुणों ने अपने बीच से एक युवक को ओढ़नी ओढ़ाकर स्त्री का बाना पहना दिया था और उसे घेरकर नचा रहे थे, उसके चारों ओर स्वयं भी नाच रहे थे।

"पत्रलेखे, पत्रलेखे ! देखो तो," हँसते हुए चंद्रापीड ने अपने प्रमोद में पत्रलेखा को भी सम्मिलित करने का प्रयास किया।

पत्रलेखा ने निर्विण्ण भाव से नीचे के दृश्य पर दृष्टिपात किया, फिर बोली, "स्त्री को क्रीडनीयक बनाकर प्रसन्न होता है पुरुष। जो सचमुच की स्त्री से नहीं खेल पाते, वे अपने बीच किसी को कृत्रिम स्त्री बनाकर यों प्रसन्न हो लेते हैं।"

"पर यह तो निर्दोष मनोरंजन है।" चंद्रापीड ने प्रतिवाद किया।

"निर्दोष नहीं है। रंजन अवश्य है--कुंठित मनोवृत्ति का।"

वैशंपायन चौंककर पत्रलेखा को देखने लगा, जैसे पहली बार देख रहा हो।

"यह तो लोकप्रचलित व्यवस्था है।" फिर उसने पत्रलेखा की बात काटते हुए कहा।

"अनेक लोकप्रचलित व्यवस्थाएँ स्त्री का अपमान करने के लिए पुरुषों ने चलाई हैं।" पत्रलेखा ने उसी दृढ़, बेलाग स्वर में कहा।

"विचित्र बात है ! स्त्रियाँ तो स्वयं मदन महोत्सव में पुरुषों के बीच नाचती फिर रही हैं। तुम इसे स्त्री का अपमान कहती हो।" वैशंपायन भी विवाद की मुद्रा में

आ गया।

"स्त्री ही स्त्री के अपमान में भागीदार होती आई है।" पत्रलेखा ने कहा।

चंद्रापीड ने वैशंपायन की पीठ पर धौल जमाते हुए कहा, "रहने दो, बंधु। थोड़ा और स्वाध्याय करके अपनी बुद्धि को धार दो, तब पत्रलेखा से शास्त्रार्थ करना। महाकवि ने कहा है न कि स्त्रियाँ तो बिना स्वाध्याय के ही व्युत्पन्न, प्रशिक्षित और प्रवीण हो जाती हैं। पत्रलेखा ने भले ही विद्यामंदिर में ज्ञानार्जन न किया हो, पर वह समझती बहुत अधिक है।"

"आपको आज पानगोष्ठी में जाना था।" पत्रलेखा ने चंद्रापीड को स्मरण दिलाया।

"हाँ, जाना है वहीं। चलो।" चंद्रापीड ने वैशंपायन से साथ चलने का आग्रह किया।

"मेरा संध्यावंदन का समय हो रहा है," कहकर वैशंपायन ने विदा ली।

पानगोष्ठी में चंद्रापीड ने छककर मैरेय पी लिया था। कुछ और भी राजकुमार साथ थे, जो आग्रह करके पिलाते गए। पहली बार चंद्रापीड को पिता की ओर से पानगोष्ठी में सम्मिलित होने की अनुमति मिली थी। इस छूट ने चंद्रापीड को आज उच्छृंखल बना दिया था।

उसकी दिनचर्या अमात्य शुकनास और पिता ने पूरी तरह बाँधकर निर्धारित कर दी थी। जब से तात तारापीड ने अपना यह निश्चय प्रकट किया था कि वे शीघ्र ही युवराज पद पर चंद्रापीड का अभिषेक करना चाहते हैं, चंद्रापीड को दायित्वबोध की श्रृंखलाओं में अधिकाधिक कसा जा रहा था।

द्वार तक छोड़ने आया था बलाहक। "आप स्वस्थ तो हैं, कुमार ?" चंद्रापीड को लड़खड़ाता देखकर उसने पूछा।

"स्वस्थ ही हूँ।" अस्वस्थ शब्दों में चंद्रापीड ने कहा और भीतर आ गया।

पत्रलेखा वासगृह में भूमि पर बैठी थी—उन्मन, शून्य में ताकती हुई। अपनी ही चिंता के ताने-बाने में वह इस तरह उलझी हुई थी कि चंद्रापीड को उसने नहीं देखा। चंद्रापीड उसके ऐन पार्श्व में भूमि पर बैठ गया।

"यह क्या करते हैं, कुमार ?" पत्रलेखा चिहुँककर उठ खड़ी हुई—"पर्यंक पर बैठिए।"

"पत्रलेखे, तुम ऐसी क्यों रहती हो—उदास और व्यथित ? क्या दुःख है तुम्हें ? कोई निष्ठुर सहचर है जिसे तुम चाहती हो? मुझे बताओ—मैं उसे पकड़कर तुम्हारे सम्मुख उपस्थित कर दूँगा।"

मैरेय की ऊष्मा रही होगी, जिसके कारण चंद्रापीड एक साथ इतने सारे अंतरंग प्रश्न कर बैठा।

"मेरा कोई सहचर नहीं है। यह आप क्या कह रहे हैं। कभी मुझसे कोई त्रुटि हुई, कोई चूक हुई, जो आप ऐसा सोचने लगे ?" बहुत आहत स्वर में पत्रलेखा ने कहा।

"तुम से कभी कोई त्रुटि नहीं हुई, कोई चूक नहीं हुई। तभी तो यह सब पूछना

पड़ रहा है। क्या तुमने कभी प्रेम का, वेदना का अनुभव नहीं किया ? नहीं किया, तो फिर विषाद की ये रेखाएँ कैसी, जो सदा खिंची रहती हैं तुम्हारे इस मनोहर मुख पर ?"

"मुझे कोई दुःख नहीं है। मैं अपने विषाद को पीछे छोड़ आई हूँ।"

"मैं तुम्हें चाहता हूँ, पत्रलेखे !" घुटनों के बल पत्रलेखा के सम्मुख उठंग होकर चंद्रापीड ने अपना प्रथम प्रणय निवेदन उसके प्रति कर डाला और उसके कोमल किसलय-से करतल अपने हाथों में ले लिये।

पत्रलेखा विद्युत्-सी छिटककर दूर हट गई। उसकी आँखों से चिंगारियाँ-सी छूटने लगीं। "आगे मत बढ़ना कुमार !" अप्रत्याशित रूप से रोषाविष्ट तेवर में वह कह रही थी—"तुम क्या समझते हो ? क्या समझते हो तुम लोग एक स्त्री को ? क्या मात्र एक पण्य वस्तु ?"

उसके स्वर के तीखेपन से चंद्रापीड सहम गया। मैरेय का सारा मद इस एक डपट से उतर गया। झेंपी हुई हँसी हँसकर उसने कहा, "ऐसा मैं तुम्हें क्यों समझूँगा ?"

प्रस्तर की प्रतिमा-सी पत्रलेखा खड़ी रही। चंद्रापीड अपने पर्यंक पर जाकर लेट गया। सहसा क्रोध का नाग उसके भीतर फण उठाकर फुफकारने लगा।

"एक दासी का यह साहस ? क्या समझती है यह अपने-आप को ? वह अभी इसे अपने प्रासाद से निकलवा देगा। उसे नहीं चाहिए ऐसी तांबूलकरंकवाहिनी..."

तभी एक दबी घुटी सिसकी उसे सुनाई दी। अरे, वह तो रो रही थी ! तत्क्षण चंद्रापीड पूर्णचंद्र के आगे द्रवित होती चंद्रकांत की शिला-सा पिघल उठा। फिर भी कुछ देर साँस बाँधे वह सीधा लेटा रहा। सिसकी के स्वर बहुत दबाए जाने पर भी ऊपर उठ जाते। चंद्रापीड से फिर रहा नहीं गया। वह पत्रलेखा के पास जाकर बोला, "रोओ मत। मुझे क्षमा कर दो, पत्रलेखे ! माँ ने तुम्हें अपनी संतान की भाँति पाला है। मैंने भी तुम्हें कभी दासी नहीं समझा, पण्य समझने की तो बात ही क्या ? मैं आगे से तुम से कभी कोई ऐसी वैसी बात न कहूँगा। यदि तुम अपने मन की बात मुझे नहीं बताना चाहतीं, तो न सही।"

पत्रलेखा चुपचाप तांबूल करंक उठाकर तांबूल का बीड़ा लगाकर चंद्रापीड को देती हुई बोली, "अपराध मेरा ही है। मैंने आपके जी को ठेस पहुँचाई। मुझे क्षमा कर दो, कुमार।"

"तुमने जो कहा, वह उचित ही तो था।" चंद्रापीड कहने लगा, पर वह अपनी बात पूरी कर पाता, उसके पहले ही पत्रलेखा फूट-फूटकर रोने लगी। चंद्रापीड किंकर्तव्यविमूढ-सा, आकुल-सा, उसके आगे खड़ा रह गया।

पत्रलेखा के रुदन का आवेग कम होने पर उसने कोमल स्वर में उससे पूछा, "किसी ने तुम से कुछ कहा ? चेट-चेटियों, वामन-किरातों, कंचुकियों या वर्षवरों में से किसी ने ? मुझे बताओ, मैं उनको दंड दूँगा।"

"नहीं, किसी का भी मुझसे कुछ कहने का साहस कैसे हो सकता है ?"

"फिर क्या तुम मुझसे घृणा करती हो ?"

"यह क्या कह रहे हैं आप ? चंद्रमा में कभी अग्नि हो सकती है ?"

"मैं तुम्हें कभी समझ नहीं पाया, पत्रलेखे !"

"जानना चाहते हो ?" पत्रलेखा ने बहुत धीमे, पर रोष और चुनौती से आविष्ट स्वर में कहा, "झेल नहीं पाओगे।"

"ऐसी कौन-सी बात है ? बताओ भी ?"

पत्रलेखा मौन रह गई। चंद्रापीड ने फिर आग्रह किया—"चंद्रापीड ऐसा कच्चे हृदय का नहीं है। वह सब झेल सकता है। तुम कहो—क्या बताने जा रही थीं ?"

"मैं अगम्या हूँ तुम्हारे लिए। तुम्हारे पिता की अंकशायिनी रही हूँ मैं।"

चंद्रापीड सहसा पक्षाघात से ग्रस्त-सा, ग्रहगृहीत-सा, स्तब्ध अविश्वास की दृष्टि से उसे घूरता रह गया। पत्रलेखा ने साहस कर अपनी दृष्टि उससे मिलाई और फिर पलकें झुका लीं। चंद्रापीड ने अपने-आप को सँभालकर कठोर स्वर में कहा, "क्या कहती हो निर्लज्ज !"

"अपने हाथों से मेरा गला घोंट दो, कुमार ! मरकर ही मुझे शांति मिलेगी।" यह कहकर पत्रलेखा फिर रोने लगी। चंद्रापीड सिर झुकाए किंकर्तव्यविमूढ़ उसके आगे खड़ा रहा। कुछ सँभलकर धीमे स्वर में उसने पूछा, "क्या माँ जानती थीं यह बात ?"

"नहीं। पूरे राजकुल में इस बात को कोई नहीं जानता।" महादेवी ने ही एक बार महाराज के चरणसंवाहन के लिए मुझे भेज दिया था। मेरा ही प्रमाद था। चरण संवाहन करते हुए मुझे झपकी-सी लगने लगी। अचानक मैंने अपने-आप को उनके बाहुपाश में पाया। मैंने ही पाप किया। मेरी ही भूल थी। जीवन-भर मैं उसके कारण नरक में जलती रहूँगी। राजा का क्या दोष ? राजा कभी अपराध नहीं करता। है न ?"

चंद्रापीड कुछ कह न सका। मौन की भारी शिला दोनों के बीच आ लटकी।

"मैं तुम्हें क्या कहूँ, पत्रलेखे।" फिर गहरी निश्श्वास छोड़कर चंद्रापीड बोला, "तुम न माँ हो, न भगिनी, न प्रेयसी और न और कुछ।"

"मैं आपकी तांबूलकरंकवाहिनी हूँ बस। यही हम दोनों के बीच का संबंधविहीन संबंध है।"

"मैं तुम्हें तांबूलकरंकवाहिनी के रूप में नहीं देख सकता। तुम माँ के पास लौट जाओ।"

"नहीं।" पत्रलेखा ने आकुल होकर प्रार्थना की—"मुझे वहाँ मत भेजो, यहीं अपने चरणों की छाया में पड़ी रहने दो। इसी तरह शेष बचा यह हतभाग्य जीवन काट दूँगी। मैं तुम्हें पाना चाहती थी कुमार। तुम मुझे भूल गए, पर इसी प्रासाद में किलकारियाँ मारते शिशु के रूप में मैंने तुम्हें देखा है। धात्रियाँ तुम्हें सदा अंक में लिये रहतीं। मैं तुम्हें दूर से सहमी-सी छिपकर निहारती रहती। मैं तुम्हें तब से प्रेम करती हूँ जब तुम मात्र तीन वर्ष के थे। दूध के दाँतों में खिलखिलाती तुम्हारी उस छवि को मन में बसाए मैं इन दस वर्षों से तुम्हारी ही तो प्रतीक्षा कर रही थी। मैंने ही वचन लिया था माँ से कि तुम्हारी तांबूलकरंकवाहिनी मुझे ही बनाएँगी वे। उस समय क्या जानी थी मैं कि..."

पत्रलेखा का स्वर कषायकंठ में रुँधकर रह गया। चंद्रापीड कटे वृक्ष की भाँति मुरझाया-सा, ठूँठ-सा निष्फल और विवर्ण पर्यंक पर पसर गया। उसका निढाल मस्तक अपने आधार से टूटता-सा उसी के करतल पर जा लगा।

"शिरोवेदना है ? मस्तक दबा दूँ ?" पत्रलेखा ने प्रश्न किया।

"नहीं।" दृढ़ स्वर में चंद्रापीड ने निषेध किया। चंदन-सा शीतल अपना करतल पत्रलेखा उसके माथे पर रखते-रखते रह गई।

"मुझे मेरे अपराध का ऐसा दंड मत दो।" पत्रलेखा ने करुण स्वर में कहा।

"इसमें तुम्हारा क्या अपराध है ?" चंद्रापीड द्रवित होते हुए बोला।

अगले दिन भोर होते ही चंद्रापीड ने दैनिक कृत्यों से निवृत्त होकर तूणीर, सायक और चाप उठा लिये। "यह क्या ?" प्रस्थान के लिए उसे सन्नद्ध देखकर पत्रलेखा ने पूछा।

"मृगया के लिए जाऊँगा। बलाहक को संदेश भिजवा दो।" चंद्रापीड ने मुँह दूसरी ओर फेरकर कहा। अनिद्रा की क्लांति उसके मुख पर फैली हुई थी। उससे अधिक मानसिक वेदना और अपने-आप से जूझते रहने की श्रांति थी। कभी पत्रलेखा के शब्द तो कभी भड़भूजे की स्त्री का कौंचता प्रश्न--'तुम क्या जानते हो राजप्रासाद के विषय में ?' उसके भीतर रह-रहकर सिर उठाते रहे।

पत्रलेखा कुछ कहते-कहते रह गई। चंद्रापीड झट से बाहर निकला और मंदुरा की ओर बढ़ा। इंद्रायुध उसे देखकर प्रबल उत्कट स्वर में हिनहिनाया। चंद्रापीड ने उसे थपथपाया, पल्याण कसी और फुर्ती से सवार होकर सरपट भागा।

राजकुल में चंद्रापीड को युवराजपद पर अभिषिक्त करने की तैयारियाँ चल रही थीं। समस्त तीर्थों का जल मँगाया जा चुका था। अभिषेक विधि के लिए दक्षिण से अनेक वैदिक ब्राह्मण बुलाए गए थे। युवराज का रत्नजटित सिंहासन बनाने में महीनों से शिल्पी जुटे हुए थे।

अभिषेक का दिन आ गया। वैशंपायन ने उस दिन प्रातः आकर चंद्रापीड से कहा, "कुमार, पिता आपको स्मरण करते हैं।"

चंद्रापीड तत्क्षण शुकनास के प्रासाद में पहुँचा। अमात्य को प्रणाम किया।

"आसन ग्रहण करो अवन्ति के भावी युवराज।" शुकनास ने कहा, "देव तारापीड की आज्ञा से तथा तुम्हें स्नेहभाजन मानकर युवराजपद पर अभिषेक के पूर्व मैं कुछ उपदेश देना अपना कर्तव्य समझता हूँ। यों तुम तो स्वयं बहुश्रुत तथा बुद्धिमान हो, तुम्हें कुछ भी शिक्षा देना पुनरुक्तिमात्र है। फिर भी यौवन का अँधियारा बड़ा सघन होता है, इसे किसी भी दीप की प्रभा दूर नहीं कर सकती, कोई सूरज इसे नहीं मिटा पाता। आत्मविवेक के द्वारा ही इस अच्छेद्य अभेद्य अंध तमस में डूबने से अपने-आप को कोई पुरुष बचा पाता है। विवेक से तनिक-सा च्युत हुआ व्यक्ति, कि पतन के किस गर्त

में गिरेगा, क्या कहा जा सकता है।"

"राजकुल में पतन के बोज क्या पहले से अंतर्निहित नहीं हैं, तात ?" चंद्रापीड ने शंका की।

शुकनास कुछ देर मौन विचार करते रहे। फिर बोले, "राजकुमार की शंका उचित है। यौवन में इस प्रकार की शंकाएँ चित्त में व्यभिचारी भावों की भाँति आती-जाती रहती हैं। सत्य है कि राजकुल में पतन के बीज हैं। यह भी सत्य है कि यह अनाचार का केंद्र भी है। पर यह व्यवस्था को धुरी भी है। इसी धुरी से तुम भी जुड़े हुए हो, कुमार ! कुलालचक्र में घुण लग जाए तो घुण को ही दूर करने का विचार करना चाहिए, चक्र को नष्ट करने का नहीं। फिर कोई केवल सागर की तरंगों का क्षोभ देखता रह जाए, तो पारावार की अपार गहराई को नहीं समझ पाएगा।"

बड़ी देर तक अमात्य शुकनास चंद्रापीड के साथ चर्चा करते रहे। चंद्रापीड को भान हुआ कि पिता को उसके भीतर उठते बवंडर का आभास है, वे उसे लेकर चिंतित भी हैं।

अभिषेक संपन्न होते ही चंद्रापीड दिग्विजय यात्रा के लिए उत्सुक हो उठा। वैशंपायन तथा अपने संगी राजकुमारों, अमात्यों और बलाहक के साथ बैठकर वह यात्रा मार्ग और प्रस्थान की योजना बनाने लगा। बलाहक ने सैनिकों को सावधान कर दिया था। गुल्म एकत्र होने लगे थे।

प्रस्थान का दिवस आसन्न था। साँझ होने पर मंत्रणा कक्ष से वह वैशंपायन के साथ बाहर आ रहा था, तभी कुलवदना ने आकर प्रणाम करके कहा, "महादेवी बुलाती हैं।"

माँ ने उसे अंक में भर लिया, आकुल होकर उसका माथा चूमने लगीं। बड़ी देर उसे लाड़ करती रहीं। फिर बोलीं, "यही भाग्य था मेरा। कितने तप, व्रत, उपवास और नियम के पश्चात् तुझे पाया और तुझे देखने का अवसर ही नहीं। क्यों जाना चाहता है दिग्विजय के लिए ? महाराज ने तो सारा देश जीत ही रखा है, जीतने को रखा ही क्या है ?"

चंद्रापीड ने कहा, "माँ, दिग्विजय के ब्याज से देशदर्शन ही हो जाएगा, और क्या ?"

"अच्छा देख, पत्रलेखा तेरे साथ जाएगी।"

"नहीं माँ ! वह क्या करेगी युद्धभूमि में ?"

"मुझे विदित है, किस प्रकार का संग्राम करते हो तुम लोग। वारांगनाएँ जाएँगी कि नहीं सैनिकों के साथ ? चेटियाँ भी जाएँगी। पत्रलेखा तेरे साथ रहेगी, तो अच्छा रहेगा, वह तेरा स्वभाव जानती है, भोजन-पानी का ध्यान रखती है। परदेस में क्या ठिकाना ..."

चंद्रापीड करुण दृष्टि से माँ को देखता रहा, फिर गहरा निश्श्वास छोड़कर बोला, "जैसी तुम्हारी इच्छा, माँ !"

प्रस्थान के लिए सन्नद्ध वाहिनियाँ तरंगाकुल थीं। पटहों, भेरियों और शंखों के निनाद से धरती हिल रही थी, आकाश प्रकंपित था। महावराह के नासाग्र के प्रहार से जैसे दसों दिशाओं के संधिबंध चटख-चटखकर टूट रहे हों, ऐसा भुवनव्यापी था वह रव।

प्रयाणभेरी बजी।

दिग्विजयार्थी ने पहले ऐंद्री दिशा की ओर प्रस्थान किया। धूलि से दूर-दूर तक दिशाएँ पिंजरित हो गईं। दिन माटी में रँगकर मटमैला हो गया। धरती उस सैन्यबल से आतंकित होकर जैसे धूलि के सघन पुंज में ऊपर उठकर स्वर्ग की ओर भाग रही थी। दिग्गजों के मदजल का ऐसा कीच मचा कि पदाति उसमें फिसले-फिसले पड़ रहे थे। हाथियों की चिंघाड़, जनसमूह की पुकार, अश्वों का हेषारव, खुरों की टाप—इन सबके बीच डिंडिम का तीव्र स्वर बीच-बीच में गूँज जाता।

चंद्रापीड एक हथिनी के ऊपर आसीन था। उसके पीछे बैठी थी पत्रलेखा। दोनों का अनुगामी था वैशंपायन। इंद्रायुध इंद्रायुध-सा सन्नद्ध था। पल्याण उस पर कसा हुआ था, उसकी वल्गा थामे दो अश्वपाल साथ चल रहे थे।

यात्रा और यात्रा। कितनी विशाल थीं भारतवर्ष की पृथ्वी, कितनी उदार और रमणीय ! पड़ावों में बीतता जीवन। हर पड़ाव पर पीछा करतीं, लौट-लौटकर आतीं घर की स्मृतियाँ। हर पड़ाव पर आधा मन आगे बढ़ता, आधा पीछे भागता। वैशंपायन और पत्रलेखा के साथ उज्जयिनी की, महाकाल की, माता और पिता की, शुकनास और मनोरमा की चर्चा करता हुआ स्मृतियों में डूब जाता चंद्रापीड। वैशंपायन तो बार-बार कहता—''बस बहुत हुआ, अब लौट चलो। दिग्विजय को तुम तो सचमुच कर्म में रूपांतरित करके चरितार्थ करना चाहते हो। युवराज के लिए दिग्विजय एक अनुष्ठान है, जिसे औपचारिक रूप में पूरा करना होता है।''

''पर नहीं, अब लौटना नहीं है,'' चंद्रापीड सोचता उज्जयिनी में बहुत कुछ था जो खींचता था, लौट आने को पुकारता था, पर कुछ था, जो विरक्त कर देता था।

भारत की धरती की प्रदक्षिणा पूर्ण हुई। अंतिम पड़ाव था सुवर्णपुर, धुर उत्तर में कैलास के निकट। किरातों की निवासस्थली। उसके आगे धरती समाप्त हो जाती है, स्वर्ग की सीमा आरंभ होती है। हिमालय के रजतमय गगन चूमते शिखरों का अनंत विस्तार और उच्छाय नेत्रों को प्रतिहत कर रहा था। असीम का उल्लास पूरी उजास के साथ फैला था। चंद्रापीड अपनी सीमाएँ भूल गया। तय किया—अद्भुत पुष्पों, दुर्लभ वनस्पतियों और विचित्र जीव-जंतुओं से भरे इस प्रदेश में कुछ दिन विश्राम करेगा।

हिमालय की उपत्यकाओं ने मन को उन्मूलित कर अपने भीतर रोप लिया। भोर होती और चंद्रापीड पत्रलेखा को लेकर भ्रमण को निकल जाता। सौंदर्य का अपार संभार साकार होकर प्रतिक्षण नए रूपों में उसके आगे खुलता जाता। दोनों उल्लसित देखते रह जाते। यात्रा की थकान रीतने लगी, मन उमंग से भरने लगा। सबसे बड़ी बात तो यह हुई कि वैशंपायन ने भी उज्जयिनी लौटने की रट छोड़ दी। वह चंद्रापीड के साथ कम जाता, हिमालय की उपत्यकाओं या गुहाओं में रहने वाले योगियों, सिखों या मुनियों

के दर्शन के लिए अवश्य भटकता रहता।

उस दिन पत्रलेखा साथ न जा सकी। इस बीच उसने पास के वनग्राम की स्त्रियों से ऊर्णा के दुकूल बनाने की कला सीख ली थी और वह चंद्रापीड के लिए उष्ण दुकूल बनाने में लग गई थी।

चंद्रापीड इंद्रायुध पर सवार सघन कानन में दूर तक निकल गया। कानन की कमनीयता निहारता हुआ मंथर गति से वह आगे बढ़ रहा था। सहसा सामने का दृश्य देखकर श्वास थमी रह गई, किन्नरयुगल परस्पर आलिंगन में आबद्ध !

इंद्रायुध ने अचानक तीव्र हेषारव न किया होता तो वह युगल यों ही बैठा रहता, अविरतकपोल एक-दूसरे से सटा, फुसफुसाहट में थरथराते टूटते अक्षर परस्पर पास आते ओठों से एक-दूसरे से कहता हुआ, अशिथिल परिरंभ में एक-दूसरे का हाथ थामे हुए।

इंद्रायुध के स्वर से आतंकित उन दोनों ने तीखा चीत्कार किया और हरिण की तरह कुलाँचे भरते हुए भाग निकले। चंद्रापीड ने भी इंद्रायुध की वल्गा शिथिल की और उसे एड़ लगाई।

इंद्रायुध को हिमालय की उन ऊँची-नीची ढलानों पर दौड़ने का अभ्यास न था, जबकि किन्नरमिथुन प्राणपण से सर्राकर भाग रहा था। दोनों के पाँव धरती पर तो जैसे पड़ ही नहीं रहे थे, वे तो हवा में उड़े से जा रहे थे। चंद्रापीड को हर बार लगता कि अब पकड़ा उनको, अब पकड़ा, पर वे हर बार चकमा देकर किसी शिला या रंध्र की ओट होकर सहसा आगे निकल जाते। चंद्रापीड को पता ही नहीं चला कि इस अंधाधुंध दौड़ में वह उनका पीछा करता-करता पंद्रह योजन दूर निकल आया है। साथ जो सैनिक आ रहे थे, वे न जाने कितनी दूर पिछड़ गए। एक स्थान पर चट्टान सामने आने से इंद्रायुध थोड़ा लड़खड़ाया और चंद्रापीड के देखते-देखते किन्नर और उसकी प्रिया ऊँचे शिखर पर चढ़कर आँखों से ओझल हो गए। इंद्रायुध हाँफ रहा था। उसके मुख से फेन झरने लगा था। अब किन्नर-युगल को पकड़ पाना असंभव ही था। प्यास से चंद्रापीड का भी कंठ चटख रहा था।

'उस किन्नरयुगल को पकड़ने का मेरा कैसा व्यामोह था ?' चंद्रापीड सोचने लगा—'अब तो सुवर्णपुर पहुँचने में कदाचित् संध्या ही हो जाएगी। मार्ग भी तो स्मरण नहीं है, किधर से लौटूँगा ? वैशंपायन, पत्रलेखा और बलाहक—सभी चिंता करेंगे। यह कहाँ की भूलभुलैया में मैंने अपने-आप को फँसा लिया ? पर क्या पूरा जीवन ही भूलभुलैया नहीं है ?'

इंद्रायुध से उतरकर किसी तरह प्रयासपूर्वक चंद्रापीड सँभल-सँभलकर उस उच्चावच भूमि पर चढ़ने लगा—इंद्रायुध की वल्गा हाथ में लिये हुए।

दृष्टि हिमालय की ढलानों के नीचे उतरती हुई हरीतिमा के अनंत विस्तार में उलझती हुई उसके पार झिलमिलाते उज्ज्वल किसी दृश्य से टकरा गई। शीतल पवन के झोंके उसके साथ ही क्लांत देह को सहला गए। निश्चय ही निकट कोई सरोवर था। चंद्रापीड इंद्रायुध की वल्गा सँभालकर शिलाओं के संघात पर सँभल-सँभलकर चरण

रखता हुआ उसी ओर बढ़ा।

कुछ ही दूर चलने पर सारस का सरस स्वर और पपीहे की आकुल पुकार सुनाई दी। धरती पर वन्य गजयूथों के गीले पाँवों की पंक्ति दृष्टिगत होने लगी।

पेड़ों की सघन ओट को पार किया और विशाल सरोवर साम्ने पाया चंद्रापीड ने। सरोवर का अनंत विस्तार दूर-दूर तक चट्टानों से घिरा था, जिन पर पिच्छिलवर्णी विविध आकृतियाँ बनी हुई थीं।

वह अच्छोद सरोवर था, त्रैलोक्य लक्ष्मी के मणिदर्पण-सा उजला। कैलास ही जैसे पिघल-पिघलकर वहाँ तरंगित हो रहा था। जल की तरंगों पर तीखी धूप में बनते-मिटते सौ-सौ इंद्रधनुष जैसे उसकी स्फटिकमय संपदा की रक्षा के लिए बार-बार तनते जा रहे थे।

चंद्रापीड चकित होकर कुछ देर उस अपार सौंदर्यराशि के आगे ठिठका खड़ा रह गया। 'मैं कैलास के नीचे अच्छोद सरोवर तक आ पहुँचा ?' फिर वह बड़बड़ा उठा—'धन्य हुआ मेरा वह सारा व्यर्थ का अनुधावन, जो यह अनुपम दृश्य देखकर नेत्रों ने निर्वाण पा लिया। कहते हैं, यहाँ तो ब्रह्मा स्वयं कमंडल में जल भरने आते हैं, स्वयं भगवती सावित्री यहाँ अवगाहन करती हैं। तो मैं आज दर्शनीयता की अवसान भूमि पर आ गया। आह्लाद की थैया मिल गई। मनोहारिता का सीमांत सामने आ गया।'

फिर उसने इंद्रायुध का पर्याण उतार दिया। इंद्रायुद्ध भूमि पर जी भरकर लोट-पलटकर हरा हो गया। फिर उसे चंद्रापीड ने जल पिलाया, और उसके पश्चात स्वयं स्नान किया। इंद्रायुद्ध के चरण स्वर्णशृंखला से निगडित कर दिए थे। स्नान कर मध्याह्न की संध्याविधि संपादित कर अपनी कटार से किनारे पर उगी दूब काट-काटकर उसके पूले बनाए और इंद्रायुध के आगे डाल दिए। फिर घड़ी-भर विश्राम के लिए एक स्वच्छ शिलातल पर लेट गया।

सहसा वीणा की झंकार के साथ आती किसी दिव्य स्वरलहरी ने उसका ध्यान खींचा। इंद्रायुद्ध दोनों कान उठाए उसी दिशा में मुँह करके उस अनुपम निनाद को तन्मय-सा सुनने लगा।

जितना ही कोमल और मधुर स्वर था, उतना ही शक्तिशाली भी। तभी तो वह चंद्रापीड को जैसे अदृश्य जंजीरों में बाँधकर अपनी ओर खींच रहा था। चंद्रापीड ने चंद्रायुध की शृंखलाएँ खोलीं, उसकी वल्गा थामी और मंत्रमुग्ध-सा उसी ओर बढ़ने लगा जिस ओर से गायन का वह अलौकिक स्वर आ रहा था।

अच्छोद सरोवर के पश्चिमी तीर पर कैलास की दूधिया आभा में झिलमिलाता सामने खड़ा था भगवान् शूलपाणि का सिद्धायतन। आसपास सायास लगाए हुए सस्नेह संवर्धित वृक्षों की कई पाँतें थीं। इन्हीं वृक्षों से पल्लव तोड़कर कर्णपूर रचती होंगी अंबिका। तभी तो वे गर्व से तने खड़े थे। पवन भी यहाँ का कम मतवाला नहीं था। स्कंद के मयूरपिच्छों को छितरा देने की शक्ति का गुमान भर गया होगा उसमें, तिस पर मुक्ता के असंख्य कणों-सी भागीरथी की फुहारों से उसने अपने को अलंकृत कर

रखा था। रक्ताभ फलों से लदे दाडिमों की शाखाओं पर कलविंकों ने अंडे दिए थे। वे गति के राग में डूबे शांत, निःस्पंद बैठे थे। केवल कपिकुल बीच-बीच में हुंकारी की टेक लगा-लगाकर गीत के सुर की सराहना-सी करते जाते।

उस सुर का पीछा करता हुआ सघन कुंज में आ गया चंद्रापीड। नहा गया फूलों के अनवरत बरसते पराग से, जैसे ईशान के दर्शन से पहले ईशानी ने सस्नेह भस्म का लेप करके तैयार कर दिया हो उसे। फिर वह सिद्धायतन के निकट आ गया।

चार स्तंभों से मंडित स्फटिक मंडप के तले विराजमान थे भगवान् शिव। दोनों करतल एक-दूसरे के ऊपर अपने अंक में रखे हुए। उनके गोद में खिला कमल उग आया लगता था। माथे पर मुक्ता के मुकुट से श्वेतकमल अर्पित थे, जो उन्हीं के अट्टहास के टुकड़ों जैसे, पांचजन्य के सहोदरों जैसे या क्षीरसागर के सारस जैसे लगते थे।

भगवान् शिव की इस दिव्य मूर्ति के दाहिनी ओर बैठी कोई अपूर्व कन्या गा रही थी वह सुमधुर गीत, जिसकी स्वरलहरी में बँधकर बहता हुआ-सा चंद्रापीड यहाँ तक आ पहुँचा था।

उस देवी के देह की अप्रतिम धवलता ने उसे विस्मयस्तब्ध कर दिया। कैलास जैसे उसी धवलता में नहा-नहाकर इतना गोरा हो गया था। वह कन्या ऐसी लगती थी, जैसे क्षीर सागर में नहाकर यहाँ आ बैठी हो। उसकी छवि आँखों में उतरकर मन को शुभ्रता में सराबोर करती लगती थी। गिरीश के सम्मुख बैठी वह नंदी के देह की धवल द्युति के पुंज सरीखी दिखती थी। वह उनके कंठ से लिपटे अंधकार को दूर करने के लिए उतरती आ रही ज्योत्स्ना की संचित राशि-सी चंद्रापीड को लगी।

उसे लगा जैसे आनेवाले कृतयुग की बीजकला महिला मूर्ति धरकर उस देवालय में आ बैठी हो और युगांत की प्रतीक्षा कर रही हो।

आँवले के बराबर रुद्राक्ष की मालाओं के वलय उसने पहन रखे थे। श्वेत गंगा में नहाते हंसों की जोड़ी से उसके स्तनयुगल कल्पवृक्ष की छाल से बने उत्तरीय की ग्रंथि में आबद्ध थे। कंधे पर झूलता ब्रह्मसूत्र चंद्रकिरणों को गूँथकर बनाया हुआ लगता था। यौवन उस कन्या की पावनता और निर्विकारता के आगे शिष्य-सा, विनीत-सा रहकर भी उसके देह की लावण्यमय आभा में से झाँक रहा था। उस तपस्विनी ने अपने यौवन और सौंदर्य को पुण्यों की सलिलधारा में धो-धोकर और भी रमणीय और उज्ज्वल बना दिया था।

अंक में रखी वीणा को उसके दाहिने हाथ की अंगुलियाँ छेड़ रही थीं, पर स्वरों की झंकार वीणा के तारों से फूट रही थी या उसकी कलाई में बँधे शंख वलयों से—कहना कठिन था।

चंद्रापीड विस्मय से, आह्लाद से, गौरव से अभिभूत था। चंद्रायुध को उसने चुपचाप बाहर बाँध दिया था और निःशब्द चरण रखते हुए भीतर आकर भगवान् शंकर को प्रणाम करके वह मंदिर की देहरी के बाहर बैठकर तन्मय भाव से गीत सुन रहा था। गीत सुनते हुए वह इतना एकाग्र हो गया था कि आसपास के दृश्य का, अपने होने

का, अपने अतीत और वर्तमान का भी उसे भान न रहा था। गीत के भावावेश और स्वरों के सधे आरोह-अवरोह में वह खो गया था, बरबस आँखें छलछला आई थीं, जैसे सवेरे के समय नीलकमल पर ओस की बारीक बूँदें बिखरी हों। बीच-बीच में वह यह भी सोचता जाता कि पता नहीं मेरे किन पुण्यों का यह प्रताप है जो इस देवी के दर्शन हुए।

गीत समाप्त हुआ। वीणा के तारों की झंकार फिर भी वनप्रांत में गूँजती रही। गीत के स्वर चंद्रापीड के भीतर झंकृत होते रहे। वह वैसा का वैसा ही बैठा रह गया—अपने स्थान से अधर में निलंबित कर दिया गया-सा, मर्त्यलोक से ऊपर किसी अन्य लोक में पहुँचा दिया गया-सा !

उस देवी ने भगवान् शिव को प्रणाम किया, वीणा को धीरे-से एक ओर रखा और उठ खड़ी हुई।

चंद्रापीड का हृदय बल्लियों उछल पड़ा। वह उसके सामने साकार खड़ी थी—उसे देखकर वह अंतर्धान नहीं हुई, अंतरिक्ष में उड़ नहीं गई। तपःप्रभाव से प्रगल्भ. तेजस्वी और उज्ज्वल अपनी पावन दृष्टि के पुण्यजल से उसे नहलाती-सी, उसे पावनतर, उज्ज्वलतर बनाती-सी, वरदान प्रदान करती-सी वह बोली, "स्वागत है अतिथि का। कैसे चले आए आप इतनी दूर मनुष्यों के लिए अगम्य इस भूमि पर ? आइए, अतिथि सत्कार स्वीकार कीजिए।"

चंद्रापीड को लगा कि उसके मुख से ये दो बोल सुन लिए, बस जन्म लेना और अब तक का जीवित रहना ही सार्थक हो गया। इतना कह भर दिया उसने और इतने में ही तो सारा अतिथि सत्कार हो भी गया, इससे बढ़कर और क्या प्राप्तव्य हो सकता है ? बस उसका प्रणाम स्वीकार कर ले यह माँ, यह भगवती—तो शेष जीवन भी धन्य हो गया। यह सोचकर वह उठा और भक्ति भाव से उस कन्या के दोनों चरणों पर मस्तक रख दिया। "क्या करते हैं ?" उस देवी ने चौंककर पीछे हटते हुए कहा, फिर कुछ अश्वस्त होते हुए बोली, "अच्छा, क्षत्रिय हैं।"

वह पीछे मुड़ी, वीणा को अपने कर-कमल में उठाया, फिर प्रस्थान को उद्यत हुई और चंद्रापीड से कहा, "आइए, इधर से आइए, मेरे कुटीर में पधारिए।"

शुद्ध संस्कृत का ऐसा प्रांजल विशद उच्चारण, लय और यति, गीत और गमक से सधा हुआ। तिस पर उदात्त, अनुदात्त और स्वरित का अद्‌भुत विस्मयजनक प्रवाह, जैसे ऋषियों की वाणी ने छंदस् में आकार लिया हो। एक भी शब्द कहे बिना चंद्रापीड उसके पीछे चल पड़ा।

तमालवृक्षों के अँधेरे में उसकी गुफा पाताल में रखे अमृतकलश-सी लगती थी। लताकुंजों की निविड़ सघनता में से भौंरों का निनाद उसके भीतर पहुँचकर अनुगुंजित हो रहा था। पीछे से एक दुग्धधवलफेन में उफनाता झरना बहता हुआ आ रहा था, जिससे गुफा के ऊपर नीहारिका का चंदोवा-सा तन गया था। गुफा के द्वार पर बहते दो निर्झर श्वेत चँवर डुला रहे थे।

देवी ने भीतर जाकर वीणा को वल्कल की शैया के सिरहाने रख दिया। पर्णपुट में निर्झर के शीतल मधुर जल का अर्घ्य भरकर चंद्रापीड को अर्पित किया।

"बस, बस ! आपके दर्शन से ही तो मेरे जन्म-जन्म के पाप कट गए। और कुछ कष्ट न करें। बैठें आप।" साहस कर चंद्रापीड इतना भर कह पाया।

"जानना चाहती हूँ कि किस देश को राजकुमार ने अपने विरह से उत्कंठित कर दिया है। किस कुल को अपने जन्म से अलंकृत किया है।" अतिशय स्थिर निरुद्विग्न उस देवी का स्वर।

चंद्रापीड ने सविनय अपना परिचय दिया, यहाँ तक कैसे भटकता-भटकता पहुँच गया, पहुँचकर कैसा अनिर्वचनीय आनंद मिला--यह भी बताया।

उस देवी के मुख पर स्निग्ध मंद स्मित की क्षीण आभा क्षण-भर के लिए आई और लुप्त हो गई। फिर वह उठती हुई बोली, "आप यहीं बैठें, अतिथिदेव, मैं अभी आपके आहार के लिए कुछ लेकर आई।"

फिर उसने चंद्रमंडल-सा शुभ्र शंख का अपना पात्र उठाया और गुफा के बाहर आ गई। चंद्रापीड संकोच से जड़-सा उसके साथ उठकर गुफा के द्वार तक आया। द्वार से उसने जो दृश्य देखा तो विस्मय से स्तब्ध रह गया। वह देवी जिस वृक्ष की भी छाँह में जा खड़ी होती, उससे फल टपककर ठीक उसके भिक्षापात्र में आ गिरते। कुछ ही क्षणों में अनायास भिक्षापात्र फलों से भर गया।

उस देवी के हाथ से परोसे दिव्य भोजन से जो तृप्ति मिली, वह अभूतपूर्व थी। इंद्रायुध भी स्वस्थ था अब।

साँझ का झुटपुटा हिमालय के परिसर में घिरने लगा था। गुफा के बाहर शिलातल पर बैठी थी वह, सामने दूसरे शिलातल पर था चंद्रापीड।

हिमालय की अविकल मौन शांति उसे हृदय में उतरती-सी लगी। कुछ सोच-समझकर वह उस देवी से बोला, "भगवति, आपके अनुग्रह से मैं कृतार्थ हुआ, आतिथ्य से अभिभूत हुआ। उचित तो नहीं है मुझसे तुच्छ मानव का आपके आगे प्रश्न उपस्थित करने का साहस। फिर भी मुखर बना रही है मुझे अपनी ही लघुता और चंचलता। आपके विषय में जानने का बड़ा कौतूहल है। मरुतों, ऋषियों, यक्षों या अप्सराओं के कौन-से कुल को भगवती ने अपने जन्म से पावन बनाया है ? इस कुसुम सुकुमार नववयस् में किसलिए इस कठोर व्रत को अंगीकार किया ? यह तो हमारे जैसे सामान्य जन को चकित कर देने वाली बात है--अनुपम इस लावण्य के अतिशय के साथ अनोखी इस वीतरागता का अनुपम यह संगम। क्यों आप एकाकिनी रहती हैं इस निर्जन वन में ? और यह भी कैसे संभव हुआ कि उन्हीं पंचमहाभूतों से बना हुआ आपका यह देह हिमगिरि के हिम-सी, शंख-सी शुभ्र धवलता को धारण किए है ! आपका पावन चरित सुने बिना यहाँ से जाना ही निरर्थक होगा। अतः एक अनुरोध स्वीकार करें, अनुग्रह करें, भगवति !"

वह देवी स्थिर-शांत बैठी चंद्रापीड का निवेदन सुनती रही। फिर उसने एक उसाँस

भरी, और कुछ सोचती रही उन्मन। चंद्रापीड ने लक्षित किया कि सहसा उसका अधर प्रकंपित हुआ, नासिका थोड़ी फड़की और पलकें भींज उठीं। फिर हृदय की समूची पावनता लिये बाहर आते से, तपोरस का निष्पंद बहाते से, लोचन की धवलता की द्रवीभूत परिणति से परम स्वच्छ अश्रुबिंदु उसके कपोलों पर ढुलके, जैसे मुक्ता की माला टूटी हो और एक-एक कर मोती टपके हों।

सकते में आ गया चंद्रापीड ! ऐसी तपस्विनी पर भी विपत्ति का दारुण वज्रपात हो सकता है। पता नहीं, कैसी दुःखद स्मृतियाँ इस देवी के मन में जगा दीं उसके निष्ठुर प्रश्न ने।

अपराधी की भाँति वह उठा और गुहाद्वार पर बहते झरने से पत्रपुट में प्रक्षालन के लिए जल ले आया।

अश्रुधारा निरंतर बह रही थी उस तपस्विनी के नयनों से। चंद्रापीड के बार-बार निहोरा करने पर उसने मुख धोया, फिर लंबी साँस छोड़कर धीरे-धीरे कहा, "क्या करोगे राजकुमार इस अभागिनी निष्ठुर हृदया का वृत्तांत सुनकर ? फिर भी, कौतूहल है तो सुनो—"

महाश्वेता की कथा

अप्सराओं के चौदह कुल हैं। इनमें एक कुल में दक्षप्रजापति की दो कन्याओं—मुनि तथा अरिष्टा के साथ गंधर्वों के परिणय से दो गंधर्वकुल बने। मुनि का एक पुत्र चित्ररथ हुआ, जो गंधर्वों का सम्राट् बना। हम भारतवर्ष के उत्तरी सीमांत पर बैठे हैं। इसके और भी उत्तर जाएँगे, तो किंपुरुष नामक वर्ष है, उसमें वर्ष नाम का ही एक पर्वत है, और उस पर बसी है हेमकूट नगरी। लाखों गंधर्व बसते हैं हेमकूट में। वहीं सम्राट् चित्ररथ का बनवाया हुआ चैत्ररथ नाम का रमणीय कानन है। सामने यह जो जलाशय का अतुलित विस्तार देख रहे हो, यह भी चित्ररथ की ही निर्मिति है। और यह परम पावन देवालय—यह भी उन्हीं का बनवाया हुआ है।

दक्ष की दूसरी पुत्री थी अरिष्टा। उनके तुंबुरु आदि छः पुत्र हुए, उनमें सबसे बड़े हंस थे। हंस का विवाह हुआ गौरी से। गौरी जनमी थीं अप्सराओं के उसी कुल में, जो सोमरश्मियों से उपजा था। तो गौरी भी सचमुच चंद्रमा की किरणों से निचोड़े गए लावण्य से बनी थी। वैसा ही उज्ज्वल शुभ्र उसका वर्ण था।

उन्हीं दोनों—हंस और गौरी की—मैं संतान हूँ। इतने उज्ज्वल कुल में ऐसे महात्मा माता-पिता से—दुःखों के सहस्रों आघात झेलने के लिए, अपने जनक और जननी को जीवन-भर चिंता और शोक की ज्वालाओं में जलाते रहने के लिए ही बस जनमी थी मैं।

क्या जानते थे पिता कि आगे चलकर शोक की नुकीली कील की तरह चुभूँगी और सालती रहूँगी मैं उनको ? उन्होंने तो निस्संतान होने के कारण मेरे जन्म पर ऐसा उत्सव मनाया था जो पुत्र के होने पर भी कोई न मनाता होगा। अपार स्नेह मिला मुझे माता और पिता दोनों का। जन्म के दसवें दिन मेरा रूप-रंग देखकर 'महाश्वेता' नाम रख दिया गया। मैं सबकी लाड़ली थी पूरी गंधर्वनगरी में। वीणा की भाँति एक के अंक से दूसरे के अंक में चढ़ती फिरती मैं। बचपन किस तरह बीत गया कुछ पता ही नहीं चला। पता नहीं कब नवयौवन ने मेरे देह की देहरी पर पग रख दिए। वह ऐसे आ गया था जैसे वसंत में मधुमास आता है, मधुमास में कोंपल आती हैं, कोंपलों पर फूल आते हैं, फूलों पर भौंरे आते हैं और भौंरों में जैसे मद आता है।

मधुमास का ही तो समय था। कोमल मलयमारुत के मीठे झकोरों में अनंग के

सुकुमार ध्वजांशुक फहरा-फहरा उठते। भौंरों के झुंड-के-झुंड नवमालिका की बेलों पर झूम रहे थे, जिससे नवमालिका के श्वेत पुष्पगुच्छ काले-काले लगने लगे थे। विरहिणियों के प्राण ले-लेकर कामदेव विजय के दर्प से कुसुम शरासन पर टंकार दे रहा था। उस टंकार को सुन-सुनकर प्रवासी पथिकों के तो हृदय ही विदीर्ण हो रहे होंगे। वनभूमि पर वासंती हवा के झोंकों में टपक-टपककर गिरे टेसू के फूलों के गुच्छे उन्हीं के हृदयों के रक्त से दिए छींटों जैसे दिखते थे।

इसी सरोवर पर माँ के साथ स्नान के लिए आई थी मैं उस दिन। उधर वे चट्टानें देख रहे हैं, राजकुमार ! उन पर भगवती पार्वती ने स्वयं अपने हाथों से भगवान् शिव की मूर्तियाँ उकेरी हैं। उन शिवमूर्तियों को प्रणाम कर मैं अपनी सखी तरलिका के साथ टहल रही थी उधर—कभी मधु की धार चुआते आम के उस पेड़ के तले टिक जाती, कभी उस चंदन वीथी में अटक जाती, कभी वनदेवियों के हिंडोले-सी उस लता दोला में डोलने लगती। मैं इस सारे दृश्य की रमणीयता में रमी हुई थी, अपने सुख से अभिभूत थी, अपने भाग्य पर इठला रही थी और अपनी आयति से अनजान थी।

यों ही टहलते-टहलते मैं एक स्थान पर ठिठक गई। सुगंध का एक अलौकिक झोंका नासिका से टकराया था। ऐसी दिव्य सुगंध इसके पहले कभी नहीं जानती थी। उस एक अकेली सुगंध ने सारे वनप्रांत के असंख्य फूलों के सुरभि-समुदाय को दबा दिया था। मैं मधुकरी-सी उस अमानुष अद्‌भुत सुगंधि से खिंची चली गई उस दिशा में जिधर से वह आ रही थी।

सामने से एक मुनिकुमार आ रहे थे। तेज से दिपदिपाता मुख, जैसे विद्युत्पुंज को पिंजरे में बंद कर दिया गया हो, जैसे ग्रीष्म के मध्याह्न की सूर्यकिरणों को किसी वलय में बाँध दिया गया हो। उनके देह की आभा इस सारे कानन को सोने के रस से पोत रही थी। पुण्य की पताका-सी भस्म की रेखा उनके ललाट पर लगी थी, लगता था जैसे सरस्वती से समागम करने को उत्कंठित गंगा का प्रवाह आ गया हो अपनी हिलोरों से सैकत की रेखाएँ बनाता हुआ। हाथ में स्फटिक की अक्षमाला झूल रही थी। माला क्या थी, मदनदाह से शोकातुर रति के आँसुओं की बूँदों से जैसे उसे बनाया गया था। उन्हीं मुनिकुमार के कान में झूल रही थी वह सुरतरु की कुसुममंजरी, उसी से फूट रही थी वह दिव्य गंध, जिससे खिंचकर मैं उनके सामने आ गई थी। उनके कान की मंजरी भी कैसी—जैसे पुष्पलक्ष्मी की यौवनशीला हो, या कामदेव से समागम के समय रति के मुख पर छितराई स्वेदजल की जालिका हो।

आज भी समझ नहीं पाती हूँ मैं कि कैसे और कितनी देर में निर्निमेष उन मुनिकुमार को देखती रही थी। उस समय तो लगा जैसे वे कोई मुनि नहीं, माया हैं, या मकरकेतु की छाया हैं। मेरा अपने-आप पर वश न रहा। वसंत के मद से बावरी मधुकरी-सी हो गई मैं। नवयौवन के आकर्षण ने मुझे उठाकर रूप के सागर में डुबा दिया, मेरे मन को जड़ से उखाड़ डाला, हर लिया, पी लिया।

समझ रही थी मैं कि यह सब बड़ी लज्जा की बात है, पर मेरा अंतःकरण मेरे वश

में रहा ही कहाँ था ? मैं नेत्रों से उसकी रूपसुधा ही नहीं, उनकी छवि को हर कोने से मन के फलक पर उतारती हुई एक-एक क्षण को जी रही थी, नेत्रों से पथ बनाकर उनके पास पहुँचकर पूरी तरह उनमें रमी जा रही थी। स्तंभित-सी, बँधी हुई-सी, चित्रलिखित-सी खड़ी रह गई थी मैं। फिर किसी तरह बड़े प्रयास से अपने-आप को सँभाला था। मेरी साँस तो फिर भी तीव्र गति से चल रही थी, वक्षस्थल फड़क रहा था, माथे से स्वेद बिंदुओं के बहने के साथ लाज भी बही जा रही थी। मकरध्वज के पैने सायकों से बिंधकर मेरी देहलता काँप रही थी।

इसके साथ-साथ मैं अपने-आप को धिक्कारती भी जा रही थी। छिः, ऐसे तेजस्वी तपस्वी के लिए यह कामना ! और उनके मुख से अपनी दृष्टि हटा भी नहीं रही हूँ अभी तक मैं पापिनी ! क्या सोच रहे होंगे वे मेरे विषय में ? पर इतना सोच-समझकर भी मैं रोक तो नहीं पा रही थी अपने को। बरबस अपने मन को वश में करके मैंने किसी तरह झट से निर्णय लिया कि अब यहाँ से तत्काल चल पड़ना चाहिए, इसके पहले कि कोई अनर्थ हो जाय, इसके पहले कि सब ओर से फैलते पारावार-सा काम मुझे ग्रस ले, इसके पहले कि मेरे मन के पाप को चिन्ह कर ये मुनिकुमार मुझे शाप दे बैठें।

पर मन की गति को कोई कब पकड़ पाया है। इस विचार को दबाकर तत्क्षण दूसरा विचार उठ खड़ा हुआ—'ठीक है, अभी चली जाऊँगी। जाना ही तो है। पर ये मुनि हैं, ये तो पूज्य हैं। इन्हें प्रणाम करके जाना चाहिए न !'

आँखें तो निस्पंद निर्निमेष वैसी की वैसी उन्हीं पर टिकी रहीं, और मैं उनकी तरफ बढ़ी, प्रणाम करने को नीचे झुकी, मेरे कर्णपल्लव कपोल पर झूल आए, मैंने हौले-से उन्हें ऊपर सरकाया, तब तक मेरी अलकें छितरा गईं। अभी भी मुझे स्मरण है कि भूतल को देखा नहीं था मैंने उस समय प्रणाम करते हुए। टकटकी एकटक उन्हीं के मुख पर लगी रही, बस हाथ चरण छूने के लिए झुके।

अब समझ रही हूँ कितना दुर्लंघ्य होता है मनोभव का शासन, कितना मदजनक होता है मधुमास और कितना धृष्ट होता है नवयौवन ! क्योंकि पवन के झकोरों में डोलती-सी मुनिकुमार की देहलता बता रही थी कि वे विचलित हुए थे, यों मुझे सामने पाकर, उनके रोम मदन के प्रथम दर्शन में जैसे स्वागत को उठ खड़े हुए थे। मैं घुटनों पर झुकी ऊपर ताक रही थी, मेरी आँखों के ऐन आगे उनके हाथ में पकड़ी हुई अक्षमाला काँप रही थी, जैसे मुनि का व्रत टूटने के भय से थरथरा उठी हो। जिस तपस्वी ने अभी तक जीवन का रस-राग नहीं जाना था, उसे कामदेव ने एक क्षण में जैसे सारी पट्टी पढ़ा दी थी। उनकी मदमुकुलित खेदालस तंद्राजड आनंदभरमंथर चंचल पुतली से झरती अमृत की वर्षा-सी, रतिरस के निःस्पंद-सी दृष्टि मुझे उल्लसित कर रही थी।

इतनी देर बाद मुझे भान हुआ कि वे अकेले नहीं हैं। उनके साथ एक मुनि कुमार और हैं। मुझे जैसे अवसर मिला। मैंने उनके साथी को भी प्रणाम किया और उनसे

साहस करके पूछ ही लिया—"भगवन्, ये तपस्वी कौन हैं, इनके कान में यह कुसुम-मंजरी कैसी है ? बात यह है कि इस मंजरी की असाधारण सुरभि ने मेरे मन में कौतुक जगा दिया है।"

यह मुनिकुमार किंचित् हँसकर बोला, "लड़की ! क्या करेगी यह सब जानकर ? पर ठीक है, ऐसा ही कौतुक है तुझे, तो सुन, एक श्वेतकेतु नाम के महामुनि हैं। वे दिव्यलोकवासी हैं। सुर, असुर, गंधर्व, किन्नर, सिद्ध—सब उनके चरणों की वंदना करते हैं। जैसा उनके तप का प्रखर तेज है, वैसा ही आकर्षक उज्ज्वल रूप भी है उनका। एक बार वे देवपूजा के लिए कमल तोड़ने को मंदाकिनी में उतरे। बस, उसी समय कमल वन में सदा बसने वाली प्रफुल्ल सहस्रपत्र पुंडरीक पर विराजी देवी लक्ष्मी ने उनकी झलक देख ली। देखते ही प्रेम के मद से मुकुलित हो गए भगवती के नयन। आनंद के अश्रुबिंदु झलके, तरंगित हुए और बह निकले। मन्मथ के मद को मसलने वाले मुनिवर के उस रूप को लोचनयुगल से पीते हुए मन को मथने वाले मनोविकार से उनका मन डोल उठा। अवलोकन मात्र से सुरत सुख में डूबकर उसी पुण्डरीक पर विराजी वे आनंद में निमग्न हो गईं। वहीं उन्होंने एक कुमार को जन्म दिया। फिर उसे अंक में लिये वे भगवान् श्वेतकेतु के पास पहुँचीं और निवेदन किया—'भगवन्, आपका ही पुत्र है यह। स्वीकार कीजिए इसे।'

"मुनिश्रेष्ठ श्वेतकेतु ने उस शिशु को अंगीकार किया, उसके सारे संस्कार किए, और पुंडरीक पर जन्म लेने से उसका नाम रख दिया—पुंडरीक। उन्होंने उसे समस्त विद्याओं का प्रकाश दिया। वही पुंडरीक तेरे सम्मुख खड़ा है। और यह जो मंजरी के विषय में तेरा प्रश्न था, तो उसका भी समाधान जान ले। देवों और असुरों ने मिलकर क्षीरसागर को मथा। उसमें से निकले चौदह रत्न। उन्हीं में से एक था पारिजात का वृक्ष। उसी वृक्ष की यह मंजरी है। हुआ यह कि आज चतुर्दशी है, सो हम दोनों भगवान् भवानीपति की उपासना करने कैलास गए थे। वहाँ से नंदनकानन के निकट से होते हुए निकले, तो नंदनकानन की वनदेवी साक्षात् मेरे मित्र के सामने आ उपस्थित हुई। मधुमासलक्ष्मी उसे हाथ का टेका दिए हुए थी। वकुलमाला की मेखला उसकी कटि में झूल रही थी। फूलों और पल्लवों के प्रकार से उसकी कमनीय देहलता ढकी हुई थी। उसने पारिजात की यह मंजरी मेरे मित्र को अर्पित की, प्रणाम किया और बोली, 'भगवन् आपके जैसी रमणीय आकृति तीनों लोकों में भी कहीं देखने में नहीं आई। यह पारिजात मंजरी आपके ही अनुरूप है। इसे अंगीकार करें प्रभु। आज पारिजात का होना सार्थक हो जाए। यह मेरा मित्र तो ऐसा लजाता है कि सिर झुकाए चुपचाप उसकी विनती को सुनकर भी अनसुनी करके आगे बढ़ा जा रहा था। मैंने रोककर कहा—'मित्र, हानि क्या है ? वनदेवता का स्नेह से दिया उपहार स्वीकार करो।' यह कहकर इसके मना करते-करते मैंने बलात् पारिजात-मंजरी का इसके कान में कर्णपूर बना दिया। इस तरह तूने जो प्रश्न पूछे थे, उनका मैंने उत्तर दे दिया है।"

मैं लज्जित-सी, दिग्भ्रांत-सी वहाँ खड़ी रही। न कुछ कह सकी, न उस स्थान से

हिल-डुल सकी, बस मूर्खा की तरह उनके कान में झूलती पारिजात की मंजरी को ताकती रह गई। मुझे असमंजस में यों खड़ा देखकर वे मुनिकुमार पुंडरीक कुछ हँसकर मुझी से बोल पड़े—"ओ कुतूहलिनि, यदि यह कुसुममंजरी तुम्हें ऐसी ही भा गई है, तो लो इसे, तुम ही ले लो !" कहते हुए वे मेरे निकट चले आए। अपने कान से वह दिव्य मंजरी उतार दी उन्होंने और मेरे कान पर लगा दी। उनके स्पर्श से मेरे देह में पारिजात के अगणित फूल सहसा खिल उठे। उनकी उँगलियाँ मेरे कपोल से छू जाने से हल्के-हल्के काँप रही थीं। लाज के ही साथ-साथ अक्षमाला भी उनके हाथ से कब छूट पड़ी थी यह न जान पाए मुनिकुमार पुंडरीक। मैंने तुरत भूतल पर गिरने के पहले ही उस अक्षमाला को अपनी हथेली पर रोक लिया और टकटकी बाँधे उन्हें निहारते हुए उनके देखते-देखते अपने कंठ में डाल ली मैंने वह माला।

यह सब कैसे, बिना विचारे आकस्मिक रूप से घट गया था—आज भी सोचकर स्तब्ध रह जाती हूँ मैं। तरलिका तो पीछे खड़ी थी कुछ दूरी पर उस समय। मेरे पास मेरी छत्रग्राहिणी भी थी। वह अब तक मूक बनी यह सारा नाटक देख रही थी। अब वह बोल पड़ी—"भर्तृदारिके, देवी स्नान कर चुकीं। घर लौटने की वेला निकली जा रही है। तो आप भी अब स्नान कर लें।" उसके ये शब्द भी उस समय तो मुझे ऐसे चुभे जैसे अभी-अभी वन से पकड़कर लाई गई हथिनी को तीखा अंकुश मारा गया हो। मुनिकुमार पुंडरीक के लावण्यामृतपंक में धँसी-सी, कपोलपुलक के कंटकजाल में फँसी-सी, मदनशरों से कीलित-सी और उनके सौभाग्यगुण में सिली हुई-सी अपनी दृष्टि को किसी तरह कठिनाई से उन पर से हटाकर मैं स्नान के लिए चल पड़ी।

चल पड़ी मैं, तो उन्होंने आतुर होकर मुझे देखा था ? क्योंकि उनके मित्र को मैंने चलते-चलते बनावटी क्रोध से उनकी भर्त्सना करते सुना। वह कह रहा था—'मित्र पुंडरीक, यह क्या तुम्हारे अनुरूप है, यह क्षुद्र लोगों का पथ ? ऐसे विचलित कैसे हो गए तुम ? अपनी अक्षमाला तुम्हारे हाथ से छूट गई और तुम्हें पता नहीं। वह कन्या तुम्हारी अक्षमाला अपने कंठ में लपेटकर चली जा रही है और तुम्हें सुध नहीं।'

मेरे पग तो वैसे भी कहाँ आगे बढ़ पा रहे थे, मुनिकुमार की ऐसी फटकार सुनकर मैं और भी ठिठक गई। उनकी झेंपी हुई हँसी सुनाई दी पीछे से। 'देखता हूँ कैसे ले जाती है वह मेरी अक्षमाला।' वे कह रहे थे—'सुनो कन्ये !' फिर उन्होंने मुझे पुकारा था।

मेरा हृदय धड़धड़ाकर धड़क उठा। पाँव स्तंभित हो गए। मुड़कर देखा मैंने, भौंहें तिरछी कर चुंबन के लालची फड़कते अपने ओठों से वे बनावटी क्रोध दिखाते हुए कह रहे थे—'बिना मेरी माला लौटाए तुम यहाँ से एक पग भी आगे नहीं बढ़ सकतीं।'

मैंने अपने कंठ से बहुमूल्य रत्नों से जड़ी एकावली उतारकर उनकी ओर बढ़ाते हुए कहा, "लीजिए भगवन्, अपनी अक्षमाला !" माला उन्हें क्या सौंपी, मकरध्वज की लीला के पूर्वरंग में जैसे पुष्पांजलि अर्पित कर दी। टकटकी बँधी उनकी आँखें मुझ पर टिकी

थीं। अपने कर से उनके कर में माला अर्पित करते हुए पसीने से नहा उठा था मेरा तन। फिर मैं जाकर नहाई। उसके बाद तो मैं कहाँ हूँ, क्या कर रही हूँ—इसका कोई भान नहीं। मैं नहीं जान पा रही थी कि क्या था वह, दुःख था या सुख, उत्कंठा थी या व्याधि, व्यसन था या उत्सव।

अंतःपुर पहुँचकर मैंने परिजनों को विदा दी, एकाकिनी मणिजाल के गवाक्ष पर मुँह रखे उसी दिशा की ओर निहारती रह गई, जो मुनिकुमार पुंडरीक से सनाथित होने के कारण प्रसाधित, कुसुमित और अमृतरस की बाढ़ से आप्लावित थी। वे दूर थे, स्वर्गपुरी में अपने पिता मुनि श्वेतकेतु के पास, फिर भी मैं उन्हें इतने अपने पास पा रही थी—सागर की वेला जैसे चंद्रमा की ओर उमड़ती है, कमलिनी जैसे सूरज से जुड़ती है, मयूरी जैसे घुमड़ते जलधर के आने पर थिरकती है, ऐसे ही मन उमड़ रहा था उनके लिए, जुड़ा हुआ था उनसे और थिरक रहा था उन्हीं के प्रति !

कितनी देर तक मैं बैठी रही। "भर्तृदारिके ! भोजन नहीं लिया ? मैं तांबूल लाई थी !" तरलिका मेरे पीछे खड़ी थी।

"मेरा जी अच्छा नहीं है, तरलिके ! तू जा।" मैंने उसकी ओर उन्मुख हुए बिना वैसे ही निश्चल नयनों से दूर अच्छोद सरोवर की ओर ताकते हुए कहा।

"आज इस तांबूलकरंक में विशेष वस्तु है आपके लिए।"

"नहीं तरलिके, मुझे कुछ नहीं चाहिए।"

"पर देखिए तो ! देख तो लीजिए।"

"क्या है ?" बहुत खिन्न होकर गवाक्ष से उसकी ओर मुड़ी।

तांबूलकरंक खोले हुए मुस्करा रही थी तरलिका। तांबूलवीटिकाओं के स्थान पर उसमें रखा था कषायवर्ण का वल्कल खंड। उसे देखते ही मैं चिहुँक उठी। ऐसा ही वस्त्र तो मैंने देखा था मुनिकुमार पुंडरीक के कंधे पर !

"तरलिके, कहाँ से मिला यह ?" अवरुद्ध कंठ से, धड़कते हृदय से मैंने पूछा।

"वहीं से जहाँ से आपको यह सुरभित पारिजात मंजरी मिली है, जो आप अभी तक कानों में खोंसे हुए हैं।"

"ओह !" मैंने वल्कल खंड उठाकर वक्ष से लगा लिया, फिर अनुरोध करके तरलिका से उसके विषय में पूछने लगी।

"जब आप स्नान करने चली गईं तो वे मुनिकुमार पुंडरीक अपने क्रोधी मित्र से किसी तरह छिपकर मेरे पास आए। एकांत में मुझे बुलाकर आपके विषय में पूछने लगे। फिर तुरत तमाल के कुछ पत्ते तोड़कर उन्हें शिलापट्ट पर पीसकर उन्होंने मसि बना डाली और अपने ही वल्कल का यह टुकड़ा चीरकर कनिष्ठिका के नख की नोक से इस पर कुछ लिखा, फिर मुझसे बोले, 'बालिके, बाल्यभाव में भी तुम्हारी आकृति कल्याणिनी और गंभीर है, मेरी एक अभ्यर्थना स्वीकार करो। यह पत्र अपनी स्वामिनी को एकांत में सौंप देने की कृपा करो !' "

काँपते कर से मैंने वल्कल खंड को खोला। उस पर यह आर्या लिखी हुई थी—

मुझे दिखाकर आशा
मानस हंस हर ले गईं तुम यह।
धवलमृणाल सरीखी
मोती की अपनी माला से

बरसात की बाढ़ में उफनती नदी-सी मैं विह्वल हो उठी। तरलिका मुझे देवी-सी, अमृतमयी-सी, सुलभ होकर भी परमदुर्लभ अमूल्य निधि-सी लगने लगी। उसके लिए मेरा स्वर ही बदल गया। उसके लिए मेरे मन में अपार आदर और स्नेह उमड़ पड़ा। मैं बार-बार उसे गले लगाने लगी। वह मेरी दृष्टि में परम धन्य थी, जो मुनिकुमार पुंडरीक ने बुलाकर उससे स्वयं बात की थी। मैं बार-बार उससे मुनिकुमार की ही कथा पूछने लगी, कैसे थे वे, क्या-क्या कहा, कैसे बुलाया, कैसे गए—यही सब। इसी चर्चा में दिन ढल गया।

लोहित रविबिंब गगन से नीचे की ओर आ लटका था। मेरे ही हृदय का राग जैसे उस पर लिपटा हुआ था। मदनातुर-सी पीली पड़ गई थी दिवस-लक्ष्मी और कमलपुष्प की शैया पर जा लेटी थी वह। मेरे हृदय की तरह अँधियारे में डूब गया था अच्छोद सरोवर का पथ और उसके आसपास का वनप्रांत भी।

तरलिका अभी-अभी उठकर गई थी मेरे पास से। दिन-भर से वह मेरे साथ थी। कभी मैं उसका हाथ अपने हाथ में ले लेती, कभी उसे चूम लेती।

''भर्तृदारिके, उन दोनों मुनिकुमारों में से दूसरे मुनिकुमार द्वार पर खड़े हैं, कहते हैं—'अक्षमाला वापस चाहिए।' क्या कहूँ उनसे ?''

मेरा हृदय उछलकर जैसे द्वार तक जा पहुँचा। कंचुकी से मैंने मुनिकुमार को सादर भीतर प्रवेश कराने के लिए कहा। पुंडरीक नहीं थे, वे तो कपिंजल थे। पुंडरीक के सहचर—जैसे रूप का सखा यौवन होता है, यौवन का सखा मदन, मदन का सखा वसंत और वसंत का मलयानिल, वैसे ही सदा साथ रहते थे वे पुंडरीक के।

कपिंजल के याचक बने मुख पर विषाद की गहरी रेखाएँ अंकित थीं। मैंने उठकर सादर उन्हें प्रणाम किया, उनके बैठने के लिए स्वयं आसन सरकाया। फिर उनके बार-बार मना करने पर भी उनके चरण पखारे। और अपने उत्तरीय से उनके पावन चरणों को पोंछकर उनके पास बैठ गई।

एक क्षण मौन बैठे रहे कपिंजल। फिर कुछ कहते-कहते रुककर मेरे पार्श्व में भूमि पर बैठी तरलिका की ओर ताका उन्होंने। ''भगवन्, यह मुझसे अभिन्न है, निश्शंक होकर कहें आप।'' मैंने उन्हें आश्वस्त किया।

''क्या कहूँ, राजपुत्रि ! लाज से बोल ही नहीं फूट रहे हैं मुख से। कहाँ कंद, मूल, फल खाने वाले वनवासी मुनिजन और कहाँ कामविलास का यह रागांध प्रपंच ! बड़ी अपूर्व विडंबना हो गई यह तो। पर कहे बिना भी रहा नहीं जाता। न कहूँ, तो कहीं महान् अनर्थ न हो जाए। अपने प्राण देकर भी मित्र के प्राण बचाना चाहता हूँ। मैंने तो पुंडरीक को तुम्हारे जाते ही ऐसा फटकारा था। कुपित था मैं उसके प्रति। रिसाकर

उससे दूर चला गया था। पर थोड़ी देर बाद ही चिंचित होकर लौटा कि देखूँ तो कर क्या रहा है मेरा मित्र ? मन आशंकाओं और नाना प्रश्नों से आकुल था। बड़ी देर उसे इधर-उधर खोजता रहा मैं। अंत में वह मिला--एक सघन लता कुंज में। चित्रलिखित-सा, भित्ति पर उकेरा हुआ-सा, स्तंभित-सा, समाधिस्थ-सा बैठा हुआ था वह। मेरा मन उसे ऐसी स्थिति में देखकर कातर हो उठा। भीतर-ही-भीतर जलते मदन के दाह से धूमाकुल से उसके नयन अश्रु बहा रहे थे। तुम्हारी दी हुई एकावली को बार-बार वक्ष से लगा रहा था। मैं उसे बड़ी देर तक समझाता रहा। कहा--'क्यों विष से लताकुंज को सींच रहे हो, तीखी असिलता को कुवलयमाला मानकर कंठ से लगा रहे हो, क्यों नागिन को कृष्णागुरु की धूमलेखा समझकर उससे लिपटे जा रहे हो ? तुम संसार के विषय-प्रपंच का खोखलापन नहीं समझते क्या ?'

"मेरे समझाने का तो और विपरीत प्रभाव हुआ उस पर। कुपित होकर कहने लगा--'हाँ, हाँ ! तुम तो बड़े स्वस्थ हो न ! दूसरे को उपदेश देना सरल बात है। तुमने नहीं झेली यह पीड़ा, तो कुछ भी कह सकते हो। मेरा तो सारा धैर्य और सबका सब आत्म-ज्ञान अब अस्त हुआ। पकाए जा रहे हैं मेरे अंग भीतर से। उबल रहा है हृदय। झुलस रही है दृष्टि। यदि तुम सहायता कर सको तो करो, नहीं तो मुझे यों ही मर जाने दो।'

"मैंने तो फिर भी समझाने की ही चेष्टा की उसको। कोई प्रभाव नहीं होने वाला था उस पर मेरी कहा-सुनी का। हारकर मैंने सरोवर से गीले मृणाल, कमलिनी के पत्ते, कुमुद, कुवलय आदि लाकर उसी लताकुंज में शैया बिछाकर सुलाया उसे। फिर बड़ी देर के संकल्प-विकल्प और ऊहापोह के पश्चात् मित्र की असह्य स्थिति देखकर हारकर अब आप को बता ही दूँ--यह सोचकर यहाँ चला आया।"

कपिंजल कहते जा रहे थे और मैं अमृत के सागर में डूबती जा रही थी। आँखों से आनंद के अश्रु झर रहे थे। देह पसीने से तर हो गई थी। हर्षविह्वल गद्गद स्वर से मैं कुछ कहने को ही थी कपिंजल से, तभी हड़बड़ाई प्रतीहारी ने आकर कहा--'भर्तृदारिके, आपकी अस्वस्थता की वार्ता सुनकर महादेवी कुशल पूछने आ रही हैं।' कपिंजल का मुख घबराहट में विवर्ण हो गया। वे हड़बड़ाकर उठे और तांबूल, अंगराग, पटवास, पुष्प लेकर चलते परिजनों, कुब्ज, किरात, वामन तथा कंचुकियों के सम्मर्द के बीच किसी तरह स्थान बनाते हुए बिना मुझसे कुछ कहे, बिना पलटकर मेरी ओर देखे इस तरह बाहर निकल गए जैसे कोई नहाया-धोया व्यक्ति अशुचि स्थान से मुँह फेरकर चल पड़ता है, जैसे भद्र जन स्नान के पश्चात् अपने ही देह के उबटन की ओर पलटकर नहीं देखते। मैं भी मुनिकुमार से सहसा कुछ कह न सकी। बाद में पछताती रही कि यह मैंने कैसा व्यवहार किया उनके साथ, क्यों मुझे कुछ भी विचार नहीं आया समुदाचार का, शिष्टाचार का, मैं माँ से उनका साम्मुख्य और परिचय करवा ही देती तो कौन-सा अनर्थ हो जाता ? पर उस समय तो कुछ सोचने-विचारने की मेरी शक्ति समाप्त हो गई थी। मुझे तो यह भी बोध नहीं था कि माँ ने आकर मुझसे क्या-क्या बातें कीं, क्या पूछा

और मैंने उत्तर में क्या कहा। माँ चली गईं। मैं वैसी ही किंकर्तव्यविमूढ़-सी, अवसाद से घिरी-सी बैठी रही। साँझ घिरने लगी। हारकर तरलिका से ही मैंने कहा, "तू ही बता तरलिके, मैं क्या करूँ ? क्या त्याग दूँ यह लाज, कुल की यह मर्यादा, सदाचार और विनय, लाँघ जाऊँ शील की देहरी, कर लूँ अंगीकार अपवाद को, अपकीर्ति को ? क्या बिना अनुज्ञा पाए पिता की, बिना अनुमोदन लिए माँ का पाणिग्रहण कर लूँ उनके साथ ? महान् अधर्म नहीं हो जाएगा इसमें ? यदि धर्म, कुल और शील का विचार करती रहूँ, तो कहीं और ही बड़ा अनर्थ न हो जाए, मुनिजन के प्राणापहार के पातक का वज्रपात न आ पड़े।"

तरलिका चिंतित सोचती रही। "मैं क्या बताऊँ, भर्तृदारिके !" फिर वह बोली।

मैं गवाक्ष पर जा खड़ी हुई। साँझ की धूसरता में खोया अच्छोद का पथ अब ज्योत्स्ना में आलोकित था। गवाक्ष से झाँक रहा था चंद्रमा—अपने कर पसार-पसारकर पुंडरीक के पास जाने का संकेत देता हुआ। चंद्रमा को देखकर और गहराने लगा मेरे मन के भीतर का अंधकार। तरलिका के अंक में सिर रखे मैं रोने लगी। तरलिका मौन मुझे थपथपाती रही। मूर्च्छा आ गई थी उस विषण्ण मनःस्थिति में मुझे या निद्रा—कुछ ध्यान नहीं। जागी तो तरलिका रोती हुई मेरे ऊपर चंद्रकांत मणि का रस चुआ रही थी। "क्या हुआ ?" मैंने अत्यंत श्रांत, क्लांत स्वर में उससे पूछा।

"भर्तृदारिके, अब लाज भी छोड़िए और गुरुजनों का ध्यान भी। आज्ञा दीजिए मुझे। या तो मैं ही जाकर आपके हृदयदयित को यहाँ ले आऊँ या फिर उठिए, चलिए मेरे साथ !"

उसने इतना कहा और मेरे सारे संशय और विकल्पों के दूह ढह गए। काँपते तन से, काँपते मन से झटपट तैयार हुई मैं। प्रासाद से बाहर निकली तो दाहिना नेत्र फड़क उठा। 'क्या इतना ही अनर्थ कम नहीं था कि मैं कुल, शील और लाज को त्यागकर जा रही हूँ प्रिय के पास। अब भी क्या कुछ और अनिष्ट शेष है ?' इस ऊहापोह के साथ भय से थरथराते पग ज्योत्स्ना से आलोकित पथ पर रखे मैंने। भुवन के विवर में चंद्रमा का रस निचुड़-निचुड़कर भर रहा था। ब्रह्मांड के महाप्रासाद से झरती प्रणालियों-सी लगती थीं उसकी किरणें। निशा नदी के शुभ्र सैकत पुलिन-सा ऊपर तन गया था अंतरिक्ष।

प्रमदवन के पक्षद्वार से मैं राजपथ पर बाहर आ गई थी। चल पड़ी थी अच्छोद सरोवर की ओर। पहली बार इस पथ पर मेरे संग केवल तरलिका थी—और कोई भी परिजन नहीं। पर आवश्यकता ही क्या थी अब परिजनों की ? अपने कमान पर तीर साधे हुए मदन जो चल रहा था मेरे साथ। शशि अपने कर मेरे आगे करता हुआ बढ़ते रहने को कहता चल रहा था। मेरे पग लड़खड़ाते भी तो भीतर का राग उन्हें सँभाल लेता।

पदचाप का स्वर कहीं लोगों को मेरा अभिसार का रहस्य न बता दे—यह सोचकर नंगे पाँव ही निकली। मार्ग की जो धूलि पाँवों में सन गई थी, उसे कैलास के निर्झर से धोया मैंने। फिर अच्छोद सरोवर के निकट उस लताकुंज की ओर बढ़ी जिसमें

मेरे प्रिय थे। हृदय उमंग से, आशंका से, रोमांच से, आनंद से और ग्लानि से उन्मथित था।

लताकुंज के निकट पहुँचते-पहुँचते किसी के रोने का स्वर सुना मैंने। "तरलिके, यह क्या ?" आशंका से थरथराता, भय से दबोचा जाता स्वर फूटा मेरे कंठ से।

भीतर पुंडरीक को अंक में लिये कपिंजल हृदयविदारक स्वर में विलाप कर रहे थे। वे मेरा नाम ले-लेकर मुझे गाली देते, कभी चंद्रमा को कोसते तो कभी कामदेव को।

मैं लड़खड़ाती, गिरती-पड़ती, दौड़ती उनके निकट पहुँची। "नहीं, इन्हें कुछ नहीं हुआ ! ये अभी उठ बैठेंगे। ये मुझसे बोलेंगे। आप इन्हें छोड़ दीजिए !" पागलों की भाँति मैं कपिंजल से कहने लगी।

मुझे देखकर आर्तनाद कर उठे कपिंजल। पहले ही विदीर्ण मेरा हृदय उनके चीत्कार से और विशीर्ण हो गया। उसके पश्चात् मुझे स्मरण नहीं कि क्या-क्या प्रलाप करती हुई कितनी देर तक मैं रोती रही। मैं कौन हूँ, कहाँ हूँ--यह भी मुझे बोध न रहा। शोक के उस महासागर में मैं गोते खा रही थी, जिसका कोई ओर-छोर न था। व्यथा के अनंत पाताल में मैं नीचे गिरती जा रही थी। क्यों नहीं उसी समय निकल गए ये मेरे हतभाग्य प्राण ? कदाचित् बहुत बड़े पाप किए होंगे मैंने पिछले जन्म में। मैं मूर्च्छित तो हो जाती थी बार-बार, पर फिर सचेत हो उठती। दुःख से रौंदी जाने को फिर-फिर चेतना लौट आती। फटा जा रहा था हृदय, बस सर्वथा टूट नहीं जाता था।

मैं बार-बार पुंडरीक को उलाहने देती। बार-बार उनका मुख चूमती, उनके वक्ष पर सिर पटकती। फिर कपिंजल के चरणों पर लोट जाती--'हे भगवन्, कर दीजिए अपने तपोबल से इन्हें पुनरुज्जीवित !' आँखों से प्रलय की ऊर्मियाँ उमड़ती रहीं, और मैं प्रलाप करती रही।

इतना कहते-कहते महाश्वेता शोकावेग से सिसकियाँ भरती हुई चुप हो गई, और फिर मूर्च्छा ने उसे अपने अधीन कर लिया। शिलातल पर वह गिरने को ही थी कि चंद्रापीड ने ससंभ्रम परिजन की तरह आगे बढ़कर उसे थाम लिया और उसी के अश्रुजलक्लिन्न उत्तरीय से उसे पंखा झलने लगा।

महाश्वेता ने आँखें खोलीं। चंद्रापीड ने करुणा से उसे निहारते हुए कहा, "भगवति, मैं बड़ा पापी हूँ जो मेरे कारण आपके हृदय का शोक फिर हरा हो गया, आपके पिराते घाव पर चोट हुई। रहने दें, देवि ! बहुत हुआ। इसके आगे तो मुझसे भी नहीं सुना जाता। बीते दुःख की स्मृतियाँ प्रत्यक्ष की भाँति ही सालती हैं। किसी तरह आपके प्राण बचे हैं, इन्हें शोक का ईंधन न बनाएँ, देवि !"

महाश्वेता ने दीर्घ निश्श्वास छोड़ा। डबडबाए नयनों में भरे जल के प्रवाह के पीछे से चंद्रापीड को तटस्थ देखती हुई विरागी स्वर में बोली, "राजकुमार, जब उस अतिदारुण दुर्भाग्यमयी निशा में ये नृशंस प्राण मुझे छोड़कर न गए, तो अब ये मुझे छोड़ देंगे--ऐसी

आशा मेरे लिए बस दुराशा ही है। मैं तो ऐसी पापिनी हूँ कि भगवान् यमराज भी मेरा दर्शन करना नहीं चाहते। और जब इतना बड़ा वज्रपात झेल लिया इस निष्ठुर हृदय ने, तो इससे बड़ा और कोई वज्रपात इस पर अब होगा क्या ? हाँ, इतना सब हुआ, उसके पश्चात् एक आश्चर्यजनक घटना घट गई। इसलिए आगे की मेरी आपबीती आप सुन ही लें। उसी घटना ने तो मुझे दुराशा की मरीचिका में धकेल दिया है। मैं तो अपने प्राण भी नहीं छोड़ सकती अब।''

रात-भर मैं रोती और कलपती रही थी। अंत में मृत्यु का आलिंगन कर लेने का संकल्प करके उठी थी। तरलिका से बोली, ''अरी निष्ठुर, तू कब तक रोती रहेगी, अब रोने का कोई कार्य नहीं। आ, काष्ठ ला, चिता बना। मैं अपने जीवितेश्वर का अनुगमन करूँगी।'' पर ठीक इसी समय चंद्रमंडल से एक विशाल दिव्य शुभ्र धवल पुरुष धरा पर उतरा और उतरकर ठीक मेरी आँखों के ही आगे आ खड़ा हुआ। उसकी देह की प्रभा के प्रवाह से दिशाएँ धुल रही थीं। जब तक मैं कुछ समझ पाती, वह बोल पड़ा–'वत्से महाश्वेते, अपने प्राण मत त्याग। तेरा इसके साथ पुनः समागम होगा।' इतना कहकर उसने पुंडरीक के देह को अपनी विशाल भुजाओं में उठाया और पुनः चंद्रमंडल की ओर उड़ गया। मैं तो इस अप्रत्याशित घटना से एकदम चकित और भय से स्तब्ध रह गई। जब मुख में वाणी आई, तो कपिंजल से पूछा–'यह क्या हो गया, भगवन् ?' कपिंजल ने बिना कोई उत्तर दिए उस दिव्य पुरुष को उच्च स्वर में पुकारा–'अरे दुरात्मन्, कहाँ लिये जा रहा है मेरे मित्र को ?' इतना कहकर उन्होंने झटपट वल्कल का अपना उत्तरीय कमर में बाँधा और उसी पुरुष का पीछा करते हुए अंतरिक्ष में उड़ गए। मेरे देखते-देखते दोनों के दोनों अंतरिक्ष में ग्रह-नक्षत्रों के बीच विलीन हो गए।

कपिंजल के इस तरह चले जाने से मेरा हृदय और भी हाहाकार कर उठा। किंकर्तव्यविमूढ़ बनी मैं तरलिका से बोली, ''यह क्या हो गया, तरलिके !''

तरलिका तो और भी भयकातर थी, थरथर काँप रही थी उसकी देहलता। काँपते स्वर में विषण्ण वदन वह कहने लगी–''भर्तृदारिके, यह सब रहस्यमय घटना मैं अबोध और अभागी क्या समझ पाऊँगी ? जो कुछ घटा बड़े अचरज की बात है। वह कोई देव था। उसने आपको आश्वासन दिया है तो उसका वचन मिथ्या तो नहीं होगा। इसलिए प्राण त्यागने की तो अब चर्चा ही मत कीजिए। हो सकता है कि महात्मा कपिंजल जी लौटकर आएँ तो उनसे पता चले कि किस्सा क्या है यह !'' आशा क्या-क्या नहीं करा लेती है मनुष्य से ? वह रात तो मैंने निर्दयक्रंदन से जर्जर स्वर में तरलिका से प्रलापमय वार्तालाप और विलाप करते-करते बिता दी। प्रातः होते-होते एक संकल्प ने मेरे मन में दृढ़ आकार ले लिया। उठी। स्नान किया। उठा लिया प्रिय का कमंडलु, ले लिया उनका वल्कल भी, और अक्षमाला तो उनकी यह मेरे ही कंठ में पड़ी थी। ब्रह्मचर्य का व्रत ले लिया मैंने। अनाथशरण त्रैलोक्यनाथ पशुपतिनाथ की शरणार्थिनी बनकर यहाँ आ गई इस देवालय में। संसार असार हो गया मेरे लिए। सब नश्वर और क्षणभंगुर दिखाई पड़ने लगा।

अगले दिन ही मेरी खोज करते-करते चिंतातुर माता-पिता, स्वजन-परिजन सब यहीं आ गए। बहुत समझाया-बुझाया उन्होंने मुझे। घर लौट चलने का निहोरा किया। पर मैं अपने निश्चय से न टली। समझा-समझाकर वे हार गए, हारकर घर लौट गए।

तब से मैं यहाँ हूँ। प्रिय पुंडरीक के लिए दो आँसू बहा लेने में ही मेरी कृतज्ञता सिमटकर रह गई है। उनके अनुराग में कृश हुई इस काया को व्रतों, नियमों और उपवासों से और भी सुखाती हूँ, जप के बहाने उन्हीं के गुणों का जाप करती हूँ। तरलिका भी तब से मेरे साथ जो अटकी तो यहीं रुक गई।

उत्तरार्ध

इतना कहकर महाश्वेता मौन हो गई। अपने पांडुर वल्कल से उसने मुख ढक लिया, जैसे शरद् के मेघ ने चंद्रमा को आच्छादित कर लिया हो। वल्कल में मुँह छिपाए वह बड़ी देर तक रोती रही।

चंद्रापीड का हृदय महाश्वेता के दुःख से भींज उठा था। उसकी इस आपबीती से मन में स्नेह और आत्मीयता उमड़ पड़ी थी महाश्वेता के लिए। "मत रोइए, भगवति !" उसने करुण कंठ से कहा, "लोग तो संसार में चार आँसू बहाकर भूल जाते हैं अपने प्रिय स्वजन को, आपने तो क्या-क्या नहीं किया मुनिकुमार पुंडरीक के लिए—परिवार छोड़ा, विषयसुखों को तिलांजलि दे दी, इस एकांत वन में ऐसी कठोर तपश्चर्या अंगीकार कर ली। प्रिय का अनुसरण करने का विचार—उसकी मृत्य के पश्चात्—वह तो सर्वथा निष्फल ही होता है। वह तो कायरों, क्षुद्र जनों का पथ है। प्रिय की स्मृति को यों जिलाए रखकर आपने बड़ा काम किया। स्मरण कीजिए काम की पत्नी रति का। वह भी तो युगों तक प्रिय के फिर से जी उठने की आस लगाए जीवित रही। उसने अंत में पा लिया या नहीं अपने प्रियतम को ? पांडु की कुंती, जयद्रथ की दुःशाला, अभिमन्यु की उत्तरा—और भी सुरासुर-मुनि-गंधर्व-कन्याएँ पति की मृत्यु के अनंतर जीवन धारण किए रहीं। प्रेम उनका भी ऐसा ही अनन्य था। और फिर आपके पास तो दिव्य वाणी का संबल है। विधाता प्रतिश्रुत है आपका मुनिवर पुंडरीक से पुनर्मिलन कराने के लिए। संसार विचित्र आश्चर्यों की निधि है। यहाँ कुछ भी संभव हो सकता है। रुरु ने दिवंगता प्रभद्वरा को अपनी आधी आयु देकर जिला लिया। अर्जुन ने अपने बेटे बभ्रुवाहन को मार डाला, तो उसकी माँ उलूपी ने उसे प्राणों का स्पंदन दिया। श्रीकृष्ण ने परीक्षित को नया जीवन दिया। यहाँ तक कि अपने गुरु सांदीपनि के मृत पुत्र का जीव तो वे यमलोक जाकर लौटाकर लाए। इसलिए आशा कदापि नहीं त्यागनी चाहिए आपको।"

इस प्रकार चंद्रापीड बड़ी देर तक महाश्वेता को समझाता रहा, महाश्वेता के मना करते-करते फिर वह निर्झर से पुनः दोने में जल भरकर लाया और अनुरोध के साथ महाश्वेता का मुँह धुलवाया।

महाश्वेता की दुःख-भरी कथा सुनते-सुनते मानो शोकाकुल सूर्यदेव भी अस्ताचल पर जाकर सिर झुकाए बैठ गए थे। कुसुंभ कुसुम के रस से रँगे दुकूल-सी कोमल धूप

अब दिशाओं के छोरों पर ही फुदक रही थी। चकोर के नेत्रतारक-सा पिंगल व्योम नीलाभ आभा में सराबोर होने लगा था। कोकिल के विलोचन की छवि-सी बभ्रु वर्ण की साँझ भुवनमंडल पर धीरे-धीरे उतरी, फिर धीरे-धीरे फैलने लगा जंगली भैंसे के रंग का मटमैला अंधकार।

महाश्वेता उठी। पश्चिमसंध्यावंदन संपादित किया। कमंडलु के जल से चरण पखारे। फिर दुःख-भरी उष्ण साँस छोड़ती वल्कल शयन पर आकर बैठ गई चुपचाप। इस बीच चंद्रापीड ने भी संध्याचर्या पूरी की।

मौन का एक दुस्सह अंतराल दोनों के बीच। इस अंतराल में से गुजरतीं निश्शब्द संवेदनाएँ दोनों के बीच एक अदृश्य सेतु बाँध रही थीं।

चंद्रापीड ने ही तोड़ा मौन—"भगवति, आपने अपनी तांबूलकरंकवाहिनी तरलिका की चर्चा की थी कि वह आपके साथ यहीं रहती है। पर यहाँ तो वह दिखाई नहीं दी !"

"महाभाग, मेरे दुःख-भरे जीवन के विराट् फैलाव में सुख का भी एक छोटा-सा कोना है—कादंबरी। तरलिका कादंबरी के पास गई हुई है।"

"धन्य हैं देवी कादंबरी, जिनकी स्मृति भी आपको सुख से उच्छ्वसित कर जाती है। क्या वे भी अप्सरा हैं ?"

"हाँ, अप्सराओं के चौदह कुलों के विषय में मैंने चर्चा की थी। उन्हीं चौदह कुलों में से अमृत से जनमे कुल में मदिर नयनों वाली मदिरा नाम की कन्या हुई। गंधर्वाधिपति महाराज चित्ररथ ने उसके साथ पाणिग्रहण किया। उन्होंने मदिरा को महादेवी का पद प्रदान किया। अनन्य था मदिरा और चित्ररथ का प्रेम। उनकी ही पुत्री है कादंबरी। वह दोनों के जीवन का सार है, सारे गंधर्वलोक की परम आश्चर्यमय अमूल्य निधि है और मेरे इन हतभाग्य प्राणों का तो सबसे बड़ा जीवनाधार है। जन्म से ही एक शैया पर सोए हम दोनों। एक पात्र में भोजन किया। परस्पर अटूट विश्वास के सेतु से जुड़कर हृदय भी एक हो गए हमारे।

"कादंबरी ने जब मेरा यह दुःखद वृत्तांत सुना तो उसने प्रण कर डाला—'जब तक प्रिय सखी महाश्वेता के मन में शोक का यह तीखा शंकु गड़ा है, मैं भी पाणिग्रहण नहीं करूँगी।' अपना निश्चय उसने सारी सखियों और परिजनों के सम्मुख घोषित कर डाला। यहाँ तक कह दिया कि यदि पिता ने बलात् मुझे किसी के साथ ब्याहने का प्रयास किया, तो मैं आहार त्यागकर आग में कूदकर, फाँसी लगाकर या विष खाकर प्राण दे दूँगी।' बेटी का यह संकल्प एक कान से दूसरे कान तक तिरता-तिरता पिता चित्ररथ तक पहुँच गया। वे अपनी लाडली का अनिंद्य परिपूर्ण यौवन देखते हैं और चिंता की रेखाएँ खिंच जाती हैं उनके भालपट्ट पर। कादंबरी से तो कुछ कहने का साहस तक नहीं जुटा पाते वे, वह उनकी अकेली बेटी जो ठहरी, तिस पर अपने प्राणों से बढ़कर उसे सदैव माना दोनों माता और पिता ने। तो कल ही उन्होंने मेरे पास क्षीरोद नामक कंचुकी को भेजा था। कहलाया था कि वत्से महाश्वेते, तेरे कारण हम तो स्वयं दुःख के विकट भँवर में जा फँसे थे, तिस पर तेरी सखी ने ऐसा कठिन प्रण करके यह एक नई उलझन खड़ी

कर दी। तो हम तेरी शरण में हैं। तू ही अपनी सखी को समझा।

"महाराज चित्ररथ का संदेश पाकर मैंने तरलिका को भेजा है कादंबरी के पास। तरलिका से कहा कि तू भी कादंबरी को समझा। और अपनी तरफ से यही कहलाया है कि पहले ही क्या कम दुःख है मुझे जो मेरे कारण ऐसी अटपटी शपथ के बंधन में अपने-आप को बाँधकर मुझे और दुःखी कर रही है। अब उधर तरलिका ने गंधर्वनगर की ओर प्रस्थान किया और इधर आप यहाँ आ पहुँचे।"

कथांतराल

इतनी कथा सुनाकर वैशंपायन स्वयं भी महाश्वेता की व्यथा से व्यथित-सा, श्रांत और क्लांत-सा मौन हो गया।

महाराज शूद्रक ने कहा, "सत्य ही बड़ा दुःख झेलना पड़ा महाश्वेता को। और प्रतीक्षा भी कितनी दारुण !"

"सचमुच बड़ी करुण कथा है," पास बैठे दो-तीन पंडितों ने कहा। "इस पर तो एक नाटिका लिखी जा सकती है।" हरिदत्त जी ने कहा। "नाटिका तो नहीं, उत्सृष्टिकांक हो जाएगा वह।" पंडित ज्ञानराशि ने संशोधन किया।

कभी-कभी अपनी कविगोष्ठी या सरस्वती भवन में होनेवाले समाज से अवकाश होने पर अभिराज कवि भी इस सभा में आकर बैठते थे। वे बड़ी देर से निर्वात में स्तब्ध अश्वत्थ की तरह निश्चल बैठे वैशंपायन की कथा सुन रहे थे, पर मन पत्ते की तरह काँपता हुआ गणित लगा रहा था उनका कि इस पूरी कथा पर एक नाटिका, एक प्रकरण, एक आख्यायिका और एक महाकाव्य तथा दो-एक खंडकाव्य मिलाकर कुल कितनी रचनाएँ वे तैयार कर सकते हैं।

"एक प्रश्न था।" तभी हरिदत्त जी बोल पड़े—"यदि आप अनुमति दें।"

वैशंपायन उनकी कोचती दृष्टि के सम्मुख निरपेक्ष बैठा रहा। तब श्रीनिवास बोले, "करिए, प्रश्न तो कर ही लीजिए।"

"वैसे तो कथा समाप्त होने पर ही करना चाहिए था प्रश्न," हरिदत्त कषायित कंठ को खखारकर साफ करते हुए, वैशंपायन को कुछ चुनौती देते स्वर में बोलें, "फिर भी, शंका उठ रही है मन में तो प्रस्तुत कर देना उचित है। शंका यह है कि यह कथा क्या आप ठीक वैसी ही सुना रहे हैं जैसी मुनिवर जाबालि से आपने सुनी थी।"

"मैंने तो पहले ही निवेदन किया था कि भगवान् जाबालि से जो कथा सुनी उसी को मैं प्रस्तुत करूँगा।" वैशंपायन ने शांत भाव से कहा।

"हाँ, प्रस्तुति तो इनकी अपनी है।" ज्ञानराशि जी ने फिर अपने पैने स्वर में फब्ती कसी।

"आप लोग इसका कोई भरोसा मत कीजिए।" तभी शंगा बोल पड़ी—"देखिए, महाराज ने क्या पूछा था और क्या तो सुना रहा है यह। इससे कहा था कि अपना

किस्सा सुना। यह सुना रहा है चंद्रापीड का और न जाने किस-किस का वृत्तांत ! मुझे जो इसने अब तक बताया था, उसमें यह सब कथा नहीं थी।''

''अच्छा, आपको कोई और कथा सुनाई है इन्होंने क्या ?'' हरिदत्त ने शंपा से सकौतूहल पूछा।

''कथा तो वही है, माँ ! मैंने तुम से कभी कुछ छुपाया है ?'' वैशंपायन ने कहा।

''उँह !'' शंपा ने मुँह बिचकाकर कहा।

कथा के बीच-बीच में शंपा और वैशंपायन के बीच इस तरह की नोक-झोंक हो जाती थी। महाराज शूद्रक को इसमें बड़ा आनंद आता था। वैशंपायन के कविहृदय और गद्य के अनवद्य प्रवाह, उसके उच्छलन में स्वतः बनते अलंकारों के बिंब पर वे जितने मुग्ध थे, उतने ही शंपा के निश्छल स्नेह और चुलबुलेपन पर भी। पंडितजन जब वैशंपायन की अबाध वैखरी से फूटते उत्प्रेक्षाओं, उपमाओं, रूपकों के वितान और भावसबलता की स्थितियों के मर्मस्पर्शी चित्रण पर साधु-साधु कह उठते, तो शंपा अपने बेटे को जिस प्रशंसा और गौरव के भाव से देखती थी, उसमें राजा शूद्रक उसके भीतर हिलोर लेते ममत्व को पहचान रहे थे। शंपा और वैशंपायन के बीच का यह विचित्र सुकुमार संबंध उनके लिए कौतुक का विषय भी बना हुआ था।

''हाँ, इन महोदया का यह कहना भी सत्य है कि अभी तक कथा के वास्तविक बिंदु पर तो हम पहुँचे ही नहीं।'' हरिदत्त जी ने फिर आक्षेप किया।

''कथा सुनते जाओ, महाराज, वास्तविक और अवास्तविक क्या होता है।'' श्रीनिवास ने हरिदत्त को प्रबोधित किया।

''सुनाने दीजिए, सुनाने दीजिए तोतेराम जी को। किस्सा है बड़ा रोचक !'' रुद्रदेव ने कहा।

इस क्षणिक विराम के पश्चात् वैशंपायन ने महाराज शूद्रक के अनुरोध पर पुनः कथा आरंभ की।

कादंबरी कथा

हिमालय के उस परिसर में रात गहराने लगी थी। शिव के भस्मांगराग-सा धवल अर्धचंद्र पर्वत के माथे पर आ टिका था। वह कृष्णमृग की खाल से अर्धावृत अंबिका के शुभ्र उरोज-सा लगता था। गगन के महासागर पर ज्योत्स्ना का पुलिन बिछ गया था। कैलास के चंद्रकांतमणि सदृश दुग्धधवल निर्झर चमचमाती चाँदनी में और भी श्वेत दिखते थे।

चंद्रापीड ने महाश्वेता के वल्कल शयन पर लेट जाने के पश्चात् गुफा के द्वार पर पत्ते बिछाकर अपने लिए शैया बनाई और सोने का प्रयास करने लगा। पर नींद तो आँखों से उड़ चुकी थी। बार-बार मन में यह विचार आता कि मेरी अनुपस्थिति से वैशंपायन, पत्रलेखा और दूसरे राजकुमार तो बड़े चिंतित हो गए होंगे। पत्रलेखा तो सब सह लेती, पर वह ब्राह्मण वैशंपायन—वह मेरा मित्र बड़ा मानी है। कई दिन से मैं उससे अलग ही घूम रहा हूँ, इसलिए कुछ तो यों भी रूठा होगा पहले से ही, और अब प्रातः से लगाकर रात तक मेरी शिविर से अनुपस्थिति।... पर अच्छा हुआ यहाँ तक आना—ऐसी तेजस्विता, पावनता और कठिन तपश्चर्या के समवाय का महाश्वेता के रूप में दर्शनलाभ मिल गया।

गुफा के भीतर से भी महाश्वेता की अनन्य निष्ठा और संकल्प का वितान चंद्रापीड को अपने आसपास और उस सारे तपोवन में व्याप्त लगा। बड़ी देर बाद उसे नींद आई।

प्रभात होने के पहले ही पक्षियों के कलरव से नींद टूट गई। गुफा में महाश्वेता की शैया खाली थी। गुफा के द्वार पर बहते निर्झर में मुँह धोकर दैनिक कृत्य संपादित कर चंद्रापीड आसपास टहलने लगा। कैलास का जो शिखर कल रात्रि में ज्योत्स्ना से आच्छन्न होकर रजत मुकुट-सा चमक रहा था, अब धूप के टुकड़ों में प्रवालजटित बन गया था।

पास के लताकुंज में बातचीत का स्वर सुनाई दिया। चंद्रापीड उधर ही बढ़ा। भीतर शिलापट्ट पर महाश्वेता बैठी थी, और भूमि पर निकट ही उसी के तुल्य वयस् वाली एक अन्य परमरूपवती गंधर्व कन्या आसीन थी, उसके पार्श्व में बैठा था पंद्रह-सोलह वर्ष का एक किशोर।

"आओ राजकुमार, तुम पूछ रहे थे न तरलिका के विषय में ! यह रही तरलिका।" महाश्वेता ने चंद्रापीड को लताकुंज के द्वार पर ठिठका देखकर पुकार लिया—"और यह

केयूरक है, मेरी सखी कादंबरी का वीणावादक।"

गंधर्वकुमार का अप्रतिम स्वर्णाभ रूप देखकर चंद्रापीड विस्मय से भर उठा।

"हाँ, तो फिर क्या कहने लगी कादंबरी ?" महाश्वेता तरलिका से पूछ रही थी।

"मैंने भर्तृदारिका की एक-एक बात समझाकर कही। फिर अपनी ओर से भी बहुत कुछ कहा। मुझे तो झिड़क ही दिया भर्तृदारिका कादंबरी ने। फिर इस केयूरक को साथ भेजा है। उनका संदेश यह कहेगा।"

केयूरक ने कहा—"भर्तृदारिके महाश्वेते, मेरी स्वामिनी कादंबरी ने कहा है कि आप उनकी परीक्षा ले रही हैं या गुरुजनों के अनुरोध का पालन कर रही हैं, या मैं प्रासाद में रह रही हूँ इसका उपालंभ दे रही हैं अथवा क्या आप मुझसे नेह का नाता तोड़ लेने पर तुली हुई हैं या किसी बात पर रूठ गई हैं। ऐसा निष्ठुर संदेश आपने कैसे भिजवा दिया ? यदि आपके मन में मेरे लिए बचपन की प्रीत कुछ भी बची है, तो फिर कभी यह विषय न उठाएँ।"

कादंबरी का अंतःपुर क्या था जैसे कोई पुरुषविहीन नई सृष्टि हो, या स्त्रियों का कोई अभूतपूर्व द्वीप हो। चंद्रापीड ने सारे भारत में विभिन्न भूभागों में राजाओं के प्रासाद देखे थे, पर ऐसा प्रासाद, जो अपने-आप में पूरा नक्षत्रमंडल लगे, पहली बार देखा उसने।

महाश्वेता के अनुरोध पर वह उसी के साथ हेमकूट पर बसी गंधर्वों की इस परम रमणीय नगरी में आ गया था।

सुंदरियों के मुख से टूट-टूटकर गिर-गिर पड़ते जहाँ-तहाँ बिखरे चंद्रमा के बिंब। उनकी चितवन के तले बिछ-बिछ पड़ते नीलकमल के ढेर। उनकी थिरकन में तन-तन जाते काम के असंख्य कमान। कांचन के अगणित तोरण और सात कक्षाएँ लाँघकर वह कादंबरी के अंतःपुर में पहुँचा। कोलाहल और परिजनों का ऐसा सम्मर्द कि कहाँ जा रहे हैं, क्या कह-सुन रहे हैं—कुछ पता न चल पाए। तिस पर सुंदरियों की चुहल, संबोधन और चित्र-विचित्र कार्यों में लगे परिजनों की व्यग्रता।

"लवलिके, केतकी की धूलि से लवली लता के आलवालमंडल तो बना दे !"

"सारसिके, स्वर्ण की बावड़ी में रत्नवालुका छींट दी या नहीं ?"

"ऐ मृणालिके, उन कृत्रिम कमलिनियों के बीच कुंकुम से चकवा-चकवी बनाएँ, आ, चल !"

कितनी ही बातें, और निरंतर आमोद-प्रमोद। आनंद का अटूट ताना-बाना हेमकूट पर गुँथा हुआ था। यही तो स्वर्ग था। यौवन का राग कभी अंत न होने वाला, अक्षीण ऐश्वर्य, अमंद उल्लास। संगीतशाला से कैलास के निर्झरों-से निरंतर झरते गीत, आलाप और वादन के स्वर। रत्नजटित स्वर्णपंजरों में नाना प्रकार के पक्षी और तरुण चेटियाँ उन्हें चुगातीं या उनके साथ ठिठोली करती हुईं।

कादंबरी के भवन में प्रवेश करते हुए रोमांचित-सा, कौतूहल से कंटकित-सा चित्त

था चंद्रापीड का। अंतःपुर के मुख्य प्रासाद से होकर दीर्घ रथ्या से वे निकल रहे थे—महाश्वेता, केयूरक, तरलिका और चंद्रापीड। सारा गलियारा तरुणियों से पटा हुआ। उसे पार कर श्रीमंडप पहुँचे। कुसुमरेणु के पटल से मंडप में कई पुलिन-से बन गए थे। सहकार के फल की रस-वर्षा से वर्षा का दिन-सा वहाँ रच गया था। सुंदरियों के आलते के चरण-चिह्नों से सब ओर राग का सागर उमड़ पड़ा था। मंडप के मध्य में बैठी हुई थी कादंबरी। असंख्य कल्पवल्लियों-सी दासियों से घिरी कल्पलता-सी। नीलांशुक से ढके पर्यंक के ऊपर धवल उपधान पर उसने अपनी भुजलताएँ स्थापित कर रखी थीं। लगता था महावराह की डाढ़ पर धरती टिकी हुई हो। चमरग्राहिणियाँ चमर डुलातीं, तो उसके देह की प्रभा से लहराते-से जल में जैसे ऊर्मियाँ उठतीं। उसके चरणों की ओर दृष्टि गई चंद्रापीड की, तो विद्रुम रस की तरंगिणी-सी बहती लगी।

भित्तियों पर जहाँ-तहाँ लगे दर्पण उसी की रूपराशि को पी रहे थे। स्तंभों पर जड़ी महामणियाँ उसे अपने हृदय में बिठा रही थीं। श्रीमंडप के बीचोबीच उकेरे गए विद्याधर मिथुन उसे लेकर मानो आकाश में उड़े जा रहे थे। उसके अपने स्वयं के परिजन भी कार्य रोक-रोककर बीच-बीच में मुग्ध भाव से उसे निहारने लगते। अभागा था बचपन, जिसे वह अब छोड़ रही थी। किसी परिजन की बात पर वह हँस पड़ती तो दुग्ध धवल सुधारस की धाराएँ जैसे श्रीमंडप में हिलोरें लेने लगतीं।

इस समय वह हरिण के एक छौने को अंक में उठाए उसे बड़े स्नेह से जौ के नए अंकुर खिला रही थी। सौंदर्य के ऐसे समवाय को देख-देखकर चंद्रापीड का चित्त धाड़ मारते सागर-सा उल्लसित होने लगा। आश्चर्य हुआ उसे कि रूप की इस परम सीमा को रचने के लिए विधाता को कहाँ से परमाणु मिले होंगे। तभी कादंबरी ने पलकें उठाकर उसे देखा। चंद्रापीड को लगा जैसे उसे किसी ने सहसा हर लिया है, उसे भीतर से उन्मूलित कर पी लिया है। कादंबरी के ललाट पर भी स्वेद की बारीक-बारीक बूँदें मुक्तमाला की तरह छा गई थीं। महाश्वेता का स्वागत करती हुई वह उठी, तो काँपती पिंडलियों के नीचे नूपुरों ने मीठे स्वर में स्वागत के बोल जैसे पहले ही बोल दिए। उसके नूपुर से निःस्वन से मंडप के बाहर टहल रहे मयूर नाच उठे।

चंद्रापीड का परिचय कराने लगी महाश्वेता। "स्वागत है अतिथि का।" इतना कहकर कादंबरी ने मदिर नयनों से उसे निहारा। चंद्रापीड के चित्त में उसके स्वर का माधुर्य घुल गया। फिर तो आत्मविस्मृति की स्थिति में वह उन लोगों के साथ बातचीत करता गया। कादंबरी की ओर से आँखें हटने का नाम ही नहीं लेती थीं। पता ही नहीं चला कि वीणा, वेणु और मुरज के जो स्वर अभी-अभी श्रीमंडप में गूँज रहे थे, वे कब किसके संकेत पर थम गए। कब परिजन एक-एक करके मंडप खाली करते गए, कब दासियों ने ससंभ्रम उसके लिए पटमंडित आसन लाकर लगा दिया।

कादंबरी अपने स्वयं के सुकुमार करों से महाश्वेता के चरण पखार रही थी। महाश्वेता उसे बरज रही थी, तभी उसने महाश्वेता की पगथली में गुदगुदा दिया था क्या ? तभी तो महाश्वेता ने चिहुँककर पग थोड़ा-सा परे हटाया था, जिससे जल की

कुछ बूँदें धरती पर उछटकर गिरी थीं। चंद्रापीड को लगा, यज्ञस्थली की भाँति श्रीमंडप की धरती पावन हो गई है। तभी अपने पाँवों में किसी कोमल स्पर्श से वह चौंका। "अरे, अरे ! यह क्या करती हैं ?" उसके मुख से निकला।

कादंबरी के संकेत पर उसकी सखी मदलेखा उसके पाँव पखार रही थी।

"हमें क्या आप अतिथिसत्कार के पुण्य से वंचित करना चाहते हैं, राजकुमार ?" कादंबरी ने कहा। इसके साथ ही वल्लकी की झंकार-सा हास्य मंडप में खनक उठा।

"हमारे यहाँ कुलकन्याएँ इस तरह पुरुषों के चरण नहीं धोतीं।" सलज्ज चंद्रापीड ने कहा, "इसलिए मैं अपने-आप को अपराधी अनुभव कर रहा हूँ।"

"हमारे यहाँ कन्याएँ वे सारे कार्य कर सकती हैं, जो पुरुषों के योग्य समझे गए हैं। आपके यहाँ कन्याओं को पूज्यता का गौरव तो बड़ा दिया गया है, पर उन्हें अनेक स्पृहणीय वस्तुओं से वंचित भी तो रखा गया है।"

चंद्रापीड से सहसा कुछ उत्तर नहीं देते बना। अचानक ही उज्जयिनी का राजप्रासाद उसके मन में घूम गया था। और फिर भड़भूजे की पत्नी का वह प्रश्न—'राजमहल में जो होता है, उसके विषय में तुम क्या जानते हो, क्या जानते हो, बताओ ?' फिर पत्रलेखा की व्यथाकथा मन को मथने लगी। पत्रलेखा को वह यहाँ क्यों नहीं ले आया। वह बड़ी प्रसन्न होती इन लोगों से मिलकर।

"किस सोच-विचार में डूब गए आप ? उज्जयिनी जैसा वैभव तो नहीं है यहाँ, फिर भी आइए, हमारा प्रमदवन तो देख लीजिए।" कादंबरी कह रही थी।

प्रमदवन क्या था, जैसे नंदनकानन थोड़ा और नीचे उतर आया था। या क्या पता पुराणों और इतिहासों ने इसी को नंदनकानन कह दिया हो। वैशंपायन साथ में होता तो वह बता सकता था, उसे पुराणों का अच्छा ज्ञान है।

प्रमदवन के बीच में क्रीडा पर्वत था। क्रीडा पर्वत के ऊपर मणिवेश्म। कादंबरी बड़े उत्साह से उसे प्रमदवन के एक-एक पादप, लता, पुष्प और वनस्पति के विषय में बता रही थी। ऐसी दुर्लभ वनस्पतियाँ, जिनका विद्यामंदिर में आयुर्वेद के आचार्य वाग्भट से केवल नाम ही सुना था।

रात को निशीथ के पश्चात् किसी तरह निद्रा आ पाई थी। भोर होते ही असंख्य पक्षियों के सहस्रों वीणाओं के समवेत स्वर से, कलरव से, दूर से आती वेदमंत्र के पाठ की ध्वनि-से, साक्षात् हिमालय ने ही जैसे उसे जगा दिया। केयूरक सेवा के लिए तत्पर सम्मुख ही खड़ा था। चंद्रापीड ने कहा, "केयूरक, देखकर तो आ, देवी कादंबरी जाग गईं क्या ? अब तो उनसे विदा लूँ। मेरे साथी बड़े चिंतित होंगे !"

"भर्तृदारिका के पास से ही आ रहा हूँ," केयूरक ने कहा, "वे देवी महाश्वेता के साथ मंदिरप्रासाद के नीचे अंगनसौधवेदिका में बैठी हैं। आपके लिए उनका निवेदन है कि राजकुमार दैनिक कृत्यों से निवृत्त होकर वहीं पधारें।"

उत्कंठित और उल्लसित हृदय से चंद्रापीड अंगनसौधवेदिका पहुँचा। वेदिका के चारों ओर मंत्रदेवताओं-सी तापसियाँ बैठी थीं। सबके शुभ्र, उन्नत ललाटों पर धवल

भस्म चमक रही थी, करतलों में अक्षमालाएँ हिल रही थीं। गंधर्वराज के अनेक बंधु-बांधव वहाँ थे, उनके बीच महाश्वेता के साथ बैठी थी कादंबरी, जीर्णपत्रों के बीच नई कोंपल-सी।

कादंबरी के पीछे बैठे किन्नर मिथुन वंशी पर तान छेड़ रहे थे। नारद की पुत्री महाभारत का पाठ कर रही थी। सबका चित्त महाभारत की कथा के रस में डूबा था।

बीच-बीच में तुम्बरु गंधर्व मेचक कंठ से आलाप देते। स्वरों की तरंगें उठतीं।

हेमकूट से लौटते हुए लगा कि जैसे कोई स्वप्नलोक पीछे छूट रहा है। जीं तो उछल-उछलकर उन्हीं शिखरों पर चढ़कर कादंबरी के निकट पहुँचना चाहता था, पहाड़ से नीचे उतारकर लाई जाती ध्वजा का पट जैसे फहरा-फहराकर ऊपर-ऊपर उड़ता है पीछे की ओर।

उसे देखते ही कादंबरी महाभारत का स्वाध्याय छोड़कर उठ आई थी। वह क्या मात्र शिष्टाचार ही था ? पर उसके निकट आते-आते कमल पर प्रभात की धूप-सी आरक्त आभा कैसे बिखर गई थी। चंद्रापीड का तो अंतःकरण कादंबरी की ही हर चेष्टा को कभी कनखियों से, कभी लज्जा छोड़कर प्रत्यक्ष ताकने में लगा था, उसे ध्यान नहीं महाश्वेता चलते-चलते कादंबरी से क्या-क्या कहती जा रही थी। पर कादंबरी का स्वयं का ध्यान महाश्वेता की बातों पर था क्या ? नहीं, ध्यान तो वह अवश्य दे रही थी, पर पूरी तरह दत्तचित्त नहीं हो पा रही थी। महाश्वेता के प्रश्नों, कथनों पर कुछ भी हाँ-हूँ करके उत्तर दे देती।

तोरण द्वार तक आकर हाथ जोड़कर विदा देने के पश्चात् तो वह पुनः महाभारत का स्वाध्याय सुनने अंगनवेदिका ही चली जाएगी—ऐसा सोचता था चंद्रापीड। पर नहीं। नीचे उतरते हुए उसने अश्व से पलटकर देखा था—पीछे पहाड़ की ऊँचाइयों पर अपने प्रासाद के तल्प से कादंबरी इसी दिशा में ताक रही थी। पर्वतशिखर पर जैसे ज्योतिर्लेखाओं के वलय उकेर दिए गए हों। उन्हीं ज्योतिर्लेखाओं के कुछ वलय उसके अपने कंठ को घेरे हुए थे। शेष नाम का हार कादंबरी के द्वारा उपायनीकृत उसके गले में कल साँझ से वैसा ही झूल रहा था। सोया भी उसी को वक्ष पर रखे-रखे।

स्कंधावार की ओर लौटते हुए चंद्रापीड के मानसपटल पर कल की सारी घटनाएँ एक-एक करके रह-रहकर घूमने लगीं। कितनी सुंदरियों ने क्या-क्या परोसा भोजन में, कुछ याद नहीं पड़ता, पर देवी कादंबरी स्वयं बीच-बीच में आकर देख जाती थीं, परिजनों को कहती जाती थीं—अतिथि को अच्छी तरह परोसना। भोजनमंडप के झरोखों से हिमालय के सबसे ऊँचे शिखर दिखते—गौरीशंकर—लगता था उस पर स्वयं गौरी और शंकर साथ-साथ घूम रहे हों।

भोजन कराकर उसे कादंबरी के अपने प्रासाद में ले जाया गया था महाश्वेता के साथ। प्रासाद में घुसते ही पहले कक्ष में कितने ही अद्‌भुत पक्षी देखे पिंजरों में बंद, लगातार कुछ-न-कुछ कलरव करते हुए। 'आप परिहास और कालिंदी की नोक-झोंक सुनेंगे ?' मदलेखा ने उससे पूछा था। चंद्रापीड ने अनिश्चय के साथ कहा था—'हाँ', तो

परिहास और कालिंदी के पिंजरे उठाकर भीतर के कक्ष में लाए गए, जहाँ वह महाश्वेता और कादंबरी के साथ बैठा कुछ वार्तालाप कर रहा था। 'आज प्रातः से ही दोनों में फिर झगड़ा हो गया।' मदलेखा ने पिंजरों की ओर संकेत कर कादंबरी से कहा था। कादंबरी परिहास से पूछने लगी—'क्या हुआ, परिहास ?' परिहास ने कहा—'कुछ भी तो नहीं ! पूछिए इसी से !'

परिहास कादंबरी के सबसे मुखर तोते का नाम था। कुछ ही दिन पहले एक मुँहलगी मैना कालिंदी से उसका ब्याह रचाया गया था—बड़ी धूमधाम से।

मदलेखा चंद्रापीड को बताने लगी कि दोनों में प्रायः किसी-न-किसी बात को लेकर झड़प हो ही जाती है। तू-तू, मैं-मैं करना तो कोई इन पक्षियों से सीखे।

कादंबरी कालिंदी से पूछ रही थी—'क्या बात है, कालिंदी ?'

चंद्रापीड की आँखें उस सारिका को बोलते हुए सुनकर विस्मय से उत्फुल्ल हो गईं। इतने सारे शब्द उसे कैसे सिखा दिए गए होंगे, वह भी अवसर और प्रसंग के अनुकूल, कब-क्या कहना है—इस ज्ञान के साथ ! कालिंदी ने तो शिकायतों का पिटारा खोल दिया था और जी भरके परिहास को कोस रही थी।

चंद्रापीड उन दोनों के वाक्कलह में सम्मिलित हो गया। हँसी के ठहाके छूटने लगे। बात का तड़ाक् से उत्तर देने में दोनों पक्षी कम नहीं थे।

तभी एक कंचुकी ने आकर महाश्वेता से कहा था—'आयुष्मति, देव चित्ररथ तथा देवी मदिरा तुम से मिलना चाहते हैं।'

महाश्वेता उठ गई। परिहास और कालिंदी भी थोड़ी देर बाद मौन हो गए। कादंबरी सहसा उदास हो गई। मदलेखा से बोली, ''अपने कक्ष में भिजवा दे दोनों पक्षियों के पिंजरे।'' मदलेखा ने दासी से दोनों पिंजरे उठवाए, फिर चंद्रापीड से बोली, ''आइए मैं आपको मणिवेश्म ले चलती हूँ। वहीं आपकी शैया भी लगाई है।''

कई गलियारे और कक्षाएँ पार करता हुआ चंद्रापीड उसके साथ बाहर आ गया। बीच-बीच में वीणावादिनियाँ, गायिकाएँ, सुभाषितपाठिकाएँ या चित्रकर्म-निपुण चेटियाँ झुंड-के-झुंड बैठी थीं। चंद्रापीड को जाते देख वे कौतूहल से अपनी लंबी, पतली ग्रीवाएँ उठाकर देखने लगतीं।

प्रमदवन में कुछ देर टहलकर वह उसी के बीच में बने मणिवेश्म में विश्राम के लिए आ गया। केयूरक उसके पाँव चाँपने लगा, मन बहलाने के लिए विट, किरात उसे घेरकर खड़े हो गए, दासियाँ आकर आसपास भूमि पर बैठ गईं। केयूरक ने कहा, ''अब राजकुमार को विश्राम कर लेने दो तुम लोग।'' उसके ऐसा कहते ही एक-एक कर परिजन चले गए।

कुछ झपकी-सी लग गई थी उसे। उस झपकी में जो कुछ अबूझ-सा दुरारूढ़-सा मीठा स्वप्न देखा वह उसके पोर-पोर में समा गया था। उसे लगा था कादंबरी उसके एकदम निकट आ खड़ी हुई है और कह रही है—'तुम एक दिन के लिए आए और यह क्या करके जा रहे हो राजकुमार ! मैं तुम्हें देखकर किस मोह में बावली हो गई हूँ, विनय

मुझे उलाहना देता है, लाज आ-आकर जकड़ती है, कौमार्य कोसता है, फिर भी मैं इनकी कोई परवाह न करके, गुरुजन के प्रत्याख्यान की चिंता किए बिना तुम्हारे पास आ गई हूँ। लो मुझे स्वीकार करो !'' ज्वार में उमड़ते सिंधु-सा चंद्रापीड उसे अंगीकार करने को उठा था, तभी नींद खुल पड़ी। गवाक्ष से देखा—भगवान् भुवनभास्कर पश्चिम दिशा का मुख चूम रहे थे। जमुहाई लेता हुआ वह बाहर निकल आया। सेवा के लिए तत्पर खड़ी दासियाँ चौंककर पूछने लगीं—''कुछ चाहिए कुमार !'' चंद्रापीड ने कहा, ''नहीं तो !'' और टहलता हुआ क्रीडापर्वत की ओर बढ़ गया। हिमालय की धवल, स्फीत नयनाभिराम सुषमा आँखों को सुख दे रही थी। क्रीडापर्वत के आसपास का सारा दृश्य देखा जा सकता था—सारा हेमकूट, गंधर्वों की नगरी के अनवरत चलते कार्यकलाप, आसपास फैले प्रासादों की पाँतें।

पास के प्रासाद के तल्प की ओर दृष्टि गई, तो स्तब्ध-सा रह गया था वह। कादंबरी अपनी सखियों के साथ वहीं खड़ी निश्चल नेत्रों से उसी को निहार रही थी। उससे दृष्टि मिलते ही उसने पलकें झुका ली थीं, पास में खड़ी मदलेखा ने उससे कुछ कहा था, फिर परिजनों के बीच वलय-निक्वाण-सी खनकती हँसी फैल गई थी।

साँझ का झुटपुटा हिमालय के अंचल को पकड़े-पकड़े पर्वत के शीर्ष से स्कंध, स्कंध से मध्यम भाग और मध्य भाग से उसकी मेखलाओं पर उतर रहा था—शिशु की तरह सँभल-सँभलकर। एक ओर पश्चिम में रक्ताभ सूर्यबिंब ब्रह्मपुत्र के लोहित तट में डुबकी मारता-सा लगता था, तो पूरब में चंद्रमा का गोला उभर आया था। 'आज पूर्णिमा है क्या ?' चंद्रापीड ने अपने-आप से पूछा था। उसे कितने दिन हो गए हिमालय के इस परिसर में आए ? कभी सोचा भी था कि दिग्विजय की इस यात्रा में धरती के इस छोर तक—और वह भी गंधर्वों की नगरी तक—आ पहुँचेगा ! पिता सोचते होंगे कि यह कैसी दिग्विजय कर रहा है युवराज, एक ही स्थान पर अटककर टिक गया है !

अंधकार घना होने लगा। कादंबरी अपने परिजनों के साथ प्रासाद के तल्प से उतर गई। चंद्रापीड पुनः मणिवेश्म में आकर पर्यंक पर बैठ गया। तभी उसे लगा था जैसे चंद्रमा पहाड़ के शिखरों पर ढुलकता हुआ कक्ष के भीतर चला आ रहा है। यह प्रदेश ऐसा अद्भुत है कि यहाँ सब कुछ संभव है। अभी-अभी तो देखा था चंद्रबिंब—इतना पास और इतना समूचा—क्या पता यहाँ वह इस तरह नीचे उतर आता हो।

चंद्रमा के साथ-साथ जैसे कक्ष में क्षीर सागर भी मंथर गति से बढ़ा आ रहा था। शुभ्रधवल ज्योति के कई वलय फिर कक्ष में आवर्तित होने लगे थे। फिर उन वलयों के पीछे की आकृतियाँ स्पष्ट होने लगी थीं। मदलेखा और उसके पीछे कई दासियाँ थीं। वह अद्भुत धवल आभा से मंडित वस्तु जिसे चंद्रापीड चंद्रमा समझ रहा था, मदलेखा के हाथ में थी।

मदलेखा को देखकर स्वागत के लिए उठ खड़ा हुआ था चंद्रापीड। मदलेखा ने साग्रह उसे रत्नपीठमय पर्यंक पर बिठाया था, उसके कांधे पर कल्पलता के दुकूल का जोड़ा पहनाया था। दुकूल इतना हल्का कि मंद निश्श्वास से हवा में उड़ जाए। दुकूल

पहनाकर मदलेखा ने प्रतीहारी के हाथों से नारिकेल का समुद्‌गक लेकर उससे चंदन का अनुलेपन निकालकर चंद्रापीड के ललाट पर लगाया था, और मालती के पुष्पों की माला उसे पहनाई थी। चंद्रापीड विस्मय से चकित कुछ कह पाता, उसके पहले ही वह अपनी एक हथेली में झूलते हार को उसे अर्पित करती हुई बोली थी—'कुमार, आपने अपने सरल निष्कपट स्वभाव से हेमकूट के निवासियों का मन जीत लिया है। प्रथम दर्शन में ही आपने हम लोगों के चित्त में विश्वास जगा दिया। तभी तो इतनी प्रगल्भ हो सकी हूँ मैं आपके जैसे चक्रवर्ती सम्राट् के पुत्र के सम्मुख। आपका प्रथम आगमन हमारे लिए इतना बड़ा प्रमोद का अवसर है कि इस उपकार का हम क्या प्रत्युपकार करें। फिर भी हमारी भर्तृदारिका कादंबरी ने अपने कंठ का यह हार आपके लिए उपहार में भेजा है। यह शेष नामक हार त्रिलोकी का अनूठा रत्न है, यह शेष नाग का ही साक्षात् विग्रह है। क्षीरसागर के मंथन से निकले रत्नों में यह एक था, सागर ने इसे वरुण देव को दिया, वरुण देव ने गंधर्वराज को और गंधर्वराज ने अपनी लाडली बेटी कादंबरी को और कादंबरी ने अपने अतिथि की महानुभावता के अनुरूप इसे जानकर आज आपके कंठ का हार बनाने के लिए इसे भेजा है। ठीक ही है, चंद्रमा आकाश में ही अच्छा लगता है। यद्यपि आपको आभूषणों की आवश्यकता ही क्या, आपके असाधारण गुण ही आपके लिए सबसे बड़े आभूषण हैं, फिर भी कादंबरी की प्रीति और अनुरोध का ध्यान कर इसे स्वीकार कीजिए !'

हार का हृदयहारी सौंदर्य और उस पर मदलेखा की मदमत्त बना देने वाली वचनभंगिमा के आगे पहले तो दो क्षण मूढ़-सा मौन रह गया था चंद्रापीड, फिर धीरे-धीरे उसकी वैखरी फूटी थी।

वही हार अब उसके कंठ में चमचमा रहा है। नारायण के नाभिस्थली-से जनमे पुंडरीक के गुच्छे-सा, मंदर से मथे जाते क्षीर सागर पर उतराते अमृत के फेन-सा, लक्ष्मी-सी हास्यच्छटा-सा मोहक शेषहार। कादंबरी ने सारा स्नेह रस संचित करके इस शुभ्र धवल हार के बहाने उसे सौंप दिया था।

फिर भी उस समय तक मन में संदेह बना रहा था कि गंधर्व राजकुमारी का यह अतिथि सत्कार और औदार्य ही है जो उन्होंने अपना सबसे बहुमूल्य रत्न उसे अर्पित कर दिया—या और कुछ भी इस हार के साथ-साथ वे कहना चाहती हैं। पर उस रात को संदेह की काली घटा निरस्त हो गई थी, मन के निरभ्र व्योम में ज्योति के पुंज-सी फैल गई थी कादंबरी की प्रीति।

वह कादंबरी के दिए हार की अनिंद्य शोभा निहारने में तल्लीन था, तभी केयूरक ने आकर कहा था—'देवी कादंबरी राजकुमार के दर्शन के लिए पधार रही हैं।'

संभ्रम के साथ उठ खड़ा हुआ था चंद्रापीड। कादंबरी को देखा तो जैसे किसी नए ही रूप में वह उसके सामने पहली बार आविर्भूत हुई हो, जैसे अभी-अभी स्नान कर सम्मुख आ गई हो, जैसे प्रभात की उषा की पहली प्रभा आकाश से उतर आई हो। कादंबरी ने अपने आभूषण भी उतार दिए थे। हल्के वस्त्रों में उसका अपना सौंदर्य अब

द्विगुणित होकर आभासित था।

जितनी बार कादंबरी को देखा, विस्मय से जी कैसे स्तब्ध-सा रह जाता था हर बार। और भी अधिक चकित तो तब रह गया था वह जब—'यह क्या करती हैं, पर्यंक पर ही विराजिए न' ऐसा उसके कहते कादंबरी भूमि पर ही बैठ गई थी। नीलम से जड़े फर्श पर विराजी हुई वह हरी दूब से भरी धरती पर भोर की पहली किरण-सी दिखने लगी। मदलेखा के मना करते-करते चंद्रापीड भी उसके सामने भूमि पर ही बैठ गया। इस भूमि पर बैठने की जरा-सी क्रिया ने उनके बीच उपचार के अनगिनत अदृश्य घेरों को गला दिया, स्नेह की अनाविल धारा उन्हें अजस्र बहती सींचने लगी। कादंबरी ने एक बार अपने विशाल नेत्रों से भरपूर उसे देखा और सिर झुका लिया था। तब चंद्रापीड को ही पहल करनी पड़ी थी बोलने में। पता नहीं क्या-क्या कहता गया वह। मदलेखा न टोक देती तो और भी बहुत कुछ कहता जाता। मदलेखा ने इतना ही कहा था—'यह सब क्यों कह रहे हैं ? भर्तृदारिका तो बिना कुछ आपके कहे ही समझती हैं।'

बात करते-करते रात का दूसरा पहर बीत चला था, पर लगा ही नहीं था कि इतना समय हो गया। बात के एक तार से दूसरा तार निकल आता, उज्जयिनी की चर्चा चली तो चंद्रापीड अपने मित्र वैशंपायन, पत्रलेखा और इंद्रायुध—सबके विषय में सब कुछ बता गया। कादंबरी के जगत् के विषय में, हेमकूट के विषय में तो अपार कौतूहल था ही उसके मन में, उसकी जिज्ञासाओं का समाधान मदलेखा करती जा रही थी, कादंबरी बीच-बीच में बहुत नपे-तुले शब्दों में धीरे-से कुछ बात अपनी ओर से जोड़ती, तो चंद्रापीड के भीतर नेह की हिलोर-सी उठती।

महाश्वेता तो कादंबरी के निहोरा करने के कारण हेमकूट पर ही रह गई, चंद्रापीड अकेला उसके आश्रम पहुँचा था, सोचा था वहाँ से अपने स्कंधावार का रास्ता खोजता पहुँच जाएगा। पर बलाहक और दूसरे सैनिक महाश्वेता के आश्रम में पहले से ही उपस्थित थे। चंद्रापीड इंद्रायुध को वहीं छोड़ गया था, इसलिए वे आश्वस्त थे कि राजकुमार लौटकर यहीं आएँगे। इंद्रायुध के खुरों के चिह्नों के सहारे ही वे चंद्रापीड को खोजते-खोजते यहाँ तक आ पहुँचे थे।

स्कंधावार लौट आया चंद्रापीड उनके साथ। बड़ी देर तक पत्रलेखा और वैशंपायन के साथ महाश्वेता और कादंबरी तथा हेमकूट की दिव्य नगरी की चर्चा करता रहा। रात हुई तो मन के भीतर के स्तरों से बार-बार टीस उठने लगी। अब फिर कादंबरी से कैसे मिलना हो सकेगा ? रात जैसे-जैसे गहराती गई, कादंबरी एक स्वप्न लगने लगी—दुर्लभ और अगम्य।

पर भोर की पहली किरण के साथ ही मन के अँधेरे में आशाएँ लौट आईं, जी उठे फिर से मनोरथ, उल्लसित हो उठे स्वप्न। प्रभात होते-होते ही केयूरक आ गया था, कादंबरी और महाश्वेता दोनों का संदेश लेकर।

हेमकूट से स्कंधावार, स्कंधावार से हेमकूट। प्रतिदिन आरोहण और अवरोहण। कभी-कभी पत्रलेखा, कादंबरी और उसकी सखियों के बीच बातचीत, हँसी-ठट्ठे में साँझ अधिक गहरा जाती तो रात्रि को हेमकूट ही रुक जाने का उन लोगों का आग्रह—जो टाला तो नहीं ही जा सकता था। पत्रलेखा तो जैसे कादंबरी के अंतःपुर का एक अंग ही बन गई थी। कादंबरी उसे छोड़ती ही नहीं थी, चंद्रापीड के साथ स्कंधावार लौटने ही नहीं देती थी। अपने साथ ही उसे वासगृह में सुलाती थी वह पत्रलेखा को।

चंद्रापीड जैसे किसी दूसरे लोक में रम गया था। भूल गया था कि वह दिग्विजय यात्रा पर निकला है, भूलने लगा था कि उसे उज्जयिनी लौट जाना है, जहाँ पिता हैं, माँ विलासवती हैं, राजकार्य है, युवराज के दायित्व हैं, जहाँ भड़भूजे की स्त्री का कचोटता प्रश्न है, अधूरा छूटा संकल्प है कि उसकी पुत्री का वह पता लगाकर उसे सौंपेगा।

कई बार वह कादंबरी के साथ उसके प्रमदवन में घूमा। कई बार प्रियंगु लताओं के कुंज में उसके पार्श्व में बैठा। उसके किसलय से करतल को अपनी हथेली में लिया। कादंबरी के स्पर्श से होने वाले सम्मोहन में बँधा। फिर भी कुछ था जिसके कारण कादंबरी सहसा छिटककर उससे दूर हो जाती थी। एक बार उसे भुजाओं में भर लिया था चंद्रापीड ने। अचानक कादंबरी चिहुँककर अलग हो गई थी। "क्या हुआ ?" सकते में आकर सहमकर चिंतित होकर चंद्रापीड ने पूछा।

'मत छुओ मुझे !' कादंबरी ने हाँफते हुए, बहुत धीमे, पर अतिशय उत्तेजित, उत्तप्त और वेदनागर्भित स्वर में कहा था।

'कुछ बताओ तो बात क्या है ?' चंद्रापीड निहोरा करता रह गया था। कादंबरी ने इतना ही कहा था—'मैं परवश हूँ कुमार। पिता, माता और स्वयं की प्रतिज्ञा—तीनों से बँधी हुई हूँ।' फिर स्वयं ही लता-सी उसके वक्ष से लिपटकर सिसकने लगी थी।

पत्रलेखा से कुछ भी छिपा न था। वैसे भी चंद्रापीड ने पत्रलेखा से कोई दुराव नहीं रखा कभी। पत्रलेखा चाहे-अनचाहे, जाने-अनजाने चंद्रापीड और कादंबरी की वेदना में साझी हो गई थी, उनके बीच सेतु भी बन गई थी वह। उसकी उपस्थिति में कादंबरी महाश्वेता के दुःख को भूल जाती, अपने जीवन में फैले भविष्य के विराट् खड्ड को भूल जाती। महाश्वेता अभी भी कादंबरी के अनुरोध पर हेमकूट पर ही रह रही थी। श्रीमंडप के पास उद्यान में कादंबरी ने उसके लिए एक कुटिया बनवा दी थी। गंधर्वराज चित्ररथ और देवी मदिरा जो अपनी बेटी कादंबरी को लेकर आशंकित और चिंतित रहते थे, अब उन्हें आशा बँधने लगी थी कि महाश्वेता के समझाने-बुझाने से हो सकता है कादंबरी अपना प्रण छोड़ दे। उन्हें भी लगता था कि पत्रलेखा और चंद्रापीड के हेमकूट पर आते-जाते रहने से हिमानी में गलते उनके जगत् में वसंत की गुनगुनाहट लौटी है।

पर वसंत तो बीत रहा था। ग्रीष्म आ चला था। कादंबरी इन दिनों हिमालय के हृदय जैसे अपने हिमगृह में रहती थी। मेघमालाएँ उसके ऊपर हरिणियों-सी दौड़ती रहतीं। सफेद मोतियों के थालों-से घिरे यंत्रवृक्ष पानी की धाराएँ चुआते हुए वर्षा का संकेत रच देते।

ग्रीष्म की दोपहर इसी हिमगृह में कादंबरी के सान्निध्य में बिताकर उस दिन सायंकाल होते-होते स्कंधावार लौटा ही था चंद्रापीड और प्रवेशद्वार पर खड़ा मिल गया लेखहारक। "उज्जयिनी से आए हो क्या ?" चौंककर चंद्रापीड ने पूछा।

"हाँ देव !"

"कुशल से तो हैं तात, माता और सभी परिजन ?"

"हाँ देव ! सभी सकुशल हैं। ये दो पत्र लाया हूँ।"

चंद्रापीड ने माथे से लगाए दोनों पत्र। फिर खोलकर पढ़ने लगा। पिता का पत्र था। लिखा था–'बहुत समय व्यतीत हो गया तुम्हें निकले हुए, अब लौट आओ। दिग्विजय के लिए शेष रहा ही क्या है ? भारतवर्ष के छोर तक तो जा पहुँचे।'

दूसरा पत्र शुकनास की ओर से वैशंपायन के लिए था। उसमें भी यही बात थी।

चंद्रापीड ने तत्काल वैशंपायन को बुलवाया। सेवकों ने कहा, "कुमार वैशंपायन स्कंधावार में नही हैं।"

"अरे, कहाँ गए वे ?"

"प्रायः प्रातः ही अच्छोद सरोवर की ओर निकल जाते हैं। संध्या-अर्चा वहीं करते हैं, फिर दिन-भर वहीं बने रहते हैं।"

कुछ चकित हुआ चंद्रापीड। वैशंपायन से कई दिनों से मिल-बैठकर बतिया भी नहीं पाया था। कादंबरी के नगर से लौटते-लौटते रात्रि हो जाती, परिजनों से उसके विषय में पूछ अवश्य लेता था, दो-एक बार उसने अनुरोध भी किया था वैशंपायन से साथ-साथ हेमकूट चलने का, पर वैशंपायन ही टाल गया था और अधिक आग्रह नहीं किया था चंद्रापीड ने भी। अब उसे पछतावा-सा होने लगा। वैशंपायन कुछ-कुछ अनमना-सा दिखता था इन दिनों। निश्चय ही यहाँ हिमालय की छाया में निविड एकांत प्रदेश में उसे तात शुकनास और माता मनोरमा की स्मृति विकल कर रहो होगी। मैं भी कैसा स्वार्थी हूँ–चंद्रापीड अपने-आप को धिक्कारने लगा, कादंबरी के रस में ऐसा डूबा कि मित्र का ध्यान ही नहीं रखा। संकोचवश ही तपस्वी वैशंपायन ने उज्जयिनी लौट चलने की चर्चा नहीं की है अब तक। मैं अभी जाकर उसे शुभ संवाद दे देता हूँ कि अब तत्काल उज्जयिनी चल पड़ना है।

चटपट इंद्रायुध पर सवार हुआ चंद्रापीड। वैशाख की पूर्णिमा में हिमालय का उपांत चमक रहा था। अच्छोद सरोवर के तट पर पहुँचा, तो वहाँ कहीं वैशंपायन नहीं दिखा। फिर कहाँ होगा ? शूलपाणि-सिद्धायतन में जाकर देखा, कदाचित् वहीं अर्चा करता हुआ बैठा हो, पर मंदिर में भी वैशंपायन कहीं नहीं था।

बड़ी देर तक खोजते रहने पर महाश्वेता की गुफा के सम्मुख के कुंज में बैठा हुआ मिला वैशंपायन। चंद्रापीड को देखकर चौंका नहीं, न स्वागत के लिए उठा।

"मित्र, यहाँ क्यों बैठे हो इस तरह ? मुझसे कोई चूक हुई ?"

"ऐसी तो कोई बात नहीं है, मित्र !" सलज्ज विषण्ण हँसी के साथ बोला वैशंपायन।

"घर की स्मृति सता रही है ? मैं तो इसीलिए तुम्हें खोज रहा था। लो यह पत्र पढ़ो। पितृव्यपाद शुकनास का है।"

वैशंपायन ने पत्र लिया। पढ़ा। फिर मौन अँधेरे में आँखों से कोई ज्योति टटोलता हुआ खड़ा रहा।

"तो फिर—हम दोनों तुरंत घर प्रस्थान करें ? पत्रलेखा तो कादंबरी के पास है। उसे संदेश भिजवा देता हूँ। बलाहक के साथ आ जाएगी वह और हमारी शेष सेना भी आती रहेगी। और चाहे तो पत्रलेखा कुछ दिन रुकी रहे देवी कादंबरी के पास। बड़ा स्नेह है उनका उस पर। ठीक है न ? तो चलो, अपना स्कंधावार तो अब समेटें।"

वैशंपायन ने कुछ उत्तर नहीं दिया। चंद्रापीड ने उत्साह में उसके मौन को सम्मति मानकर कहा, "आओ फिर !"

वैशंपायन अटक-अटककर बोला, "अभी मैं यहाँ से कैसे जा सकता हूँ ?"

चौंककर चलते-चलते रुक गया चंद्रापीड—"क्यों भला ?"

वैशंपायन फिर कुछ क्षण वैसा ही मौन खड़ा रहा। चंद्रापीड को विचित्र-सा लगा उसका व्यवहार। क्या सचमुच इतना अधिक चिढ़ गया है उससे वैशंपायन ?

"मैं शेष सेना के साथ आऊँगा।" वैशंपायन ने अब कुछ सहज होते हुए कहा, "सेना को लेकर सुरक्षित उज्जयिनी पहुँचाने का दायित्व मेरा है न !"

चंद्रापीड का मन हुआ, कहे—'आज तक तुमने मेरा साथ नहीं छोड़ा था, मित्र ! सेना के साथ के लिए अब मेरा साथ छोड़े दे रहे हो ?' पर कहते-कहते रुक गया। कुछ था जो वैशंपायन और उसके बीच में आ गया था। कादंबरी का प्रेम ? पर उसने छिपाया तो कुछ भी नहीं वैशंपायन से, और कादंबरी के विषय में जानकर वैशंपायन ने तो बड़ी प्रसन्नता व्यक्त की थी, जबकि पत्रलेखा का तांबूलकरंकवाहिनी के रूप में चंद्रापीड के साथ रहना उसे नहीं रुचा था, तो स्पष्ट उसने अपनी असहमति मित्र के सामने रख भी दी थी।

"जैसी तुम्हारी इच्छा मित्र !" हारकर चंद्रापीड ने कहा, "पिता का आदेश मैं नहीं टाल सकता। तो मैं कल प्रस्थान करूँगा। पत्रलेखा, बलाहक और शेष सैन्य तुम्हारे साथ आएगा। पर शीघ्र आने की व्यवस्था करना।"

चंद्रापीड ने इंद्रायुध की वल्गा हाथ में ले ली और वैशंपायन के साथ पैदल चलने लगा। "तुमने देवी महाश्वेता के दर्शन किए या नहीं ?" अचानक उसने वैशंपायन से पूछा।

"नहीं तो। उनकी तो बस चर्चा ही सुनता आया हूँ, जिस दिन से हम यहाँ आए तभी से।"

"विचित्र बात है। तुम दिन-भर यहाँ बैठे रहते हो और उनके दर्शन नहीं किए तुमने ? यही तो उनका आश्रम है। उस गुहा में उनका डेरा है। इसी मंदिर में वे प्रतिदिन पूजा करती हैं।"

"मैं प्रायः यहाँ आता हूँ, कभी देखा नहीं उनको।"

"कैसे देखते भाई ? तुम्हें बताया था, हम यहाँ आए उसके अगले दिन से ही वे कादंबरी के यहाँ ही हैं। वे तो प्रतिदिन आग्रह करती हैं अपने आश्रम लौटने के लिए। कादंबरी ही उन्हें आने नहीं देतीं और गंधर्वराज चित्ररथ महारानी मदिरा भी उन्हें जाने की अनुज्ञा नहीं दे रहे। आएगी वह यहाँ परसों तक। जब वे यहाँ आ जाएँ, तो तुम उनके दर्शन करना अवश्य। बड़ी तेजस्विनी हैं। देखकर ही चित्त में पावनता का अनुभव होता है उनको तो..."

लेखहारक यष्टिदेव जिस मार्ग से आया था, उसी मार्ग से लौटा चंद्रापीड। साथ में सैनिकों की एक टुकड़ी। उज्जयिनी पहुँचने की त्वरा थी, और लेखहारक ने बताया था कि यह मार्ग छोटा है।

मध्याह्न होते-होते वे एक भीषण कांतार में जा पहुँचे। हिमालय के शिखरों को शाखाओं के बाहु ऊँचे करके छूने का प्रयास करते वृक्ष। डरावनी गुफाओं और वृक्षों की दुर्भेद्य संहतियों में दस्युओं के जहाँ-तहाँ डेरे। कहीं-कहीं पुराने जीर्ण-शीर्ण कांतार, कूप फूस से ढके हुए। सूखती दरकती धरती।

वृक्षों की घनी पाँत के ऊपर, दूर आकाश को छूता हुआ एक रक्तध्वज दिखाई दिया। "उधर चंडिकायतन है।" लेखहारक यष्टिदेव ने बताया।

निरंतर चलते रहने की श्रांति देह के पोर-पोर में भर गई थी। चंद्रापीड ने अपने साथ चलते सैनिकों को उसी ओर चलने का आदेश दिया—देवता का स्थान है, दर्शन भी करेंगे और एक मुहूर्त विश्राम भी।

लोहे के कृष्ण महिष को रौंदती कोपाविष्ट मुद्रा में सिंह पर विराजी थीं चंडिका। आतंक संचारित करता हुआ उनका विग्रह। बलि दिए गए पशुओं की अस्थिओं के ढेर जहाँ-तहाँ बिखरे थे गर्भगृह में। अगरु, धूप की सुंगधि के साथ उनकी दुर्गंध विचित्र वातावरण की सृष्टि कर रही थी। देवालय का फर्श भी खून के छींटों से रँगा हुआ था।

सैनिकों का जमघट देखकर गर्भगृह में विश्राम कर रहे चार-पाँच सिंह शावक गुर्राते हुए भागे और कांतार में लुप्त हो गए। उनके साथ ही कुछ गिरगिट और गोह सर्राकर दीवारों पर दौड़े और भग्न भित्तियों की दरारों में खो गए।

मंदिर के द्वार पर ही मिल गया था द्रविड़ देश का बूढ़ा पुजारी। लेखहारक ने बताया था कि कुछ-कुछ बावला है वह।

"बाबा, ये त्रिजगत्प्रतापी महाराजाधिराज तारापीड के पुत्र युवराज चंद्रापीड हैं।" यष्टिदेव ने परिचय कराया पुजारी से उसका।

"कहाँ का राजा है तेरा पिता।" अपनी मिचमिचाती एक आँख से चंद्रापीड को पहचानने का प्रयास करता हुआ बूढ़ा पूछने लगा।

प्रश्न करने का ढंग ही अपमानजनक था। सैनिकों की भवें तन गईं। चंद्रापीड ने संकेत से उन्हें शांत कर हँसते हुए कहा, "उज्जयिनी के राजा हैं मेरे तातश्री।"

"एक बार गया था उज्जयिनी। इस देवालय में आने के पूर्व। दक्षिण से चलता हुआ वहाँ रुक गया था। वहाँ विक्रम का राज्य था उस समय। सौ संवत्सर तो व्यतीत हो चुके होंगे।"

"अच्छा ?" यष्टिदेव ने आश्चर्य के साथ पूछा, "आपकी आयु क्या होगी फिर ?"

पुजारी ने प्रश्न सुना ही नहीं। उसका सारा ध्यान चंद्रापीड पर केंद्रित था।

"वहाँ भी महाकाल का जो मंदिर है वह जाग्रत स्थान है।" वह चंद्रापीड को बताने लगा—"पर यहाँ जो चंडिका है, यह अधिक जाग्रत है।"

"अच्छा, अच्छा !" चंद्रापीड ने सहमति का अभिनय करते हुए कहा।

"अरे, इस चंडिका के सामने महाकाल क्या और वैताल क्या !" एकदम से तेज स्वर में पुजारी बोल पड़ा।

पास खड़े सैनिकों में कोई प्रतिवाद में कुछ कहने वाला ही था, चंद्रापीड ने संकेत से फिर रोक दिया। एक क्षण मौन रहकर पुजारी फिर पहले की तरह शांत स्वर में चंद्रापीड को बताने लगा—"बड़ा अच्छा नृत्य होता है वहाँ महाकाल के मंदिर में गणिकाओं का। पर दाक्षिणात्य नृत्य की बात और है। सीखा है हमने। सब सीख चुके हैं। तांडव जानते हैं हम। काँची के नटराज मंदिर में थे पहले। वहाँ तांडव होता है नित्य। साक्षात् शंकर तांडव करते हैं स्वयं आकर।"

कृत्रिम कौतुक से सबके नेत्र विस्फारित हो गए। "और उन्हीं ने तो हमें सिखाया तांडव।" पुजारी ने आगे कहा।

"किन्होंने, शंकर भगवान् ने ?" चंद्रापीड से पूछे बिना न रहा गया।

"और क्या ?" अत्यंत सहज स्वर में पूरे विश्वास से पुजारी ने कहा।

"आपके गुरु का नाम शंकर रहा होगा—है न ?" यष्टिदेव ने कहा।

"तू चुप रह !" एकदम से पुजारी चीख पड़ा—"तू शंका करता है मेरी बात पर !" उसके ललाट और गले में नसें छिपकलियों-सी फूल उठीं।

बड़ी कठिनाई से चंद्रापीड ने बाबा को शांत किया। इस बीच कुछ सैनिक और भृत्य स्नान और भोजन की व्यवस्था करने लगे। पुजारी चंद्रापीड को छोड़ ही नहीं रहा था। वह पूरी कथा बताने लग गया था कि किस तरह आधी रात को जब मंदिर के सारे पूजक और परिजन सो जाते, भगवान् शंकर कैलास से उतरकर काँची के मंदिर में आते और उसे तांडव सिखाने लगते।

"विवाह हो गया तेरा ?" अचानक वह चंद्रापीड से पूछ बैठा।

"अरे, अभी कहाँ बाबा !" चंद्रापीड ने कहा।

जरद्द्रविड चंद्रापीड के पास खिसक आया। चंद्रापीड को उसके मुख से उठता गाँजे की दुर्गंध का भभका असह्य प्रतीत होने लगा। पर पुजारी ने सँड़सी की तरह अपनी अंगुलियों में उसका एक कंधा पकड़ लिया था और फुसफुसाहट में कह रहा था—"वशीकरण अंजन है हमारे पास। पृथ्वी की सारी युवतियाँ—एक से एक बढ़कर सुंदरियाँ भागी-भागी तेरे पास चली आएँगी, वेणीबंध छूट रहे होंगे उनके, कुचकलशों से आँचल ढुलक

रहे होंगे, करधनियाँ टूटी पड़ रही होंगी। आ-आकर वे तुझसे लिपट जाएगीं और सुरत सुख की याचना करेंगी—सब की सब एक साथ।''

''अरे—रे रे !'' चंद्रापीड ने हँसी दबाते हुए, बहुत परेशानी की मुद्रा बनाकर कहा, ''इतनी सारी सुंदरियों का मैं क्या करूँगा ? मैं तो सबको आपके ही पास भेज दूँगा।''

यह सुनकर बाबा के मुख पर प्रसन्नता-सी थिरक उठी। ''तू बड़ा समझदार है।'' वह बोला, ''बड़ा दिव्य अंजन है। अभी लाता हूँ।'' कहकर वह पार्श्व में अपनी कोठरी में जा घुसा।

यष्टिदेव ने धीरे से कहा, ''वह अंजन आँज-आँजकर अपनी एक आँख तो गँवा चुके हैं बाबा, पर दूसरी आँख में बराबर आँजते हैं उसी को। उसकी ज्योति भी नष्ट हो रही है। धतूरे से बना अंजन कोई ठग टिका गया है इनको !''

बाबा खाली हाथ क्रोध में फनफनाता कोबरे नाग की तरह आया और एक साथ कई गालियाँ उगलकर कहने लगा—''छोड़ेंगे नहीं हम उसको। ऐसा मंत्र लगाएँगे कि दौड़ता चला आएगा।''

अनिद्रा और धतूरे के सेवन से आरक्त बाबा के नयनों में लाल डोरे तैर रहे थे। जोर-जोर से साँस लेने के कारण पहले से ही फूली गले की नसें और भी फूल जाती थीं।

''क्या बात हो गई, बाबा !'' चंद्रापीड ने सविनय पूछा।

''वह पिशाच ! पिशाच है एक यहाँ,'' बाबा कहने लगा—''वही उठाकर ले गया है सिद्धांजन की हमारी डिबिया। हम पिशाचों से डरते नहीं हैं। बहुत त्रास देते हैं। काँची के मंदिर में जो बड़ा पुजारी था, उसने लगा रखे हैं ये पिशाच हमारे पीछे। हमारे ललाट पर सारे दक्षिणापथ के राज्य की रेखा है। यह बात पता थी उस नीच पुजारी को। तब से उसने ये पिशाच लगा रखे हैं हमारे पीछे। काँची छोड़कर यहाँ आए, तो यहाँ भेज दिए उसने ये पिशाच। सिद्ध होने ही वाला था हमारा दक्षिणापथ के राज्य को योग। पूर्णाहुति जिस दिन थी, ये दुष्ट पिशाच आकर पेशाब कर गया यज्ञवेदी में। नहीं तो राजकुमार, हम सारे दक्षिणापथ के राजा होते इस समय। अभी फिर से सिद्ध करेंगे उस योग को। ललाट में जब रेखा है, तो जाएगा कहाँ राज्य दक्षिणापथ का !''

उसे यों बड़बड़ाता छोड़कर चंद्रापीड स्नान और भोजन से निवृत्त होने के लिए चल दिया।

अपराह्न हो चला था। चंद्रापीड के परिजनों ने भोजन की जो व्यवस्था की थी, उसमें से बाबा को भी पर्याप्त हिस्सा मिला था। आकंठ तृप्त होकर कुछ देर निद्रा की व्यर्थ आराधना करने का प्रयास करके अब वह उठ बैठा था और चंडिकायतन के गर्भगृह में आ गया था। चंद्रापीड कुछ बतियाने की इच्छा से उसके पास आया तो मच्छरों के भिनभिनाने की ध्वनि सुनाई दी। बाबा मुँह बंद किए हुए नाक से तन्मय होकर गुनगुना रहा था। ''आपका तांडव देखने का सौभाग्य नहीं मिला।'' चंद्रापीड ने हँसी की। तब तक यष्टिदेव और कुछ सैनिक भी आ गए। सब बाबा से आग्रह करने लगे—''हाँ, हो

जाए, नृत्य बाबा का।''

''नृत्य नहीं मूर्खो नृत्त।'' बाबा ने चिढ़कर कहा।

''क्षमा कीजिए महाराज, ये अज्ञानी लोग क्या जानें !'' यष्टिदेव ने उसका क्रोध शांत करते हुए मनुहार की—''अब स्वयं उज्जयिनी के राजकुमार अनुरोध कर रहे हैं, और फिर कब अवसर मिलेगा हम लोगों की दक्षिणापथ का सर्वोत्तम नृत्त देखने का।''

''अवस्था बहुत अधिक हो गई है न, तो वैसा सधता नहीं है।'' बाबा न-नु करते हुए कहने लगा।

''कितनी अवस्था होगी बाबा आपकी ?'' पीछे से किसी ने पूछा।

''यही कोई अढ़ाई सौ वर्ष।''

''ओ...ह—'' सैनिकों के मुँह से निकला और वे मुँह दबाकर हँसने लगे।

चंद्रापीड के पुनः आग्रह करने पर बाबा अपनी कोठरी में गया और जर्जर अलाबु वीणा उठाकर ले आया। वीणा के तार छेड़ने पर मक्खियों की भिनभिनाहट-सा विस्वर नाद चंडिकायतन में फैल गया। उसके पश्चात् बाबा ने मच्छरों की तिन्‌तिन् सरीखे महीन सुर में आलाप भरा। सैनिक मुँह दाबे हँसते जा रहे थे। कुछ और भी लोग वहाँ जमा हो गए थे, जो कृत्रिम प्रशंसा के सुर में ''अहो, अहो !'' करते हुए हास्यास्पद ढंग से झूम रहे थे। तभी बाबा सहसा उठ खड़ा हुआ और तांडव नृत्त आरंभ कर दिया उसने। नृत्त के उन्माद में विकट परिक्रमा करते समय उसका परिधान खुल गया। अब तो सैनिक खिलखिलाकर हँसने लगे।

एक महीने का समय किस तरह पंख लगाकर उड़ गया था, कादंबरी को पता ही नहीं चला। उस दिन भोर होते ही कंचुकी ने आकर बताया था कि राजकुमार आए हैं। उल्लसित होकर वह उठी थी, अगवानी के लिए प्रासाद के द्वार तक दौड़ी आई थी। चंद्रापीड को देखा तो कलेजा धक् से रह गया। प्रभात के चंद्रमा की भाँति फीका था चंद्रापीड का मुख। ''कोई विशेष बात हो गई क्या ?'' कादंबरी ने आशंकित होकर पूछा।

''हाँ, पिता का संदेश आया है। मुझे तत्काल प्रस्थान करना होगा।'' चंद्रापीड ने गंभीर स्वर में कहा।

''नहीं।'' कादंबरी के मुख से निकला, और तुरंत ही उसे अपने निषेध की निरर्थकता का भी बोध हुआ। इतने दिन चंद्रापीड के निरंतर आने-जाने से लगने लगा था कि यह क्रम कभी टूटेगा ही नहीं, राजकुमार इसी तरह मिलते ही रहेंगे। जीवन की विभीषिका का गर्त जो चंद्रापीड की उपस्थिति से ढक गया था, सहसा मुँह बाए उसके आगे विकराल रूप में प्रकट हो गया। चंद्रापीड उसका प्रिय ही नहीं, उसके लिए एक सेतु भी बन गया था, महाश्वेता और उसके बीच, उसके और माता-पिता के बीच। उसके न रहने से वे सब फिर उसी तरह हो जाएँगे, अलग-अलग द्वीपों की तरह, स्नेह की धार

उनके बीच बहेगी, पर उन्हें इस तरह सराबोर न कर सकेगी।

"अच्छा !" बड़े परिश्रम से सायास फिर इतना ही वह कह सकी थी।

"देवी महाश्वेता से भी प्रणाम कह देना। वे तो पूजा में होंगी। और अपने माता-पिता से भी।"

कादंबरी सिर झुकाए खड़ी रही थी। उसके बाद मुँह से बोल नहीं फूटे थे, एक बार कुछ कहना तो चाहा था, कहते-कहते बस आँख उठाकर चंद्रापीड की ओर देख सकी।

समाचार पाकर पत्रलेखा के साथ महाश्वेता आई थी। चंद्रापीड से सब वृत्तांत सुना था। चंद्रापीड को आश्वस्त भी किया था, फिर आने का अनुरोध भी किया था। कादंबरी सजल नयन यही सोचती रह गई थी कि उसका अपना हृदय महाश्वेता की वाणी के द्वारा बोल उठा है।

हेमंत की प्राणांतक शीतलता के बाद वसंत की धूप के थक्के-सा जो जीवन में उतरा था, वह खो गया था। कादंबरी प्रयाण करते चंद्रापीड को तब तक निर्निमेष ताकती रही, जब तक वह आँखों से ओझल न हो गया। प्रभात की धूप में उसकी लंबी छाया कंदराओं और शिलाओं की ओट में छिप जाती, फिर प्रकट हो जाती। धीरे-धीरे वह छाया तुषार की जवनिका के पीछे लुप्त हो गई। कादंबरी मात्र धुंध को ताकती रह गई। महाश्वेता ने पीछे से उसके कंधे पर हाथ रखकर कहा, "अब भीतर चलो प्रिय सखि !"

कादंबरी उसके कंधे पर सिर रखकर रो पड़ी।

महाश्वेता ने उसकी पीठ थपथपाते हुए कहा, "यही जीवन है। कोई संयोग नियत नहीं है। फिर भी धैर्य रखो। लौटकर आएँगे कुमार चंद्रापीड—और अभी तो पत्रलेखा तुम्हारे पास है।"

कादंबरी की घनी बरोनियों में उलझे अश्रुकणों की तरह मन के भीतर बिखरे थे चिंता के कई ताने-बाने। अभी-अभी जो असंख्य कमल खिले थे वहाँ, वे मुरझा गए थे। महाश्वेता ने सहारा देकर उसे तल्प से नीचे उतारा। कादंबरी अपने कक्ष में आ गई। जिस कक्ष में चंद्रापीड का प्रथम दर्शन पाया था, उसी में गवाक्ष के आगे बैठ गई। स्वच्छ सरोवर में उगी मृणालिका-सी बाहुलता पर ऊर्मियों के थपेड़ों में भीजे रक्त कमल-सा अपना मुख टिकाए दूर उस पहाड़ को ताकती रही, जिसके नीचे चंद्रापीड जाकर अदृश्य हो गया था।

यों ही बैठे-बैठे साँझ हो गई। क्षितिज के कुट्टिम पर पल्लव के बिछौने से संध्याराग को फैला दिया यामिनी ने। परिचारक से प्रदोष ने चंद्रकांत मणियों का तल्प रच डाला। प्रतिदिन की भाँति दीपिका धारिणियाँ सुगंधित तैल में जलती दीपिकाएँ लिये उपस्थित हुईं और ससंभ्रम शांत खड़ी हो गईं। भर्तृदारिका का जी स्वस्थ नहीं—यह वे समझ रही थीं।

पत्रलेखा ने बहुत अनुरोध किया कादंबरी से, पर कादंबरी ने आहार ग्रहण नहीं किया। पत्रलेखा से भी कुछ खाया न गया। पत्रलेखा और महाश्वेता दोनों बड़ी देर कादंबरी के पास बैठी रहीं। जी तो सभी का उचटा हुआ था. पर कादंबरी का मन

बहलाने का बड़ी देर तक जतन करती रहीं दोनों।

अगले दिन सूर्योदय के पूर्व ही महाश्वेता नित्यकर्म से निवृत्त होकर कादंबरी के पास पहुँच गई। कादंबरी की आँखें रात-भर के जागरण से बोझिल थीं। "कैसा जी है ?" महाश्वेता ने पूछा।

यकायक एक निश्चय के साथ दृढ़ स्वर में कहा, "मैं चलूँगी सखि महाश्वेते तुम्हारे साथ।"

"कहाँ ?"

"वहीं—अच्छोद के तट पर। वहीं रहूँगी वानप्रस्थ लेकर। अब यही इच्छा बची है—यह प्रासाद, यह वैभव—सब छोड़ दूँ।"

"कैसी बातें करती हो ? तुम्हें कुमार चंद्रापीड की प्रतीक्षा करनी है यहीं रहकर, मुझे अपने प्रिय की प्रतीक्षा करनी है वहीं रहकर। लौटकर आएँगे राजकुमार चंद्रापीड। तुम क्या समझती हो, वे तुम्हारे बिना रह सकेंगे ? और मैंने तो कल पिताजी और माताजी से भी चर्चा की थी..."

"मेरे माता-पिता से ? किस विषय में ?"

"कुमार चंद्रापीड से तुम्हारे विवाह के विषय में। वे तो बहुत ही प्रसन्न हैं।"

"क्या ?" कादंबरी तड़पकर उठ खड़ी हुई—"तुम कितनी निष्ठुर हो। तुमने ऐसा कैसे सोच लिया ? संन्यासिनी होकर क्या तुमने स्नेह-ममता सबको तिलांजलि दे दी ?"

"मेरी बात समझने का प्रयास करो, प्रिय सखि ! जिस स्नेह के कारण तुमने अविवाहित रहने का संकल्प किया था, यह उसी का अनुरोध है।"

"मुझे कुछ नहीं सुनना।" कादंबरी पर्यंक पर गिर पड़ी और फफक-फफककर रोने लगी।

महाश्वेता रुदन के वेग के थमने की प्रतीक्षा करने लगी। फिर उसने पत्रलेखा से कहा, "तू केयूरक के साथ स्कंधावार जा। राजकुमार के साथी वैशंपायन आज या कल प्रस्थान करने ही वाले होंगे उज्जयिनी के लिए। तू साथ में जाना और कुमार चंद्रापीड से कहना, तुरंत यहाँ आ जाएँ।"

वैशंपायन

चलते समय चंद्रापीड ने बार-बार वैशंपायन को जता-जताकर यही कहा था—'मित्र, सारा स्कंधावार समेटकर सेना के सारे गुल्म एकत्र कर बस शीघ्र उज्जयिनी पहुँचने का उपक्रम करना।'

वैशंपायन भी बार-बार अपने मन में इसी संकल्प को दोहरा रहा था कि यहाँ से चल देना है, अब यहाँ रुकने का क्या काम ? कितने दिन हो गए यहाँ रहते-रहते, कुछ पता ही नहीं चला ! और किसलिए रुके रहे हम यहाँ इतने दिन ?

चंद्रापीड के प्रस्थान करते ही उसने स्कंधावार समेटने का आदेश दिया। कूच की तैयारियाँ होने लगीं। सारे उपस्कर समेटने में एक पूरा दिन लग गया। उपकार्याएँ बाँध दी गईं। उस रात्रि को सैनिक खुले में दीपिकाएँ जला-जलाकर सोए, नींद तो प्रयाण की उत्तेजना में किसी को आई ही नहीं। वैशंपायन तो लेटा तक नहीं, रात्रि में भी प्रयाण की व्यवस्थाएँ देखता रहा, और जब बलाधिकृत ने बहुत आग्रह किया तो पर्यंकिका पर जाकर बैठ गया।

अगले दिन मध्याह्न तक सब प्रस्थान के लिए सज्जित हो चुके थे। वैशंपायन ने बलाहक से कहा, "अच्छोद सरोवर में स्नान करने का बड़ा मन है। बस स्नान करके चंडिका के आयतन में संध्यावंदन करके अभी आता हूँ।" और जब तक बलाहक कुछ उत्तर देता, वह अश्व पर सवार होकर अच्छोद की ओर चल पड़ा।

इतने दिनों से वह प्रतिदिन ही यहाँ आता था। बलाधिकृत तथा दूसरे सेनापति और सैनिक हिमालय के उपांत प्रदेशों में घूमते रहते। चंद्रापीड प्रायः हेमकूट चला जाता था, बस वही यहाँ दिन-भर बैठा रहता था। उसे कुछ समझ में नहीं आता था कि उसे क्या हो गया था, अच्छोद सरोवर के आसपास कहीं कुछ था, जिसने उसे विचित्र सम्मोहन में बाँध दिया था।

धीरे-धीरे उसने स्नान किया। शरीर ही पानी में भीजा, मन कहीं और था। स्नान करके कुछ देर तो पता नहीं किस उधेड़बुन में बैठा रहा। फिर बड़े प्रयास से उठकर किसी तरह संध्यावंदन किया। संध्या निपटाकर शिव के दर्शन के लिए चला।

दूर से ही मंदिर से आता गायन का दिव्य, अद्भुत रागाविष्ट स्वर सुनाई दिया, साथ में वीणा की झंकार भी। वैशंपायन चक्कर खाकर गिर पड़ने को हुआ। किसी तरह

उसने अपने-आप को सँभाला और काँपते पैरों से चंडिकायतन की ओर बढ़ा। जैसे-जैसे गीत के स्वर पास आते गए, हृदय का कंपन बढ़ता गया। क्या ये ही स्वर थे जो अव्यक्त रूप से अच्छोद के आसपास के सारे प्रदेश में तिरते रहते थे, अनाहत नाद की तरह उसके भीतर गूँजते रहते थे, और यहाँ आने का, यहाँ बैठे रहने का आकुल आमंत्रण देते रहते थे उसे ?

सारा देह रोमांच-कंटकित हो उठा था वैशंपायन का। कौन गा रही होगी इतने श्रुतिमधुर कंठ से ! उसके स्वर आ-आकर मन के भीतर के तटबंध तोड़ रहे थे, मन में उद्दाम हिलोरें उठ रही थीं।

अचानक वैशंपायन ने निर्णय लिया कि बस नहीं जाएगा उस मंदिर में। अवश्य ही यह कोई इंद्रजाल है, जो वहाँ जाने पर समूचा लील लेगा। और उसे तो उज्जयिनी लौटना है। हिमालय का यह प्रदेश विचित्र है, तांत्रिकों का गढ़ है। वह अब अपनी ग्रीवा किसी संकट में नहीं फँसाना चाहता। उसे पिता शुकनास और माता मनोरमा के पास पहुँचना है, अपने मित्र के अनुरोध की रक्षा करनी है। वैसे भी चंद्रापीड जब साथ ही चलने के लिए आग्रह कर रहा था, तो उसने रुककर अच्छा नहीं किया।

बार-बार पीछे की ओर खींचा जाता भी वैशंपायन स्कंधावार की दिशा में पलटकर चलने को हुआ। शरीर से ही दो-चार पग आगे बढ़ा होगा, मन तो बाँस में बँधे रेशम की पताका-सा फहरा-फहराकर पीछे ही भाग रहा था। तभी सहसा ध्यान आया कि गायन के ये दिव्य स्वर कहीं महाश्वेता के तो नहीं ? चंद्रापीड उनकी बड़ी चर्चा किया करता रहा था, और यहीं तो उनका आश्रम है। संभव है चंद्रापीड के हेमकूट से चले आने पर वे भी आज अपने आश्रम आ गई हों। चंद्रापीड ने तो स्वयं कहा था कि उनके दर्शन अवश्य करना। यदि ये देवी महाश्वेता ही हैं, जो मंदिर के गर्भगृह में गा रही हैं, तो उनके दर्शन कर लेने में तो कोई हानि नहीं। मंदिर के बाहर ही बैठ गया वैशंपायन। गीत की समाप्ति की प्रतीक्षा करने लगा। महाश्वेता बाहर आई। पश्चिम के सूरज का अस्तप्रभ करता-सा तेजस्वी मुखमंडल। वैशंपायन ने देखा, देखता ही रह गया। मन जड़ हो गया। देह में कँपकँपी-सी उठी। किसी तरह प्रयास कर काँपते कर जोड़कर महाश्वेता के सम्मुख खड़ा रह गया।

"तुम कौन हो, भद्र ? क्या कर रहे हो इस निर्जन में ?"

वह स्वर वैशंपायन को विह्वल कर गया। वह कुछ उत्तर न दे सका। टकटकी बाँधे ताकता भर रह गया महाश्वेता को। "विचित्र व्यक्ति है।" महाश्वेता ने कहा और उसके पार्श्व से होती हुई अपनी गुहा की ओर बढ़ गई। महाश्वेता का उसके पार्श्व से निकलना था कि वैशंपायन को अपने भीतर धाड़ मारते सागर की हिलोरों का, सहसा अगणित पुष्पों के प्रस्फुटन का, असंख्य नक्षत्रों के एक साथ आकस्मिकतया चमक उठने का अनुभव हुआ। वह स्तब्ध खड़ा रह गया। बड़ी देर के पश्चात् जब चेतना लौटी तो महाश्वेता अपनी गुहा में जा चुकी थी।

साँझ गहराने लगी। वैशंपायन स्कंधावार नहीं आया। बलाहक बड़बड़ाने लगा–'ये ब्राह्मण देवता भी बड़े विचित्र हैं। जहाँ जाएँगे वहीं के हो जाएँगे। मध्याह्न की संध्या निपटाने गए थे, और सायंकाल की उपासना भी वहीं कर रहे हैं। आज तो प्रस्थान हो चुका !'

रात हो चली, तब बलाहक को आशंका होने लगी। वह जानता था कि युवराज चंद्रापीड अपने मित्र वैशंपायन को प्राणों की भाँति चाहते हैं। प्रयाण की हड़बड़ी में ध्यान न रहा कि वैशंपायन अकेला ही चला गया है। कुछ सैनिकों को साथ भेज देना था। पर अकेला तो वह प्रतिदिन ही घूमता-घामता है अच्छोद की दिशा में और साँझ होने पर लौट आता है।

दीपिकाएँ लिये कुछ सैनिकों के साथ अच्छोद की दिशा में वैशंपायन को खोजने निकला बलाहक। सारा परिसर छान डाला। वैशंपायन का कहीं पता न था। आधी रात हो गई खोजते-खोजते। आशंका और भय से बलाहक का मन काँपने लगा। खोजते-खोजते वे थककर चूर हो गए थे। हारकर कुछ सैनिकों को वहीं छोड़कर विषण्ण बलाहक स्कंधावार लौटा।

दुःस्वप्न-सी रात किसी तरह कटी। ब्राह्म मुहूर्त में ही उठकर बलाहक फिर कुछ सैनिकों के साथ वैशंपायन की खोज में निकल पड़ा। हिमालय की आसपास की सब कंदराएँ छान डालीं, प्रत्येक शिलावेश्म, प्रत्येक लता कुंज, वृक्षों के झुरमुट सावधानी से देखे। वैशंपायन का कहीं पता नहीं। सूर्योदय होते-होते सैनिकों की कई टुकड़ियाँ अलग-अलग दिशाओं में उसकी खोज करती घूम रही थीं। वैशंपायन को तो जैसे धरती लील गई हो। बलाहक का मन चिंता के ताने-बाने में जकड़ गया था। क्या मुँह दिखाएगा युवराज को, अमात्य शुकनास को और अमात्यपत्नी मनोरमा देवी को ? बिना वैशंपायन के लौटने की कल्पना भी असह्य थी। पर यदि वह नहीं मिला तो...?

मध्याह्न हो चला। फिर हारकर बलाहक अपनी उपकार्या के द्वार पर आकर हाथ पर हाथ धरकर बैठ गया। तभी भागते हुए हाँफते हुए तीन सैनिक उसके सामने रुके।

"भद्रमुख, कुछ पता चला ?" उत्कंठित बलाहक ने पूछा।

"मिल गए अमात्यपुत्र !" भद्रमुख ने कहा।

"कहाँ हैं, कहाँ हैं ?" बलाहक उठ खड़ा हुआ।

"वे तो अच्छोद सरोवर के तट पर ही थे..."

"पर वहाँ तो कल रात से अब तक खोजते रहे हैं हम।"

"अच्छोद के पास पश्चिमी तट पर एक सघन लता कुंज है–इतना घना कि उसमें कोई प्रवेश करके भीतर जा सकता है, यह कल्पना ही नहीं की जा सकती थी। इसलिए हम लोग बस उसके आसपास देखकर कई बार वहाँ से निकल गए होंगे। पता नहीं अमात्यपुत्र कैसे लताओं के सुदृढ़ मकड़जाल हटाकर उसके भीतर चले गए। हम लोगों को कुठार से लताओं की कुछ शाखाएँ काटनी पड़ीं तब भीतर पहुँच पाए।"

"तो वहाँ वैशंपायन मिल गए। फिर आ रहे हैं वे लौटकर ?"

"नहीं। अर्धमूर्च्छित-से उस कुंज में शिलापट्ट पर लेटे हैं। बहुत कहा हम लोगों ने कि लौट चलिए अमात्यपुत्र। कुछ सुनते ही नहीं।"

बलाहक उछलकर अपने अश्व पर सवार हुआ और वायुवेग से अच्छोद के पश्चिमी तट पर जा पहुँचा।

वैशंपायन लताकुंज में बैठा हुआ था। वह तो ऐसा लगता था जैसे प्रेत से आविष्ट हो। शून्य में भटकती दृष्टि, अप्रक्षालित मुख, बिखरे केश और तंद्रा से बोझिल आरक्त नयन।

"यह क्या अमात्यपुत्र, क्या हुआ तुम्हें ?"

पहले तो वैशंपायन विक्षिप्त-सा शून्य में ही ताकता रहा। बलाहक ने उसे झकझोर दिया। बलपूर्वक उठाते हुए कहा, "चलो, स्कंधावार चलो।"

"मुझे छोड़ दो।" वैशंपायन ने कहा।

उसके स्वर में ऐसा कुछ था कि बलाहक काँपकर ठहर गया। वैशंपायन शिलापट्ट पर स्थिर बैठा शून्य में ताकता रहा। फिर धीरे-धीरे बोला, "मुझसे कुछ भी कहा-सुनी करना व्यर्थ है। मैं लौट नहीं सकूँगा।"

"पर क्यों ? कुछ बात तो पता चले !"

"बस समझ लो कि मैं ऐसा ही उन्मत्त हूँ, कृतघ्न हूँ, पापी हूँ। मैं ऐसा नराधम निकला कि अपने माता-पिता तक को भूल गया। ऐसा विश्वासघातक निकला कि अपने प्राणसम प्रिय मित्र चंद्रापीड का मुझे कोई ध्यान नहीं। पर मैं क्या कहूँ ? मेरा अपने-आप पर वश नहीं रहा। विक्षिप्त नहीं हूँ मैं। जानता हूँ कि ऐसा नहीं करना चाहिए मुझे। पर कीलित हो चुका है मेरा देह यहीं। निगडित हैं मेरे पग इसी अच्छोद के तट पर। यदि बलपूर्वक ले जाओगे यहाँ से, तो मेरा देह ही जाएगा, मेरे प्राण उत्क्रांत होकर यहाँ आ जाएँगे। तुम क्या समझते हो, मुझे चंद्रापीड की चिंता नहीं है ? माता और पिता का ध्यान नहीं है ? पर मेरे पुण्य ही क्षीण हो गए। निश्शेष हो गया मेरे लिए मित्र के साहचर्य का सुख, पिता की स्नेहमयी छाया और माँ के वात्सल्य का आनंद !"

बड़ी देर तक पास बैठकर बलाहक समझाता रहा। तब तक दूसरे सेनापति और राजकुमार भी वहाँ आ पहुँचे। वैशंपायन टस-से-मस होने को तैयार नहीं था। बड़ी देर तक सब मिलकर उसे ऊँच-नीच समझाते रहे, चंद्रापीड की मित्रता, राजा तारापीड के प्रति कर्तव्य, पिता शुकनास के ऋण और माता मनोरमा के वात्सल्य की दुहाई देते रहे। "आप लोग क्या समझते हैं कि मेरी बुद्धि नष्ट हो गई है, या स्मृति खो गई है, या मुझे कोई प्रेतबाधा है ?" वैशंपायन कहता रहा—"मैं सब समझ रहा हूँ, फिर भी कह नहीं सकता कोई अनिवार्य दुरंत कारण है जिसने मुझे यहाँ रोक लिया है। कोई है जो मुझे यहाँ से जाने ही नहीं दे रहा। मेरी आप लोगों से करबद्ध प्रार्थना है। आप लोग प्रस्थान कीजिए। मेरा प्रिय मित्र चंद्रापीड चला गया, अब आप लोग किसलिए यहाँ रुके हैं ? यह तो बड़ी अनुचित बात है। जाइए, जाइए आप लोग !"

वाद-विवाद, उक्ति-प्रत्युक्ति, शपथ इस सबमें साँझ हो गई। वैशंपायन हर बार यही

कहता कि सब समझ रहा हूँ, पर समझकर भी कुछ नहीं समझ पाता। सब देख रहा हूँ, पर कुछ भी नहीं देख पाता। मेरा हृदय कहाँ अटका है, मैं स्वयं नहीं जानता ! अंत में सब के बार-बार अनुरोध पर उसने फलाहार किया। फलाहार करके वह उसी सघन लताकुंज में शिलापट्ट पर फिर वैसा ही भूताविष्ट-सा जा बैठा। हारकर रात के घिरते अँधेरे में आशंका, चिंता और आकुलता का अँधेरा मन में ढोते स्कंधावार लौटे बलाहक, राजकुमार तथा सैनिक। कुछ सैनिक वैशंपायन पर निगरानी के लिए लताकुंज के बाहर रुके रहे।

अगले दिन प्रातः फिर वैशंपायन को मनाने पहुँचे वे। वहीं था वैशंपायन। उसी उन्मत्त दशा में। अब की बार वह बलाहक के चरणों पर सिर रख-रखकर चंद्रापीड की शपथ दे-देकर उससे उज्जयिनी लौट चलने का निहोरा करने लगा।

हारकर बलाहक ने सैनिकों की एक टुकड़ी स्कंधावार में अपेक्षित सामग्री के साथ छोड़कर उज्जयिनी लौट जाने का निर्णय किया।

प्रस्थानभेरी बज उठी।

वैशंपायन के भीतर महाश्वेता की छवि बस गई थी। वह यह भी समझ रहा था कि वह ऐसी धधकती आग से खेलने जा रहा है, जो छूते ही भस्म कर डालेगी। चंद्रापीड के मुख से सुन चुका था महाश्वेता का वृत्तांत। वह पुंडरीक के लिए जी रही है, दुःख की आँच में तप-तपकर ऐसा कुंदन बन चुकी है, जिसमें कलुष के लिए कोई स्थान नहीं। वह करुणा और पावनता का तपोमय विग्रह है।

लताकुंज से अच्छोद के तट पर वह महाश्वेता को आते-जाते देखता तो कलेजा मुँह को आ जाता; हृदय उत्कंप के साथ प्रयाण करने को होता। किसी तरह अपने-आप को रोके रहता।

फिर रोक नहीं सका अपने को। मंदिर में अर्चा के लिए गई थी महाश्वेता। वैशंपायन उठा। मंदिर के द्वार पर जाकर उसके बाहर आने की प्रतीक्षा करने लगा।

हाथों में पुष्पकरंडक लिये वह बाहर आई। उसे देखकर वैशंपायन ससंभ्रम उठ खड़ा हुआ। महाश्वेता की भौंहें उसे सामने पाकर कुछ वक्र हुईं। फिर उसके म्लान विवर्ण और विवृद्धश्मश्रु वाले मुख पर उचटती उपेक्षा-भरी दृष्टि डालकर किंचित् सिर झटककर वह आगे बढ़ गई। आगे बढ़ते हुए कदाचित् उसके कर कंपित हुए थे, तभी तो पुष्प-करंडक से एक फूल नीचे गिर पड़ा था।

वैशंपायन कुछ कहते-कहते रुक गया। फिर उसने वह फूल उठाकर वक्ष से लगा लिया। महाश्वेता अपनी गुहा की ओर बढ़ गई।

मध्याह्न में महाश्वेता भोजन करके अपनी गुहा के द्वार पर बैठी थी। वैशंपायन प्रेतच्छाया की भाँति उसके आगे जा खड़ा हुआ। उसकी दाढ़ी बढ़ गई थी, देह सूखकर काँटा हो चला था। केवल आँखों में दिपदिप करके प्रेम और आकांक्षा की विकट ज्योति

जल रही थी। आतुरता उसके मुख से टपक रही थी। बड़ी देर तक वह अवनतवदना महाश्वेता को घूरता रहा।

महाश्वेता पुंडरीक की स्मृति में खोई थी। यही उसकी दिनचर्या का अनिवार्य अंग था। कभी न मुरझाने वाला पुंडरीक उसके भीतर निरंतर सुगंधि बिखेरता रहता, उसी के सहारे उसका दिन कटता, रात में भी वह उसी के चिंतन में डूबी रहती।

"मैं आप से कुछ कहना चाहता था..." चौंककर महाश्वेता ने सिर उठाया। फिर वही बावला युवक। उसे सामने पाकर वह आहत, चकित रह गई। फिर कुछ उत्तेजित होकर बोली, "आप हैं कौन ? आप यहाँ क्यों आ गए हैं ? क्यों आप मेरे मार्ग में बार-बार आकर खड़े हो जाते हैं ?"

"मैं स्वयं नहीं जानता कि मैं कौन हूँ, मैं यहाँ क्यों आ गया हूँ और क्यों मैं आपके मार्ग में बार-बार आ-आकर खड़ा हो जाता हूँ। कदाचित् एक ही बात मैं आप से कहना चाहता हूँ इतने दिनों से। उसे कहकर यहाँ से चला जाऊँगा। मेरा प्रश्न है आप से—आप क्यों इस अनिंद्य यौवन, रूप और लावण्य को इस कठोर तप में गला रही हैं। क्यों झुलसा रही हैं पुष्पसंभार-सी अपार इस सौंदर्यराशि को व्रत और उपवास की आग में ?"

"चले जाओ यहाँ से ! मुझे तुम्हारी कोई बात नहीं सुननी।" तमककर महाश्वेता उठ खड़ी हुई।

"गंधर्वराजपुत्रि ! जिसकी प्रतीक्षा में तुम तिल-तिल कर गल रही हो, वह कभी नहीं लौटेगा। ऐसा करो कि मुझे उसी का स्थानापन्न मान लो। मैं तुम्हें अर्पित कर चुका हूँ अपना देह, अपना मन, अपने प्राण और आत्मा। तुम्हारे लिए मैंने तज दिए सारे स्वजन, परिजन, मित्र, बंधु-बांधव और सारे सुख।"

"तरलिके, तरलिके !" महाश्वेता ने गुहा की ओर मुड़कर तीव्र स्वर में पुकारा।

"क्या है, भर्तृदारिके ?" तरलिका भागती हुई आई।

"यह बावला युवक वेश से ब्राह्मण प्रतीत होता है, आचरण से अनार्य। इससे कह दे, यहाँ से चला जाए। आग से न खेले यह !" यह कहकर वह गुहा में चली गई।

"कौन हो तुम ? किसे खोजते हो ?" तरलिका कठोर स्वर में वैशंपायन से पूछने लगी।

वैशंपायन ने कुछ उत्तर नहीं दिया, दीर्घ उष्ण निश्श्वास छोड़कर उसी लताकुंज में आकर धरती पर कटे वृक्ष-सा जा गिरा।

ग्रीष्म का समय आ गया था। हिमालय के देह से स्वेद की धाराओं से असंख्य सोते झरने लगे थे। रात्रि के समय जब निरभ्र व्योम में चंद्रमा चमकता तो वे निर्झर ज्योत्स्ना के प्रवाह में स्नान करके और भी शुभ्र दिखने लगते।

ऐसी ही एक रात्रि थी वह। महाश्वेता को गुहा के भीतर नींद नहीं आ रही थी। यों तो ग्रीष्म में भी गुहा में हिम की शीतलता रहती थी, पर आज जाने क्यों उमस-सी उसे अनुभव हो रही थी। वह गुहा के बाहर आकर शिलापट्ट पर बैठ गई। कई तरह के विचार मन में आते और जाते। 'आप क्यों इस अनिंद्य यौवन, रूप और लावण्य को

इस कठोर तप में गला रही हैं ?' यह प्रश्न जो उस युवक ने किया था, मन के किसी कोने से सहसा उठकर उसे घूरने लगा। अपने-आप पर अपार ग्लानि का अनुभव हुआ उसे। उस पागल का यह निरर्थक प्रश्न मेरे मन में कब, कैसे, और क्योंकर सिर छिपाकर आ बैठा ? नहीं, इस प्रश्न के लिए मेरे मन में, मेरे जीवन में कोई अवकाश नहीं है। मेरे जीवन का अर्थ प्रतीक्षा में है, प्रतीक्षा का अंत खोजने में नहीं। मुझे व्रत, उपवास और तप में यों ही छीजते जाना है, इनके अतिरिक्त जीवन में अब और कोई उपक्रम नहीं।

फिर कभी-कभी कुतर्क क्यों करने लगता है मन ? क्यों अतीत को दोहराने लगता है ? क्यों पूछता है कि मुझे ही इतना दुःख क्यों कर झेलना पड़ा ? क्यों मैं कुछ समय पहले नहीं पहुँच सकी, जब मेरे प्रिय पुंडरीक मेरी प्रतीक्षा में प्राण तज रहे थे ? क्यों कपिंजल उस दिन से जो अदृश्य हुआ तो आज तक लौटकर नहीं आया ?

नहीं, इन सब प्रश्नों का अब कोई समाधान नहीं, असमाधान में ही समाहित होकर रहना है। इसी उधेड़बुन में नियति के दारुण प्रहार को झेलती महाश्वेता के नेत्रों से टप-टप आँसू गिरने लगे। आँसुओं का बहाव रोकने के लिए उसने नेत्र मूँद लिये और मृत्युंजय मंत्र का जाप करने लगी।

इस बीच दुस्स्वप्न की तरह पता नहीं कब वैशंपायन उसके आगे आ खड़ा हुआ था। वह तो प्रत्येक रात्रि में अंधकार में विक्षिप्त होकर उसकी गुफ़ा के सामने टहलता रहता था, भीतर जाने का साहस अवश्य नहीं जुटा पाता था।

पूर्ण चंद्र आकाश में आलोकित था। सामने हिमालय के हिमधवल शिखरों पर चाँदनी बिछ रही थी। ज्योत्स्नास्नात निशीथ में स्फटिक प्रतिमा-सी नयन मूँदे सामने बैठी थी महाश्वेता। चंद्रमा उतरकर सागर के तट पर जा टिका था।

सहसा उत्तप्त श्वास के स्पर्श से महाश्वेता चिहुँककर उठ खड़ी हुई। उसके ऊपर झुकता वैशंपायन सहमकर दूर हट गया।

"तुम, तुम फिर यहाँ ? पापी ! नीच !"

"तुम कुछ भी कह लो, गंधर्वराजपुत्रि, पर अब मुझसे रहा नहीं जाता। अब मैं और यह ताप नहीं सह सकता, महाश्वेते ! कामना का यह उफनाता ज्वार मुझे लील लेगा। मैं तुम्हारी शरण में हूँ, भद्रे ! मुझे बचा लो इस दुर्दम्य दावानल में झुलसने से ! कैसी तपस्विनी हो तुम, यदि तुम एक शरणागत को त्राण नहीं दे सकतीं ? मुझे अपने अधर का चुंबन दो, अपने वक्ष से लगा लो मुझे..."

महाश्वेता के नेत्रों से रोष के स्फुलिंग फूट पड़े। "अरे निर्लज्ज, तू तोते की तरह बार-बार एक ही रट लगाए हुए है। ऐसी निर्मर्याद चर्चा करते हुए तेरा सिर टुकड़े-टुकड़े क्यों नहीं हो गया ? तेरी जिह्वा गलकर क्यों न गिर पड़ी ? दूर रहना मुझसे !" वह वैशंपायन को चेतावनी देती हुई कहने लगी। वैशंपायन दुस्साहस के साथ फिर उसकी ओर बढ़ा। महाश्वेता की आँखें ग्लानि और असहायता में भर आईं। उसने आकाश की ओर देखकर कहा, "भगवन् चंद्रदेव, इस नराधम के स्पर्श से कलुषित मेरा देह अब यहीं

निष्प्राण हो जाए, अथवा यदि मैंने महात्मा पुंडरीक के दर्शन के क्षण से आज तक कभी किसी पुरुष का चिंतन न किया हो तो यह नरपिशाच उसी योनि में गिरे जिसके यह योग्य है।"

उसके शब्दों के सम्मुख वैशंपायन स्तब्ध-सा खड़ा रह गया था, फिर वह कटे वृक्ष-सा भूमि पर गिर पड़ा। महाश्वेता अपना शाप उचारकर गुहा में चली गई। सारी रात नींद में खोई तरलिका के पास बैठे-बैठे आशंका में बिता दी उसने कि वह विक्षिप्त युवक कहीं गुहा के भीतर ही न चला आए। क्या कोई अंत सचमुच नहीं है उसके दुर्भाग्य का ? क्यों यह पागल यहाँ आ पहुँचा, क्यों चाहता है वह उसकी सब ओर से अवरुद्ध जीवन कारा में सेंध लगाना ? भिनसार होने के पहले तरलिका के पार्श्व में बैठे-बैठे ही झपकी-सी लग गई थी।

"भर्तृदारिके, भर्तृदारिके ! देखिए तो गुफा के द्वार पर यह कौन पड़ा है ?" तरलिका की संभ्रम में भरी भयकंपित पुकार ने उसे झकझोरकर सहसा जगा दिया। आशंका से काँपती बाहर आई वह। वही युवक था गुहा के द्वार पर। धरना देकर बैठे-बैठे सो गया होगा।

"यह अभी तक भी नहीं गया ? यहीं सो रहा है !" बहुत दुःखी स्वर में महाश्वेता ने कहा।

"सोया नहीं है, भर्तृदारिके ! मुझे तो कुछ और ही बात लगती है।" काँपते तरल स्वर में तरलिका ने कहा।

"नहीं !" महाश्वेता ने तेजी से धड़कते अपने हृदय के प्रकंप को रोकने का प्रयास करते हुए कहा और निकट आकर उस युवक से कहा, "अब यह क्या नाटक आरंभ किया ?"

युवक के निष्प्राण देह में कोई स्पंदन नहीं हुआ। महाश्वेता का मुख भय से विवर्ण हो गया। तो क्या आधी रात को उत्तेजना में उसने जो कह दिया, वह सत्य ही हो गया ? डबडबाए नयनों से महाश्वेता ने उस युवक के असमय में तोड़ लिये गए पुंडरीक के म्लान मुख को देखा और सहसा तीव्र चीख उसके मुख से निकल पड़ी। भ्रम ही था उसका। या ऐसी बात मन में आई कैसे ? उस विक्षिप्त तरुण में उसे अपने पुंडरीक की छाया दिखाई दी ! दग्धकाष्ठ सरीखे उसके हृदय से धूमपुंज-सा हाहाकार एक बार फिर उठा। फिर वह वैशंपायन के मस्तक पर हाथ रखकर घुटनों पर सिर टिकाए फफक-फफककर रो पड़ी।

थोड़ी देर में ही वैशंपायन पर निगरानी रखने के लिए स्कंधावार में छोड़े गए सैनिक आ पहुँचे।

अंतराल

इतनी कथा सुनाकर वैशंपायन तोते ने एक लंबी साँस भरी और महाराज शूद्रक से कहा, "परम भट्टारक, अब तो आप समझ गए होंगे कि मैं कौन हूँ !"

कथा रस में निमग्न राजा पहले तो समझ ही न पाया कि प्रश्न उससे किया गया है। फिर चौंककर उसने कहा, "नहीं तो !"

"महाराज, मैं वही वैशंपायन तो हूँ। महाश्वेता ने मुझे शाप दिया था कि 'तोते की तरह एक ही रट लगाए हुए हूँ मैं, तो तोते की योनि में ही गिरूँ।' बस मैं तब से इस योनि में भटक रहा हूँ। इस देवी, इस भगवती से करबद्ध प्रार्थना करता हूँ कि मुझे मुक्ति दे दे !"

"देख रहे हैं, राजन् ! इसकी चंचलता ! अपने कर्मों का फल भोग रहा है, और मेरे ऊपर कुढ़ता रहता है।" तमककर चांडाल कन्या शंपा बोल पड़ी। मैंने जैसे कुछ अहित किया हो इसका ! मैंने शाप दिया हो जैसे। अब करनी का फल तो भोगना पड़ेगा न !"

"सच है, कर्मफल का विपाक तो झेलना ही पड़ता है जंतु को।" कहा भी है पुराण में--"अवश्यमेव हि लभते जन्तुः फलं पापस्य कर्मणः।" श्रीरुद्रदेव ने कहा।

"यह किसी पुराण में नहीं है।" वैशंपायन यों भी रुद्रदेव जी से कुछ चिढ़ता था, उसने तुरत खंडन किया।

"भगवान् ने इसे जिह्वा क्या दे दी कि बस बक-बक करता ही चला जाएगा।" शंपा फिर वैशंपायन की लानत-मलामत करने लगी।

"इसी जिह्वा के कारण तो स्वर्ण पंजर में बंदी हूँ। नहीं तो अभी तक तो पहुँच जाता..."

"कहाँ, महाश्वेता के पास ?" महाराज शूद्रक ने सस्मित प्रश्न किया।

"देखिए, इसकी चंचलता। तिर्यक् योनि में आ पड़ा, फिर भी महाश्वेता की रट लगाए हुए है।" शंपा ने फिर उपहास किया।

"अच्छा छोड़िए," राजा ने वैशंपायन से कहा, "आप तो आगे की कथा बताइए। चंद्रापीड जो हेमकूट से उज्जयिनी लौटकर गया तो उसका क्या हुआ, यह तो आपने बताया ही नहीं।"

"हाँ, चंद्रापीड की कथा ही सुना रहा हूँ।" वैशंपायन ने कहा।

उज्जयिनी आकर चंद्रापीड को हेमकूट, अच्छोद, कादंबरी और महाश्वेता से भेंट—ये सारी बातें सपने में देखी-सी लगने लगीं। पता नहीं अदृष्ट का कौन-सा विधान था जो उसे ये सारे अनुभव दे गया। अब फिर कभी उस स्वप्नलोक में प्रवेश संभव होगा क्या ? कादंबरी उसके लिए एक स्वप्न बन गई थी, और यह स्वप्न निरंतर उसके साथ चलता।

दिन कटने लगे। पर जी तो तीन दिन में ही उज्जयिनी से उचाट हो गया था। कहाँ हिमालय की देह और प्राणों को शीतलता और विश्राम देने वाली उपत्यकाएँ, वह सुरम्य हेमकूट और कहाँ ग्रीष्म में भट्ठी-सी तपती उज्जयिनी ! उज्जयिनी के धारागृहों के भीतर चलते जलयंत्रों के निकट भी शांति न मिलती। हिमालय की नैसर्गिक सुषमा में रम चुका मन धारागृहों की कृत्रिम वर्षा का आनंद अब नहीं उठा पाता था।

ऐसे ही उस दिन प्रमदवन में बैठा हुआ था। मल्लिकाओं की शुभ्र धवल चटकती कलियों के बहाने महाकाल ने अट्टहास बिखेर दिया था। धारागृह की फुहार में दूर से आती धूप के टुकड़े इंद्रधनुष-सा रच रहे थे। इंद्रधनुष के उस पार चंद्रापीड देख रहा था अपनी कल्पना में बसी कादंबरी को—क्या कर रही होगी; वह तो, प्रतिदिन की भाँति श्रीमंडप में नारदकन्या से महाभारत सुनती होगी, मगन होगी अपने हरिणशावकों, शुकशावकों और सारिकाओं में—अपनी संगीत की मंडलियों में। क्या कादंबरी भूल गई होगी उसको ?

नहीं, उसे कैसे भूल सकती है वह ! उसके जाने की बात सुनकर ही किस तरह फफक-फफककर रो पड़ी थी, प्रस्थान के समय किस प्रकार अपने विशाल नयनों में उसे सगोते हुए ताकती रह गई थी, कुछ कहना चाह रही थी और कह नहीं पाई थी। वह कैसे जा सकता है। कादंबरी के पास फिर से कोई बहाना भी तो नहीं है हेमकूट जाने का अब। कैसे वह बता सकता है पिता को, माता को कादंबरी के विषय में ? यह वैशंपायन अच्छा वहीं अटक गया। यह साथ आता तो कुछ उपाय बता सकता था या पत्रलेखा, पर पत्रलेखा तो कादंबरी के लिए जीवनाधार ही बन गई है।

माँ ने पूछा था पत्रलेखा के विषय में। चंद्रापीड इतना ही कह पाया कि हेमकूट नगरी की गंधर्व राजकुमारी उसकी सखी बन गई, उसने अपने पास रोक लिया है। हाँ, पत्रलेखा को वापस लेने के लिए जाना एक कारण हो सकता है उसे हेमकूट पहुँचाने के लिए। तो यही सही। आज ही पिता-माता की अनुमति माँगेगा पत्रलेखा को वापस लेने जाने के लिए। और पत्रलेखा ही कादंबरी से उसके पुनर्मिलन का माध्यम बन सकती है।

चंद्रापीड फिर गंधर्वलोक की सुरम्य कल्पनाओं में डूबने लगा, तभी कंचुकी ने आकर कहा, "कुमार, पत्रलेखा आई है।"

"पत्रलेखा ?" चौंककर धारायंत्रगृह के द्वार के बाहर निकल आए चंद्रापीड।

"कहाँ है ?" कंचुकी के साथ अपने प्रासाद की ओर बढ़ता हुआ वह पूछता गया—"वैशंपायन भी आ गया क्या ?"

"नहीं, अमात्यपुत्र तो नहीं हैं। केवल पत्रलेखा किसी के साथ आई है, युवराज के प्रासाद में ही प्रतीक्षा कर रही है आपकी।"

चंद्रापीड हड़बड़ाता हुआ अपने प्रासाद में पहुँचा।

मेघनाद के साथ आई थी पत्रलेखा। उसे देखते ही चंद्रापीड को लगा जैसे बरसों के बिछड़े स्वजन से मिल रहा हो। हुमसकर उसके पार्श्व में बैठ जाऊँ और घंटों बातें करता रहूँ–ऐसा मन हुआ। परिजनों का ध्यान करके हँसकर केवल इतना ही पूछ पाया–"कैसी हो पत्रलेखा ? कैसे हैं सब लोग ?"

"अच्छी हूँ। बहुत बातें बतानी हैं।" पत्रलेखा थकी हुई थी, फिर भी प्रसन्न थी।

"जाओ तुम लोग।" पास खड़े परिजनों को चंद्रापीड ने संकेत किया।

निर्मक्षिक हो गया कक्ष। एक क्षण चुपचाप बैठा रहा चंद्रापीड। फिर बोला, "अब बताओ, कैसी हैं देवी कादंबरी और महाश्वेता ?"

"महाश्वेता बहन तो आप गए उसके अगले दिन प्रातः ही अपने आश्रम चली गईं। उन्होंने ही मुझ से कहा कि तू तत्काल उज्जयिनी प्रस्थान कर। कुमार से कहना कि तुरंत चल पड़ें–हेमकूट आ जाएँ।"

"मैं ? क्यों ?"

"कादंबरी की मनोदशा अच्छी नहीं है। यों तो महाश्वेता बहन बहुत समझाती रहीं उनको..."

पत्रलेखा ने कादंबरी का जो वृत्तांत सुनाया, उससे चंद्रापीड और भी व्यग्र हो उठा। "आप पिताश्री से कुछ भी बहाना करके यहाँ से निकल जाइए और कादंबरी से गांधर्व विवाह कर लीजिए।" पत्रलेखा का तो यही सुझाव था।

"स्कंधावार वहाँ से चल दिया या नहीं ? तुम वैशंपायन को साथ लेकर क्यों नहीं आईं ?"

"यह वैशंपायन भी विचित्र है।" पत्रलेखा ने कुछ क्षण मौन रहने के बाद कुछ उदासीन भाव से कहा।

"क्यों ? उसने कुछ कहा ? क्या वह मुझ से रुष्ट है ?"

"नहीं, वैशंपायन से तो बात ही नहीं हो सकी। मैं स्कंधावार पहुँची तो बलाहक ने बताया कि अमात्यपुत्र एक-दो दिन और रुककर फिर प्रस्थान करने के लिए कह रहे हैं, यद्यपि प्रस्थान के लिए तैयारी पूरी हो चुकी थी। बलाहक ने ही कहा कि तुम मेघनाद के साथ प्रस्थान करो। हम लोग एक-दो दिन बाद यहाँ से निकलेंगे।"

उज्जयिनी की ओर लौटने को लेकर वैशंपायन की इस उदासीनता का क्या कारण हो सकता है ? चंद्रापीड सोच में पड़ गया। पिता-माता से चर्चा की कि वह हेमकूट जाना चाहता है, तो उन्होंने निषेध ही कर दिया। चंद्रापीड संकल्प-विकल्प की दोला में झूल रहा था। प्रतिदिन प्रतीक्षा उत्कट होती जाती। राजकार्य में मन लगाने का प्रयास करता तो वहाँ उलझाव-ही-उलझाव प्रतीत होता।

साँझ का समय था। पत्रलेखा के साथ सिप्रा के तट पर भ्रमण के लिए गया था

वह। सिप्रा की वीचिमाला को छू-छूकर आता पवन मित्र की भाँति देह को सहला रहा था। चंदन और उशीर से सुवासित राजप्रासाद के बंद कक्षों में सारा दिन बिताने के पश्चात् चंद्रापीड को भला लगता था सिप्रा के खुले तट पर साँझ के समय यों ही विचरना। पत्रलेखा के साथ कादंबरी और महाश्वेता के विषय में ही चर्चा करता रहता वह।

दूर से आते किसी अश्वारोही की आकृति दिखाई दी। अश्वारोही इसी ओर बढ़ रहा था। "पत्रलेखे, यह तो केयूरक लगता है।" साँझ के धुँधलके में भी चंद्रापीड ने निकट आते अश्वारोही को पहचान लिया।

"हाँ, केयूरक ही तो है।" पत्रलेखा ने कहा।

केयूरक पास आकर अश्व से उतरा और चंद्रापीड को प्रणाम कर बोला—"बड़ा भाग्य है, आप यहीं मिल गए, नहीं तो राजप्रासादों में ढूँढ़ना पड़ता।"

कादंबरी का पत्र लेकर आया था केयूरक। पत्र में कादंबरी ने बहुत थोड़ी-सी बात कही थी, बहुत कुछ अनकहा छोड़ दिया था। वही अनकहा चंद्रापीड के भीतर बार-बार अनुगुंजित होने लगा।

रात-भर उसे नींद न आई। कादंबरी का दुःख, महाश्वेता की तपोमूर्ति—भीतर के गुनतारे में इन्हीं के विषय में सोचता रहा।

केयूरक प्रातः उज्जयिनी भ्रमण और महाकाल के दर्शन के लिए निकल गया था। लौटकर आया तो उसने एक शुभ संवाद दिया। उज्जयिनी के सार्थवाह चारुदत्त का सार्थ अभी-अभी उज्जयिनी लौटा था उत्तर की ओर से। केयूरक का तो स्वभाव ही था सब कुछ जानने, पता करते रहने का। सार्थ के लोगों के साथ कुछ देर वह बतियाता रहा। उनसे पता चला कि चंद्रापीड का स्कंधावार दशपुर तक पहुँच चुका है।

चंद्रापीड को जैसे प्राणों का अवलंबन मिल गया। वैशंपायन से मिलने को वह अकुला उठा। पत्रलेखा से बोला, "यह वैशंपायन पता नहीं क्यों पिपीलक की गति से स्कंधावार के साथ-साथ आ रहा है। स्कंधावार सँभालने के लिए तो बलाहक और दूसरे सेनापति हैं ही। इसे तो त्वरित गति से पृथक् से आना चाहिए था। स्कंधावार के दशपुर से उज्जयिनी तक आने में तीन-चार दिन और लग जाएँगे। मैं अब प्रतीक्षा नहीं करूँगा। मैं प्रिय मित्र की अगवानी के लिए दशपुर तक जाऊँगा। तुम तो केयूरक के साथ हेमकूट ही चली जाओ। मेरी ओर से देवी कादंबरी को आश्वस्त करना और कहना, 'मैं शीघ्र ही हेमकूट आऊँगा। वे यों उपेक्षा न करें अपने अनमोल जीवन की।'

पत्रलेखा और केयूरक को हेमकूट के लिए विदा कर तत्काल दशपुर चल पड़ना चाहता था चंद्रापीड। पर माँ के स्नेह ने रोक लिया। दशपुर जाने के लिए अनुज्ञा लेने गया था माता-पिता के पास। संयोग से दोनों ही वासगृह में मिल गए।

"तू क्यों मुझे बार-बार छोड़कर जाना चाहता है रे ? अभी आया, अभी फिर चल दिया। टिकता ही नहीं है उज्जयिनी में।"

"बस तुरंत ही लौट आऊँगा, माँ !" वैशंपायन के बिना उज्जयिनी अच्छी नहीं

लगती। दशपुर आने-जाने में समय ही क्या लगता है। अभी प्रस्थान करता हूँ। कल वैशंपायन को लेकर लौट आऊँगा। बड़ा प्रधान सेनापति बन गया है। सेना ही सब कुछ हो गई उसके लिए।

''बस वैशंपायन का बहाना मिल गया यहाँ से भागने के लिए।'' माँ ने फिर कहा।

''इसे बाँधकर रखना है तो इसके लिए कोई सुंदर तन्वंगीबंधनरज्जु खोजना पड़ेगा।'' महाराज तारापीड ने कहा, ''देख नहीं रही हो कनकशिखर से फूटती महानीलमणि की प्रभा जैसी मूँछों की इसकी रेखाएँ, और विशाल होते हुए वृषभ से स्कंध। इधर हमारे श्वेत होते केश यही संदेश दे रहे हैं कि बेटे को ब्याह दो।''

''मैं तो पहले ही कहती आ रही हूँ,'' देवी विलासवती ने उलाहने के स्वर में कहना आरंभ किया, तो चंद्रापीड उनकी चर्चा को बीच में रोकता हुआ बोल पड़ा—''तो फिर जाऊँ, दशपुर ?''

''ठीक है, ऐसा ही मन है युवराज का, तो हो आने दो। बात तो बुद्धिमत्ता की ही है। वैशंपायन ब्राह्मण है, परमज्ञानी शुकनास का पुत्र है। चंद्रापीड उसकी अगवानी के लिए जाए यह उचित ही है।''

''पर मैंने तो आज पुत्रषष्ठी व्रत किया है। आज तो मैं इसको जाने नहीं दूँगी। संध्या की पूजा के समय इसे बैठना पड़ेगा।''

''कोई हानि नहीं। कल चला जाएगा।'' महाराज तारापीड ने अंतिम निर्णय दे दिया।

अगले दिन ब्राह्म मुहूर्त में ही चंद्रापीड इंद्रायुध पर सवार अकेला दशपुर की ओर चल पड़ा। उसके साथ चलने वाले सामंत्रपुत्र और सैनिक खबर पाकर हड़बड़ाकर पीछे दौड़े, तब तक वह कई योजन पार कर चुका था।

संध्या होते-होते दशपुर पहुँच पाया था वह। नगरद्वार पर ही रक्षापुरुषों ने रोक लिया। चंद्रापीड दिन-भर की यात्रा से क्लांत था, मार्ग में कुछ भी खाया-पिया न था। रक्षापुरुषों के पूछने पर उसने अपना सही परिचय बताना उचित न समझा। उसके अनुगामी भी अभी तक नहीं आ पाए थे। ''मैं महाराज तारापीड का सैनिक हूँ, एक आवश्यक संदेश लेकर उनके स्कंधावार तक जाना चाहता हूँ।''

रक्षा पुरुष उसे संदेह से घूरने लगे। तभी राजश्याल आ गया। चंद्रापीड ने एक बार उज्जयिनी में इस कोट्टपाल को देखा था। उसे लगा कि वह पहचान लेगा। फिर दीपिकाओं की धूमिल आभा में उसने भी चंद्रापीड को पहचाना नहीं। चंद्रापीड ने उदासीन भाव से राजमुद्रांकित अँगूठी उसे दिखा दी। कोट्टपाल पहले तो कुछ देर ननु-नच करता रहा, फिर कहा, ''अच्छा जाओ'' और संकेत से उसके पीछे-पीछे दो राजपुरुषों को लगा दिया। चंद्रापीड अपना पीछा करते राजपुरुषों को अनदेखा करके पशुपतिनाथ के मंदिर के निकट वैशंपायन के स्कंधावार की ओर बढ़ा।

मंदिर में संध्याबलि चल रही थी। पटह, शंख और मृदंग के तीव्र स्वर नभोमंडल को गुंजित कर रहे थे। स्कंधावार में सन्नाटा था। चंद्रापीड का तो जी वैशंपायन से

मिलने को उमग रहा था। उसे लग रहा था कि वैशंपायन उसके लिए अपने शिविर में ही प्रतीक्षा करता हुआ बैठा होगा। संभ्रम में उसका ध्यान इस संभावना पर भी नहीं गया कि वैशंपायन पशुपतिनाथ की संध्याबलि में उपस्थित होने जा सकता है। वह अचानक वैशंपायन के आगे जा खड़ा होगा। वैशंपायन उसे सामने पाकर भौचक्का तो रह ही जाएगा। 'बहुत भागते रहे हो मित्र मुझसे !' वह वैशंपायन से कहेगा–'अब प्रण करो कि हम लोग इस तरह कभी अलग न होंगे। और तुम्हें मेरे साथ फिर हेमकूट चलना है।'

फिर वह उसे बताएगा कादंबरी के संदेश के विषय में...

अपने गुनतारे में खोया चंद्रापीड स्कंधावार में घुसा। स्कंधावार में इस समय पुरुष बहुत ही कम दिखाई पड़ रहे थे। वे पशुपतिनाथ के सांध्य अर्चन में सम्मिलित होने गए होंगे। एक उपकार्या के आगे दो-तीन परिचारिकाएँ भूमि पर पसरी आपस में धीरे-धीरे बातें कर रही थीं। चंद्रापीड वैशंपायन की उपकार्या का अता-पता पूछने के लिए उन्हीं की तरफ बढ़ा। दीपिका के धूमिल प्रकाश में वे परिचारिकाएँ चंद्रापीड को बहुत थकी-थकी और उदास लगीं।

चंद्रापीड इंद्रायुध से उतरा। इंद्रायुध को थपथपाकर वहीं खड़ा कर दिया। फिर वह उन परिचारिकाओं की ओर बढ़ा। साँझ के घने होते अँधेरे में उन लोगों ने उसे देखा नहीं। वे अपनी चर्चा में भी तल्लीन थीं। चंद्रापीड एक क्षण ठिठक गया।

''क्यों करते हैं राजा लोग दिग्विजय यात्रा ?'' एक परिचारिका कह रही थी–''मेरी तो आज तक यह बात समझ में नहीं आई।''

''राजनीति है यह। तू क्या समझेगी !'' दूसरी ने कहा।

''हमें क्या करना ? हमारा तो सेवा का धरम है बस।'' तीसरी, जो आयु में कुछ बड़ी लगती थी, कहने लगी, ''हम क्षत्रियों की सेवा के लिए हैं। जो जैसा करेगा, वैसा भुगतेगा। राजा तारापीड के कर्म उसके साथ रहेंगे। मंत्री के बेटे ने जैसा किया होगा, वैसा फल उसे मिलेगा। और युवराज चंद्रापीड के सुकर्म होंगे, तो उसे भी उनका सुफल मिलेगा। हमें क्या करना ? है कि नहीं ?''

विचित्र लगा चंद्रापीड को उनकी बातचीत का स्वर, क्या परिचारिकाएँ हमारे विषय में कुछ अन्यथा सोचती रहती हैं ?

''भद्रे, क्या तुम लोग बता सकती हो कि अमात्य पुत्र वैशंपायन की उपकार्या किधर है ?'' उसने पास जाकर पूछा।

परिचारिकाएँ अँधेरे में उसे पहचान नहीं पाईं। वे संभवतः किसी गुल्म के अधिपति की परिचारिकाएँ रही होंगी, जिनका काम राजकुमार के साथ कम पड़ा था।

''एल्लो ! वैशंपायन की उपकार्या पूछने वाला यह कौन आ गया।'' वे धीमे स्वर में, आश्चर्य के साथ एक-दूसरे से कहने लगीं।

चंद्रापीड को उनके हावभाव विचित्र और अस्वस्तिकर लगे।

''भद्र, तुम हमारे स्कंधावार के साथ नहीं हो क्या, जो वैशंपायन की उपकार्या पूछ

रहे हो ?'' अधेड़ वयस् की परिचारिका ने उससे पूछा।

''हाँ, मैं परदेशी हूँ।'' चंद्रापीड ने उत्तर दिया।

कुछ क्षणों तक वे सबकी सब स्थिर बैठी रहीं, एकदम मौन।

''तुम लोग बताती क्यों नहीं ?'' खीझकर चंद्रापीड ने कहा, ''कहाँ है वैशंपायन ?''

''वैशंपायन यहाँ कहाँ ?'' उस परिचारिका ने भी कुछ खीझे हुए स्वर में कहा।

चंद्रापीड चीख उठा—''अरी पापिनियो, क्या स्कंधावार में सेनापति और बलाध्यक्षों का कोई भय नहीं रह गया, क्या यहाँ अब दास-दासियों का राज्य हो गया, जो तुम लोग अमात्यपुत्र वैशंपायन के विषय में निर्लज्ज होकर कुछ भी कह रही हो ?''

ऊँचा स्वर सुनकर दो-तीन प्रतीहारी दौड़े हुए आए, उसी समय कोट्टपाल के भेजे हुए पृष्ठवर्ती राजपुरुष भी आ गए। ''हम तो पहले ही समझ गए थे कि यह कोई भेदिया है, जो स्कंधावार में अनधिकृत प्रवेश कर रहा है। और राजमुद्रा भी है इसके पास। पकड़ो इसको।'' वे कहने लगे।

तभी प्रतीहारियों में से एक ने दीपिका उठाकर चंद्रापीड के मुख के आगे उसे धारण किया और चंद्रापीड को पहचानकर भय की चीख उसके मुख से निकल गई। फिर तुरत सँभलकर चंद्रापीड के चरणों पर गिरकर वह बोला, ''क्षमा करें युवराज, अज्ञान और अंधकार के कारण चूक हुई।'' शेष प्रहरियों और उन परिचारिकाओं को भी उसने डाँटा।

दशपुर के राजपुरुष यह सोचकर चुपचाप वहाँ से सरक लिए कि कहीं उज्जयिनी का युवराज पकड़वाकर दंडित न करे।

''कुछ समय ही ऐसा है, युवराज !'' चंद्रापीड को पहचानने वाला प्रतीहारी क्षमा-याचना करता हुआ कहने लगा—''आएँ, बलाहक की उपकार्या में पधारें, प्रभु !''

''वैशंपायन क्या पशुपतिनाथ की अर्चा में उपस्थित होने लग गए हैं ?'' चंद्रापीड ने पूछा, ''यदि ऐसा है तो मैं वहीं जाता हूँ।''

''बलाहक अभी आते ही होंगे।'' प्रतीहारी ने कुछ असमंजस के स्वर में कहा, ''और अब तो संध्या आरती समाप्त हो चली भगवान् की।''

चंद्रापीड को उपकार्या में आसन पर बिठाकर प्रतीहारी चला गया। चंद्रापीड यूथ से भटक गए बछड़े-सा बावला हो रहा था। क्षण-भर में सारे स्कंधावार में सनसनी फैल गई थी कि युवराज स्वयं उज्जयिनी से आ गए हैं, और कुछ परिचारिकाओं ने उन्हें न पहचानकर ढिठाई कर दी है। परिचारिकाएँ तो भय से जड़ हो गई थीं—पता नहीं क्या दंड मिले।

कुछ ही क्षणों में खबर पाकर बलाहक संध्या-अर्चा झट से पूरी कर भागा-भागा आया।

अगले दिन स्कंधावार के साथ ही उज्जयिनी की ओर लौटा चंद्रापीड। बलाहक ने उसे आग्रह करके अपने साथ ही रखा। इंद्रायुध भी उज्जयिनी से दशपुर तक की ताबड़तोड़

यात्रा में भागता-भागता श्रांत हो चुका था, उसे एक विश्वस्त सूत्र को सौंपकर चंद्रापीड बलाहक के साथ रथ पर बैठ गया।

अब उज्जयिनी पहुँचने का मन नहीं रह गया था, मन तो हुआ था कि सीधे दशपुर से हेमकूट की ओर ही प्रस्थान कर दे, पर बलाहक ने बड़ी देर तक समझाया था, युवराज के दायित्व का स्मरण कराया था, और ऐसी संकट की घड़ी में माता-पिता, अमात्य शुकनास और देवी मनोरमा की अनुमति के बिना कुछ भी कर बैठने से और भी अनर्थ हो जाने का भय दिखाया था, तो बेमन से चंद्रापीड उज्जयिनी चलने को तैयार हुआ था।

क्यों किया होगा वैशंपायन ने ऐसा ? क्रोधी स्वभाव के होते हैं ब्राह्मण, पर वैशंपायन तो बड़े ही शांत और मृदुल स्वभाव का, क्षमाशील और विवेक से काम लेने वाला व्यक्ति है। कोई असाधारण बात होगी, तभी उसका सारा व्यवहार ही बदल गया। कुछ-कुछ बदला हुआ तो उस समय भी लग रहा था उसका व्यवहार, अब वह उज्जयिनी के लिए उससे साथ चलने का आग्रह कर रहा था अच्छोद के तट पर और वैशंपायन ने साफ मना कर दिया था साथ चलने से। पर बलाहक ने उसका जो वृत्तांत बताया था उससे तो चंद्रापीड का हृदय आशंका और संदेहों से घिर गया था।

उज्जयिनी पहुँचकर सीधे अमात्य शुकनास के प्रासाद में पहुँचा। पिता के सामने जाने का साहस ही न हुआ। अमात्य को ही घुमा-फिराकर समाचार देगा, उनसे ही तुरंत हेमकूट प्रस्थान करने की अनुमति ले लेगा—यह सोचा था चंद्रापीड ने। पर अमात्य के प्रासाद में प्रवेश करते-करते ही लगा कि वैशंपायन के न आने की वार्ता वहाँ पहले ही प्रवेश कर चुकी है। सारा प्रासाद विषाद में डूबा लग रहा था। अमात्य की कार्यशैली से अब तक इतना तो परिचित हो ही गया था चंद्रापीड को कि वैशंपायन का वृत्तांत उन तक पहले ही पहुँच गया होगा—यह वह समझ सकता था। राज्य के सारे अंचलों की वार्ता अमात्य को तत्काल अपने गुप्तचरों से मिलती रहती थी।

विवर्ण और दीनवदन सिर झुकाए खड़े हुए थे परिचारक और प्रतीहारी। चंद्रापीड के स्वागत में किसी ने कुछ नहीं कहा। विवशता उनके मुखों पर पुती-सी लगी चंद्रापीड को। सात कक्षाएँ लाँघकर वह अमात्य के अंतःपुर में पहुँचा। पिता को अमात्य के पास बैठा देखकर चौंका, फिर सिर झुकाए पिता और अमात्य को प्रणाम कर अमात्य के संकेत से पार्श्व में बैठ गया।

पार्श्व के कक्ष में जवनिका के पीछे से रुदन का करुण स्वर आ रहा था। देवी मनोरमा थीं। उनके हाहाकार भरे रुदन के बीच-बीच में किसी महिला का उनको समझाने का स्वर आता। स्वर से समझ गया चंद्रापीड कि माँ भी आई हुई हैं।

पिता गहरी दृष्टि से उसे देखते हुए कहने लगे—"पुत्र, वैशंपायन के न आने का वृत्त हमें विदित हो चुका। यह समझ में नहीं आ रहा कि उसने ऐसा क्यों किया, तुम से अधिक अंतरंग तो उसका और कोई नहीं है। तुम्हीं बता सकते हो कि क्या कारण है पुत्र वैशंपायन के इस असमय चित्तविक्षोभ का ? इस अकारण वैराग्य का ?"

"मुझे तो कुछ भी पता नहीं है, तात ! मैं उसकी अगवानी के लिए दशपुर गया और वहाँ जाकर पता चला कि स्कंधावार के साथ वैशंपायन नहीं लौटा है। मैं स्वप्न में भी नहीं सोच सकता था कि वैशंपायन ऐसा करेगा ! पर पता नहीं क्यों, किसलिए, वह मुझ से रूठ गया। मेरे साथ भी नहीं आया वह वहाँ से। मैंने बार-बार कहा तो यही कहता रहा कि स्कंधावार के साथ ही आऊँगा। ऐसी क्या त्रुटि हो गई होगी मुझ से ?"

"अवश्य ही तुम ने कोई गुरुतर अपराध किया है पुत्र वैशंपायन के प्रति।" महाराज तारापीड ने कहा, "अन्यथा उससे ऐसे आचरण की संभावना हो ही नहीं सकती।"

"देव, महाराजाधिराज, उस नीच ब्राह्मणाधम, कुलांगार के कारण आप युवराज पर दोषारोपण कर रहे हैं।" अचानक उत्तेजित स्वर में शुकनास कहने लगे। उनका प्रत्येक शब्द ऐसे उत्कट रोष से भरा, विष में बुझे बाण-सा, आतंकित करता-सा, विषाद में डुबाता-सा था कि चंद्रापीड सहम गया। पहली बार उसने अमात्यप्रवर को इतनी उत्तेजना में बोलते सुना था। अन्यथा तो उनका स्वर सदैव शांत और गंभीर बना रहता था। "मैं तो पहले से जानता था उसको," वे कह रहे थे—"उसका चित्त आरंभ से ही चंचल रहा है। हमें दुःख देने के लिए ही जनमा था वह चांडाल। हमने तो अब समझ लिया कि मर गया। हम तो अब यही मान लेंगे कि निपूते ही थे हम। और मैं तो कोई चर्चा ही सुनना नहीं चाहता उस मूढ, अनात्मज्ञ, राजद्रोही के विषय में। बस यही विनय करता हूँ आप से महाराज कि युवराज को दोष मत दीजिए। यदि चंद्रमा में ऊष्मा, अग्नि में शीतलता, सूर्य में तमस्तोम और तमस्विनी में दिवस रह सकता हो, तो प्रिय पुत्र चंद्रापीड में भी दोष की संभावना की जा सकती है। उस निर्मर्याद के कारण निष्कलंक चंद्रापीड को पीड़ा पहुँचे, अकारण इन पर दोष मढ़ा जाए—यह मैं नहीं होने दूँगा !"

महाराज अमात्य शुकनास को समझाने लगे—"अमात्य, आप इतने विद्वान्, नीतिज्ञ, धर्मवेत्ता हैं। आप से कुछ भी कहना दीपक से अग्नि को प्रकाशित करना है, अमृतांशु को ओस कणों से तृप्त करना है। पर प्राज्ञ, बहुश्रुत और विवेकशील सज्जन भी दुःखातिरेक में विह्वल होकर उचित-अनुचित नहीं समझ पाते। वैशंपायन का कोई दोष नहीं, उसके यौवन का दोष है। निर्विकार यौवन किसी का बीत जाए, ऐसा क्या कभी हुआ है बताओ ? स्मरण करो हमारे और तुम्हारे यौवन के उन्माद के दिनों का ! इसलिए वैशंपायन पर क्रोध त्याग दो, आर्य। उसने कोई विरूप आचरण तो नहीं किया। घर लौटकर नहीं आया, यही बात है न ? तो आ जाएगा घर, जाएगा कहाँ ?"

"अब इससे बड़ा विरूप आचरण क्या हो सकता है कि मनुहार करने पर भी ऐसे सद्गुणसंपन्न स्नेहमय युवराज मित्र का साथ छोड़ बैठा वह नराधम !" उसी कटुता के साथ शुकनास बोले।

चंद्रापीड पर पिता और अमात्य दोनों का एक-एक वाक्य कशाघात कर रहा था। बहुत कष्ट के साथ उसने शुकनास के सम्मुख अंजलि बाँधकर कहा, "आर्य, आप भी जानते हैं और मैं भी कि मेरे किसी अपराध के कारण वैशंपायन नहीं रूठा है। पर तातश्री

के जी में मुझे लेकर खटका है। मिथ्या अपराध की संभावना भले ही मिथ्या जान ली जाए, पर वह भीतर-ही-भीतर सालती है। तो आर्य, इस दोषारोपण की संभावना का प्रक्षालन करने की अनुमति प्रदान करें मुझे। मैं वैशंपायन को वापस लाने जाऊँगा। इसके अतिरिक्त और कोई उपाय नहीं है इस दुःखद स्थिति के निराकरण का। मेरे अतिरिक्त और कौन है, जो उसे समझा-बुझाकर मनाकर, या न मानने पर बलपूर्वक यहाँ ले आए। वैशंपायन पर मेरा अधिकार सबसे पहले है। तो मैं अब अभी यहाँ से प्रस्थान करता हूँ। इंद्रायुध पर बैठकर हवा से बातें करता हुआ जाऊँगा। अच्छोद सरोवर तक पहुँचने और वापस आने में समय ही कितना लगेगा ! यह गया और यह आया !"

शुकनास ने अभ्यनुज्ञाकातर वेदनामय दृष्टि से तारापीड की ओर ताका। तारापीड बोले, "आर्य, बड़ा मनोरथ था इस समय मन में कि वत्स चंद्रापीड की वधू का मुख देखें। वसंत की प्रतीक्षा कर रहे थे और आ पड़ा यह घनाडंबरमय अकालजलद का प्रत्यवाय। पर कहता तो एकदम सत्य ही है वत्स ! इसे छोड़कर वैशंपायन को और कोई लौटाकर नहीं ला सकता। तो चला जाए यही। मैं तो समझता हूँ कि देवी विलासवती न नहीं कहेंगी। हाँ, यह बात अवश्य है कि लड़कपन के उत्साह में ही कह दिया है इसने कि यह गया और यह आया। निकट नहीं है वह स्थान। तो आप गणकों को बुलाकर शुभ मुहूर्त निकलवाइए, शुभ घड़ी में ही वत्स प्रस्थान करे—इसका ध्यान रखा जाए, और उज्जयिनी के उपांत में एक अच्छा-सा कायमान भी स्थापित करा दीजिए।"

विषाद और कौतूहल। उत्सुकता और आशंका। हर्ष और कातरता। कितने-कितने भाव शबलित हो रहे थे चित्त में। आर्या मनोरमा का फूट-फूटकर रोते हुए उसे जाने से रोकना। माता विलासवती का उनको समझाना। गुरुजनों को उसी ऊहापोह और अवसाद के भँवर में उलझा छोड़कर अपने प्रासाद में आ गया था चंद्रापीड। सबसे पहला काम तो यह किया कि विश्वासपात्र सेवकों को भेजकर उज्जयिनी के प्रमुख गणकों को बुला भेजा, और उनसे कहा—"जानते ही हैं आप लोग कि अवंति का युवराज हूँ मैं, कालांतर में मैं सम्राट् बनूँगा। मेरी इच्छा है कि अभी तत्काल यहाँ से हेमकूट प्रस्थान करूँ। तो आप लोग तुरंत प्रस्थान का ही मुहूर्त निकालें। शेष तो आप लोग विज्ञ हैं, सब समझते ही हैं।"

ज्योतिषाचार्य श्री सूर्यनारायण ने कहा, "इस समय उज्जयिनी से आपका कहीं भी प्रस्थान अनिष्टकारक है। पर राजा को काल का कारण कहा गया है, और विशेष अवसर पर तो राजा की इच्छा ही काल है।"

चंद्रापीड ज्योतिषाचार्य के गुरु गंभीर प्रशांत मंद्र स्वर के आगे एक क्षण तो सहम गया। संभ्रम और चित्त की अव्यवस्थित स्थिति में उसने ध्यान ही नहीं दिया था कि स्वयं पिताश्री जिनके चरणों में मस्तक रखते थे, वे उज्जयिनी के सबसे महान् गणक ज्योतिषाचार्य सूर्यनारायण स्वयं उसके बुलाने पर उसके प्रासाद पर आ गए थे। वे गणकों

और मौहूर्तकों के उस समाज में शांत भाव से बैठे थे, और चंद्रापीड के प्रत्यादेशपरुष स्वर के आगे जब सभी सहमे रह गए थे, तब वे ही थे जो अपने उसी शांत स्निग्ध स्वर में उसे वर्जित कर पाए थे।

उनके शब्दों में आतंक और चेतावनी छिपी थी, यद्यपि कितने धीमे स्वर में सहज होकर ही बोल रहे थे ज्योतिषाचार्य। युवराज के प्रति स्नेह उनके नेत्रों और वाणी से झलक रहा था। चंद्रापीड ने सँभलकर उन्हें प्रणाम किया, अपनी चूक के लिए क्षमा-याचना की, और कहा, "तो फिर आप पिताश्री से कल का मुहूर्त ही बताएँ, गुरुवर !"

"कल प्रस्थान से तो अतिशय अमंगल हो सकता है। अमंगल की शांति के लिए आज से अनुष्ठान आरंभ कराया जाए। परसों का एक योग निकलता है—वह भी..."

"परसों ही सही !" चंद्रापीड बीच में ही बोल पड़ा और फिर उसने लंबी श्वास छोड़ी।

यात्रा का समय निश्चित हो गया। बल्लियों उछल रहा था चंद्रापीड का हृदय और अनिष्ट की आशंकाएँ राक्षसियों की तरह उसके पीछे लगी थीं। वह बार-बार अपने हृदय को समझा रहा था कि वैशंपायन इस प्रकार अनपेक्षित और आकस्मिक रूप से अच्छोद पर अटक गया, इसमें तो भाग्य ने परोक्ष रूप से उसके अनुकूल ही खेल खेला है, उसे देवी कादंबरी से फिर मिलने का अवसर दे दिया है, और वैशंपायन को तो वह मना ही लेगा, उसे लौटा लाएगा, देवी कादंबरी के विषय में भी अब उज्जयिनी में गुरुजनों से निवेदन करने में वैशंपायन उसका सहायक हो सकता है या पत्रलेखा...

उज्जयिनी से हिमालय तक की वह दूसरी यात्रा। माँ की स्नेहविह्वल वाणी निरंतर लौट-लौटकर पीछा करती हुई। "पता नहीं क्यों मेरा मन बहुत ही कातर और अवश हो रहा है इस बार, तुझे जाने की अनुज्ञा देते हुए," उन्होंने भर्राए स्वर में कहा था—"पर तुझे रोक भी तो नहीं सकती।"

प्रस्थान के समय कहे हुए पिता के शब्द रह-रहकर कानों में गूँजते हुए—"पुत्र, बड़ा दुर्वह है राज्य का भार ! अपने हाथों में अपना ही स्वयं का विशाल भारी छत्र उठाए हुए चलते रहे हैं हम। अपराध हुए हैं हमसे। पर सहज नहीं था राजनीति की पागल हथिनी की सवारी करना। तुम तो हमसे अधिक विवेकसंपन्न हो। अब तुम्हें सँभालना है। थक गए हैं अब हम..."

पहली बार ध्यान से देखने पर पिता के मुख पर दिखाई दिया था उसे थका-हारा एक बेचारा आदमी। चंद्रापीड की आँखों में गुरगुरे से आने लगे थे। इन्हीं पिता को लेकर कभी-कभी मन में संदेह के काँटे उगाए थे उसने।

रात-भर निद्रा आ नहीं सकी थी चंद्रापीड को। प्रातः उठकर हड़बड़ी में दैनिक कृत्य निपटाए और इंद्रायुध के निकट पहुँच गया।

इंद्रायुध भी पिता की तरह ऐसा थका-हारा सा क्यों दिख रहा था ? कुछ क्षण उसे एकटक देखता रह गया चंद्रापीड। ऐसा पहले कभी नहीं लगा था इंद्रायुध ! आँखें डबडबाई-सी, दीन विवर्ण-सी थूथन। सदा कसी हुई चुस्त रहने वाली देह शिथिल-सी।

चंद्रापीड को देखकर सदा की भाँति हर्ष से वह हिनहिनाया नहीं। मौन, नीचा मुँह किए खड़ा रहा।

कितना अत्याचार किया है उसने इस निरीह पशु पर, जो अपनी व्यथा-कथा भी नहीं कह सकता है ! पर करे क्या ? हिमालय तक पहुँचने का इससे अच्छा और कोई साधन भी नहीं है। चंद्रापीड ने इंद्रायुध को करुणा-स्नेह से थपथपाया और फिर उछलकर उस पर सवार हो गया।

यात्रा का बीहड़ पथ। उससे भी बीहड़ था चंद्रापीड के भीतर चलते मनोरथों, तर्क, वितर्क और कुतर्कों का प्रतान। कभी सोचता—अच्छी तरह लताड़ूँगा वैशंपायन को। कहूँगा—क्या अधिकार है तुम्हें तात शुकनास और माता मनोरमा को ऐसी मरणांतक पीड़ा पहुँचाने का ? तुम क्या सोचते हो तुम केवल अपने ही लिए जी रहे हो, जैसा चाहो वैसा कर सकते हो ? फिर सोचता—नहीं कुछ भी नहीं कहूँगा, पहुँचकर आलिंगन में भर लूँगा और पकड़ के साथ-साथ ले आऊँगा। और कादंबरी से भी तो मिलना है। कादंबरी की स्मृति आते ही उसे लगता—वह हवा में उड़ रहा है।

उज्जयिनी के परिसर से बाहर आकर एक क्षण देवगिरि पर रुका, मंदिर में भीतर नहीं गया, बाहर से ही भगवान् कार्तिकेय को प्रणाम किया। दशपुर के पहले विंध्याटवी का भयावह कांतार पार करते-करते मार्ग में काले सर्प-सा आ उपस्थित हुआ जलदकाल का अकाल प्रत्यूह। मूसलाधार बौछारें साथ चलते अश्वारोहियों के अश्वों के चरणों में शृंखलाएँ-सी बाँधने लगीं। दिन में भी अंधकार छा गया विंध्यवन में। उससे गहरा अँधियारा था चंद्रापीड के मन में। वर्षा की मार से टूट-टूटकर गिरने लगे सरोवर के कमल, उसके साथ ही उसके मन के भीतर टूटने लगे कादंबरी से समागम के मनोरथ, और वैशंपायन से मिलने की आशा के तंतु। कालदूत के आलाप से लगे कलापियों के केकारव। बादलों के दल के दल कालपुरुषों की तरह आकाश से नीचे उतर-उतरकर आते लगे। मेघगर्जन प्रेतपति के पटहनाद-सा निरंतर गूँजता हुआ भय और आतंक से मन को कुंठित किए दे रहा था। कभी-कभी वह गर्जन बहुत धीमा होता। चंद्रापीड आशा के टूटते ताने-बाने फिर बुनने लगता। आमंद्र मेघरसित मदन के कमान की टंकार-सा सुनाई देता, फिर सहसा विद्युत् की कौंध में मदनदहन की लपटें उठती दिखतीं। निरंतर यात्रा के श्रम से जर्जर देह, जर्जर होते मनोरथ और जर्जर इंद्रायुध के साथ फिर भी वह आगे बढ़ता ही गया—उस दुर्गम पथ में आती नदियों और नालों को प्राणसंकट का विचार छोड़कर पार करता गया। पीछे मुड़कर नहीं देखा, साथ के कई सैनिक उसकी अंधाधुंध गति के कारण पिछड़ गए, कोई किसी नदी के उस पार ही छूट गया, कोई गहन वन में भटक गया। प्रयाग जब पीछे छूट गया तब तो लगा कि अब किसी तरह हिमालय तक जीवित पहुँच ही जाएगा। प्राण उत्कंठित होकर देह से बाहर आकर वहीं पहुँचने को आतुर थे, उसने यात्रा की गति और भी तेज कर दी। ब्रह्मावर्त और कनखल पार कर कुल तीन दिन में कैलास तक आ पहुँचा।

अच्छोद सरोवर का वही भाग। शून्य में शिखर का शीर्ष उठाए खड़ा शूलपाणि

सिद्धायतन। चंद्रापीड ने अपने अनुयायियों से कहा, "एकदम से वैशंपायन के सामने चले जाना ठीक नहीं रहेगा। हमें देखकर ग्लानि के कारण वह कहीं और न छिप जाए। चुपचाप इन लताकुंजों और गुल्मसमूहों में दुबककर अलग-अलग दिशाओं में उसे खोजो।"

तीन घंटे की अथक खोज। अच्छोद का सारा परिसर छान डाला। जहाँ पहले स्कंधावार था वहाँ भी पहुँचा, पर स्कंधावार के मात्र अवशेष वहाँ थे। वैशंपायन की देखभाल के लिए बलाहक, जो सैनिक वहाँ छोड़ गया था, उनका कहीं कोई पता नहीं। हारकर चंद्रापीड ने अपने अनुयायियों से कहा, "तुम लोग यहीं डेरा डाल दो। कल फिर खोज करेंगे। संध्या हो चली। निकट ही देवी महाश्वेता रहती हैं एक तपस्विनी। मैं उनके दर्शन करके आता हूँ।"

महाश्वेता की गुफा की ओर बढ़ा चंद्रापीड। सोचता था कि निराशा के गर्त में डूबते मन को उनका पावन सान्निध्य ही अब उबारेगा। कम-से-कम इन क्षुद्र चिंताओं के ताने-बाने से तो कुछ देर के लिए वहाँ छुटकारा मिल ही जाएगा, कल फिर जो होगा उसका सामना करेंगे।

गुफा के सम्मुख उसी शिलातल पर निश्चल बैठी थी महाश्वेता, और भूमि पर पार्श्व में सिर झुकाए तरलिका भी आसीन थी।

महाश्वेता ने उसे देखा। कोई आश्चर्य नहीं, कोई उल्लास नहीं ! विषाद के सघन जाल में जकड़ा-सा लगा चंद्रापीड को साँझ के उस झुटपुटे में पीले पड़ गए और अँधेरे में घिरे चंद्रमा-सा महाश्वेता का मुख। पास जाकर उसने प्रणाम किया तो भर्राए-से, रुँधे-रुँधे कंठ से वे इतना ही बोलीं—"बैठो राजपुत्र !" और शिलातल से स्वयं उठकर नीचे भूमि पर बैठ गईं।

महाश्वेता की यह दारुण दशा देखकर क्रकचपात-सा हुआ चंद्रापीड के चित्त पर। "बैठी रहिए, भगवति !" यह कहकर शिष्टाचार निभाने का भी ध्यान न रहा। मन तो अतिशय श्रांत और क्लांत था, तिस पर वैशंपायन की चिंता वृक की तरह उसे खाए जा रही थी। 'तो क्या देवी कादंबरी का भी कुछ अनिष्ट हो गया ?' मन की अंध गुहा में दुर्दांत हिंस्र सिंह के गर्जन-सा यह संशय उसके भीतर गूँजा।

"भगवति, आपकी यह दशा देखकर तो मेरा मन अनिष्ट की आशंका से काँप उठा है। देवी कादंबरी तो सकुशल हैं ?"

"कादंबरी को कुछ नहीं हुआ।" महाश्वेता ने कहा। कहते-कहते रुदन का प्रबल आवेग वह रोक न सकी। सिसकियों से उसकी शुभ्र-धवल देहलता प्रकंपित होने लगी, जैसे प्रचंड झंझावात ने सुकुमार लता को झिंझोड़ दिया हो।

अपने-आप को जीवन और मृत्यु के मध्य दोलायमान अनुभव करने लगा चंद्रापीड। उसने बड़े कष्ट से तरलिका से कहा, "यह क्या अनर्थ हो गया, तरलिके ! मैं तो यहाँ अपने मित्र वैशंपायन को खोजने आया था। वह यहाँ कहीं दिखा ही नहीं, और भगवती की यह दुर्दशा..."

"आपके मित्र वैशंपायन ही भर्तृदारिका की इस दुर्दशा के कारण हैं, युवराज !" तरलिका ने कहा।

प्रश्नकीलित नयनों से तरलिका को ताकता रह गया चंद्रापीड।

"मैं आपके लिए अर्घ्य लाती हूँ और भर्तृदारिका के मुख प्रक्षालन के लिए जल भी। आप बैठिए।" कहकर तरलिका गुफा में चली गई। जल और अर्घ्य लेकर वह आई, तो महाश्वेता की सिसकियों का वेग और बढ़ चुका था। तरलिका ने लगभग डपटते हुए महाश्वेता का मुख धुलवाया और किसी तरह उसे चुप कराया। फिर चंद्रापीड को अर्घ्य देकर बोली, "अव्यवस्थित हैं इस समय स्वामिनी। आप ध्यान रखिए उनका। उधर देवी कादंबरी भी अतिशय व्यग्र और व्याकुल हैं। उन तक आपके आगमन की सूचना पहुँचाना भी अत्यावश्यक है। मैं जाती हूँ। केयूरक यहीं है, उसे साथ ले लेती हूँ।"

केयूरक के साथ अश्व पर बैठकर विद्युत् की-सी क्षिप्र गति से पहाड़ की ऊँचाइयों पर ओझल हो गई तरलिका।

धीरे-धीरे महाश्वेता बताने लगी अपने जीवन की दूसरी परम दारुण मर्मांतक, कचोट देने वाली वह घटना। चंद्रापीड का सिर चकराने लगा। उसे विश्वास नहीं हुआ कि ऐसा भी हो सकता है। वैशंपायन भला ऐसा करेगा—ऐसा अनार्य आचरण—वह भी देवी महाश्वेता जैसी अनघा साक्षात् सरस्वती के प्रति ! पर प्रेम की विचित्र गति को क्या कहा जाए—अनुरक्त भी हुआ भोला ब्राह्मण तो किसके प्रति ! महाश्वेता की अब की बार की कथा तो उसे इस तरह हतबुद्धि, किंकर्तव्यविमूढ़ बना गई कि वह चुपचाप सिर पर हाथ धरे बैठा रह गया। "सारा दोष मेरा ही है, राजकुमार," महाश्वेता कहने लगी—"सारे अनर्थ का मूल, पापों की निधान और अमंगल की खान हूँ मैं। फिर भी यदि मुझ अभागिनी को विदित होता कि वे तो आपके मित्र वैशंपायन हैं, जिनकी प्रायः आप चर्चा इतने स्नेह के साथ करते रहे हैं, तो मैं सह लेती, इस देह में ऐसा क्या था जिसकी रक्षा के लिए मैंने प्राण ले लिये उनके—पापिनी हूँ मैं कि मेरे मुख से ऐसे अशुभ वचन निकल गए, जो उन महात्मा के देह पर ऐसे लगे जैसे फूल के ढेर पर आग। इतना सब हो चुकने पर भी मैं निर्लज्ज तो अभी तक जीवित हूँ। ये प्राण भी तो वज्र की तरह निष्ठुर हो गए हैं, ये ऐसे न निकलेंगे।"

चंद्रापीड के तो यह सब सुनते हुए प्राण कंठ को आ रहे थे। वह महाश्वेता को बीच-बीच में रोकना चाह रहा था कि ऐसा मत कहिए, पर मुख में ही स्तब्ध होकर रह गई थी वाणी। अंत में बड़ी कठिनाई से वह कह सका, "ऐसा मत कहिए। आपका दोष ही क्या है ? नियति का यही विधान था। वैशंपायन भी तो जान-बूझकर आग से खेल रहा था। उसे सब विदित था आपके विषय में। मैं उसे सब बता चुका था। पता नहीं कैसे उसकी मति फिर गई। अपना सर्वनाश कर डाला उसने, और मेरा भी। मित्र के बिना मैं अपने माता-पिता को अपना यह दग्धमुख दिखा ही नहीं सकता, वैशंपायन के माता-पिता के सामने जाने की तो बात ही दूर रही। तो—वैशंपायन अब यहाँ नहीं है। उससे भेंट नहीं हो सकती। और देवी कादंबरी—उनसे भी इस जन्म में

समागम अब क्या हो सकेगा—देवि महाश्वेते भगवति, तपस्विनि, आप ने ही समागम कराया था उनसे इस जन्म में, आप ही अगले जन्म में उनसे मेरे पुनर्मिलन का निमित्त बनिएगा..."

इसके आगे दुःखावेग से चंद्रापीड का कंठ रुँध गया। आँखें पथरा गईं। उसी शिलातल पर गुरुतर दुःखभार से दबा जाता-सा वह अचेत होकर ढह गया।

"राजकुमार, चंद्रापीड, अपने-आप को सँभालो, राजकुमार ! कादंबरी का जीवन तुम्हारे हाथों में है।" महाश्वेता ने अपने अंक में उसका सिर रखकर उसे झिंझोड़ते हुए कहा।

चंद्रापीड के जड़ होते देह में कोई स्पंदन नहीं हुआ। उसका स्वभाव सरस हृदय इस आकस्मिक वज्रपात से फट गया था।

महाश्वेता के आर्तनाद से हिमालय की कंदराएँ काँप उठीं, शिलाखंड दरक उठे। कैलास पर बैठे शिवगण सिहर उठे। केवल करुणा से मुसकाए करुणामय शंकर।

निकट ही प्रतीक्षा कर रहे चंद्रापीड के अनुयायी दौड़े चले आए। उनके अधिनायक ने राजपुत्र को अंक में उठा लिया, हृदय पर कान रखा, नाड़ी देखी। फिर वह बिफर-कर महाश्वेता पर चीख उठा—"अरी दुष्ट तापसी, तूने क्या कर दिया यह, तूने क्षितिपालक महाराज तारापीड के पुत्र और हमारे भावी सम्राट् को मार डाला।"

सैनिक स्त्रियों की तरह कातर होकर विलाप करने लगे, चीख-चीखकर कहने लगे—"आँखें खोलिए, राजकुमार ! यह नहीं हो सकता। आप हमें इस तरह छोड़कर नहीं जा सकते।"

दीनवदन इंद्रायुध टकटकी लगाए देखता रहा चंद्रापीड के निष्प्राण देह को। फिर आँसू ढुलक पड़े उसके विशाल नयनों से और हृदयविदारक चीत्कार-सी उठी उसकी करुण हिनहिनाहट—जिससे हिमालय के शिखर काँप उठे। उसके बाद वह खुरों के आघात से धरती को विदीर्ण करने लगा।

महाश्वेता तो स्तब्ध बैठी रह गई थी—प्रतिक्रियाशून्य। आकाश से चंद्रमा झाँककर नीचे फैला शोक का अपरिमित साम्राज्य निहारने लगा।

तभी महासागर की चंद्रोदयोल्लासिनी वेला-सी तरलिका के साथ आ उपस्थित हुई कादंबरी। चंद्रापीड के आगमन का समाचार मिलते ही वह माता-पिता से महाश्वेता से मिलने का बहाना बनाकर मदलेखा और पत्रलेखा के साथ चल पड़ी थी। नूपुर युगलों की छमछम से निःस्तब्ध वह परिसर गूँज उठा। उसके साथ बीच-बीच में सुन पड़ता मुखरित मेखला का स्वर।

"मदलेखे, इस बार मैं एक भी नहीं सुनूँगी उनकी। मनाते रहें। कितना विलंब कर के आए हैं, कितनी प्रतीक्षा कराकर !" महाश्वेता के आश्रम में पग रखते हुए कादंबरी कह रही थी। पत्रलेखा के कंधे पर एक हाथ रखे वह महाश्वेता की गुफा की ओर बढ़ी। गुफा के सामने जनसमुदाय देखकर उसने कहा, "अच्छा, तो राजकुमार की वाहिनी भी यहाँ डेरा डाले हुए है।" पर कुछ निकट पहुँचकर धरती पर कटे वृक्ष-से पड़े चंद्रापीड

को देखकर पत्रलेखा का हाथ छोड़कर कादंबरी तेजी से उस ओर दौड़ी।

अमृत निकाले जाने पर सूखते रत्नाकर-सा पड़ा था चंद्रापीड का देह। आसपास दीनवदन शोकाकुल सैनिक। पत्रलेखा कादंबरी के ही साथ चंद्रापीड के शव के पास पहुँची और अचेत होकर उस पर गिर पड़ी।

कादंबरी का मुख पीला पड़ गया। "यह क्या हुआ, प्रिय सखि !" उसने महाश्वेता से पूछा।

महाश्वेता तो पत्थर की तरह जड़ और स्थिर बैठी थी। तरलिका ने चंद्रापीड के शीतल शरीर का स्पर्श किया और घबराकर उससे बोली, "अब यह दूसरा अनर्थ कैसे हो गया स्वामिनि !"

कादंबरी अचेत होकर गिर पड़ी। चेतना आने पर महाश्वेता के समान स्तब्ध बैठी रह गई। मदलेखा ने रोते-रोते कहा, "रोइए भर्तृदारिके, यह दुःख का दुर्वह बोझ उतार डालिए। आपका सुकुमार हृदय इसे नहीं ढो पाएगा।"

अट्टहास कर उठी कादंबरी। बोली, "अरी पागल, मेरा हृदय वज्र का बना है। यह ऐसे नहीं फटेगा। मेरे लिए ये यहाँ तक आए, और अपने प्राणों का परित्याग कर बैठे। तो मैं आँसू बहाकर इनका निरादर क्यों करूँ ? क्यों रोऊँ मैं ? आज तो मेरे सारे दुःखों का अंत ही हो गया। जिनके लिए माता-पिता को छोड़कर चली आई, प्रिय सखी के प्रेम तक को तिलांजलि दे डाली, स्वेच्छा से की गई अपनी प्रतिज्ञा को छोड़ने को तत्पर होने लगी, जिनके लिए लाज छोड़ी, धर्म त्यागा, अपवाद से न डरी, वे ही जब नहीं रहे तो अब किसका शोक और किसका मोह ? अब तो बस मरण ही जीवन है और जीवन ही मरण है। तुम तो इतना जतन करना कि माता-पिता मेरे लिए शोक न करें। और मैंने जो आँगन में सहकार रोपा था, उसका ब्याह पार्श्व में लगी माधवी लता से तू ही रचा देना। कालिंदी और परिहास दोनों को पिंजरे से मुक्त कर देना। वनमानुषी भी मेरे बिना क्या रह पाएगी। उसे किसी सुरक्षित कंदरा में छुड़वा देना। मेरी नकुलिका का ध्यान अवश्य रखना। और मेरा पुत्र जो है वह मृगछौना, उसे किसी तपोवन में ही भिजवा देना। मेरी वीणा तो तू ही रख लेना।"

मदलेखा फूट-फूटकर रोने लगी। "यह क्या करती है पगली।" कादंबरी ने उसके सिर और पीठ पर हाथ फेरते हुए कहा, "तुझे तो माता-पिता को सँभालना है।"

फिर निर्विकार भाव से कादंबरी महाश्वेता के पास आई। बोली, "प्रिय सखि, तुझे तो अपने प्रियतम से मिलने की आशा में जीवन धारण किए ही रहना है, भले ही जीवन मृत्यु से अधिक दारुण दुःख देता रहे। मेरे लिए तो जीवन निःशेष हुआ, अतः मैं तुझ से विदा लेती हूँ।"

यह कहकर वह चंद्रापीड के पास आई। उसके दोनों चरण अपने अंक में रखकर नवपल्लव-सी अपनी हथेलियों से उनको सहलाने लगी। ऐसा करते हुए उसकी देहलता आनंद से रोमांचित हो उठी।

कादंबरी के द्वारा चंद्रापीड के देह का स्पर्श करना था कि वह मृत देह उच्छ्वसित

और स्पंदित-सा हो उठा और उस सारे प्रदेश को ओस की बूँदों से छितराती परमशीतल चंद्रधवल द्युति उसमें से निकलने लगी। उसके साथ ही अंतरिक्ष से अमृत की वर्षा-सी करती अशरीरिणी वाणी गूँजी–"बेटी महाश्वेते, एक बार फिर मैं तुझे आश्वासन देता हूँ। तेरे प्रिय पुंडरीक का देह मेरे तेज से आप्यायित मेरे लोक में अक्षत और अविनाशी रखा हुआ है। यह चंद्रापीड का देह भी मेरे ही तेज से निर्मित है। आज यह शाप से मुक्त तो हो गया है, पर जब तक इसमें अंतरात्मा का संचार न हो, तब तक तुम दोनों इसकी रक्षा करती हुई इसी आश्रम में निवास करो। न इसे जलाना है, न इसे जल में विसर्जित करना है। जब तक चंद्रापीड से समागम न हो जाए, इस देह की रक्षा करनी है।"

विस्मय में भरे हुए सबके सब गगन की ओर टकटकी लगाए ताकते रह गए। पर पत्रलेखा, जो अब तक चंद्रापीड के देह के पार्श्व में अचेत पड़ी थी, उस तुहिनशीतल हिमधवल ज्योति-पुंज की प्रभा के स्पर्श से सहसा चैतन्य होकर उठ खड़ी हुई। निश्चय और संकल्प से आविष्ट स्वर में उसने कहा, "जो होना हो हमारे जैसों का, पर तू एकाकी नहीं रह सकती देवाधिदेव के चले जाने पर !" फिर झट से उछलकर वह इंद्रायुध पर सवार हो गई और उसे दौड़ाती हुई सर्राकर अच्छोद सरोवर तक जा पहुँची। "रुको, रुको, पत्रलेखे !" जब तक कादंबरी, महाश्वेता, तरलिका और मदलेखा चिल्लातीं, तब तक वह इंद्रायुध सहित अच्छोद सरोवर में कूद चुकी थी।

इंद्रायुध और पत्रलेखा का जल में डूबना था कि उसी जल में से आर्द्र टपकती जटाओं पर सिवार के रेशे चिपकाए हुए मदार के पुराने वल्कल से आच्छादित देह वाला उद्विग्नवदन एक तापस कुमार बाहर निकल आया। तट पर आकर वह आँसू से रुद्ध अपनी दृष्टि महाश्वेता पर टिकाए हुए उसी की ओर बढ़ा। "गंधर्वराजपुत्रि, मुझे पहचान रही हो या नहीं ?"

महाश्वेता जो अब तक शून्यहृदय, कुछ भी न समझती-बूझती-सी बैठी थी, सहसा चौंककर उठ खड़ी हुई और सरोवर से किसी चमत्कार की तरह बाहर निकल आए उस तपस्वी को प्रणाम करके बोली, "भगवन् कपिंजल, क्या मैं इतनी पापिनी हूँ कि तिल-तिल जल-जलकर जिनकी प्रतीक्षा कर रही हूँ उन्हीं के प्राणप्रिय मित्र को भी नहीं पहचान सकूँ ? अथवा प्रियतम पुंडरीक के स्वर्ग चले जाने पर भी जीवन का बोझ ढोती चली जाने वाली मेरे जैसी अनात्मज्ञा के लिए ऐसी संभावना आप करें–यह स्वाभाविक ही है। पर इतने वर्षों से मैं आपकी भी तो प्रतीक्षा कर रही हूँ–यह पूछने के लिए कि क्या हुआ मेरे प्रिय पुंडरीक का, कौन था वह दिव्य आकृतिवाला पुरुष, जो उन्हें इस तरह उठा ले गया, क्यों आप इस तरह अंतरिक्ष में दौड़ पड़े उसके पीछे, और फिर ऐसा क्या हो गया कि आपने भी तब से मेरी सुधि न ली ? और अब प्रकट हुए तो अकेले ही !"

सब की आश्चर्य से भरी दृष्टियों के केंद्र में था कपिंजल। उसने एक बार आसपास खड़े चंद्रापीड के परिजनों, कादंबरी और उसके परिजनों को देखा और फिर महाश्वेता को करुणा से आर्द्र नयनों से निहारता हुआ बोला, "सब बताता हूँ, गंधर्वराजपुत्रि !

जब तुम मेरे मित्र पुंडरीक की देह से लिपटकर विक्षिप्त की भाँति रो-कलप रही थीं, तभी वह दिव्य आकार वाला पुरुष मित्र के देह को उठाकर अंतरिक्ष में उड़ा और मैं मित्र के स्नेह के कारण तुम्हारी चिंता छोड़कर उसका पीछा करने लगा। मैं उसे तीव्र स्वर में पुकार रहा था, उसके पीछे चिल्ला रहा था, पर मेरी चीख-पुकार का उस पर कोई प्रभाव नहीं हुआ। पवन की पदवी पर आरूढ़ वह सर्राता हुआ ऊपर उठता ही गया। विमान में स्थित देवता विस्मय से उत्फुल्ल नेत्रों से उसे देख रहे थे, दिव्यांगनाएँ हड़बड़ाकर उसके लिए मार्ग छोड़ रही थीं। वह सीधे चंद्रिका की छटा से आच्छादित चंद्रलोक पहुँचा, वहाँ अपने शुभ्र धवल प्रासाद के भीतर जाकर उसने पर्यंक पर चंद्रापीड को लिटा दिया, फिर मेरी ओर पलटकर बोला, 'कपिंजल, मैं चंद्रमा हूँ। तुम्हारे इस मित्र ने मुझे उस समय शाप दिया जब मैं जगत् को प्रकाशित करने का अपना दायित्व निभा रहा था। इसने कहा कि 'हे दुरात्मा चंद्र, तूने अपनी किरणों से विरहसंतप्त मुझे जला-जलाकर मार डाला है, ऐसे ही तू भी जन्म-जन्म में कर्मभूमि भारतवर्ष में प्रियाविरह के ताप से मरेगा।' इसने जब अकारण मुझे यों शाप दे दिया, तो मुझे भी इस पर क्रोध आ गया। मैंने भी प्रतिशाप दे दिया कि जैसा मेरे साथ होगा वैसा ही तेरे साथ भी होगा। क्रोध उतरा तो मैंने देखा कि नीचे अच्छोद सरोवर के तट पर फूट-फूटकर रो रही है महाश्वेता। मुझे लगा कि प्रेम की पीर होती ही ऐसी बावली है, इसमें तपस्वी कपिंजल का क्या दोष था ? और महाश्वेता तो मेरी ही किरणों से उत्पन्न अप्सराओं के कुल में गौरी से जनमी है। वह इसी कपिंजल को अपने पति के रूप में वर चुकी थी। अब इसका शाप तो मुझे शिरोधार्य कर चरितार्थ करना ही है। 'जन्म-जन्म में प्रियाविरह के ताप से तू मरेगा'–ऐसा कह दिया है इसने, तो कम-से-कम दो जन्म तो लेने ही होंगे मुझे। तो जब तक मेरा जन्मचक्र चले, मैं इसके देह को अपने दिव्यधाम में सुरक्षित रखना चाहता हूँ। बेटी महाश्वेता को भी मैंने अशरीरिणी वाणी से आश्वस्त कर दिया है। तो इसका यह देह मेरे तेज से प्रकाशित यहाँ अनश्वर होकर रहेगा। तुम यह करो कि महर्षि श्वेतकेतु को जाकर यह सब वृतांत बता दो। वे महाप्रभाव वाले तपस्वी हैं। संभव है, शापक्षय के लिए वे अपने पुण्य के प्रभाव से कोई व्यवस्था करें।'

"चंद्रमा के ये वचन सुनकर मैं उस देवमार्ग पर शोकावेग से अंधा-सा द्रुत गति से भागा और हड़बड़ी में आकाशचारी किसी मुनि से टकरा गया। 'अरे दुरात्मन्, मिथ्या तपोबल के गर्व से मतवाले, इतना विस्तृत गगनपथ है और तू घोड़े की तरह दौड़ रहा है, जा तू घोड़ा ही बन जा।' उस मुनि ने कहा। मैंने बहुत क्षमा-प्रार्थना की, कहा–'भगवन्, मित्र के शोक ने मुझे अंधा बना दिया था, आपकी अवज्ञा करने का तो मेरा कोई अभिप्राय न था। अब कृपा करके अपना शाप लौटा लीजिए।' उसने कहा–'जो मुँह से निकल गया, उसे तो वापस नहीं लिया जा सकता। हाँ, इतना संभव है कि तू जिसका वाहन बनेगा उसके अवसान पर शाप का भी अवसान हो जाएगा।'

"तब मैंने कहा–'भगवन् ! मेरे प्रिय मित्र पुंडरीक को भी चंद्रमा के शाप से मृत्युलोक में जन्म लेना है। यदि आप शाप नहीं लौटा सकते तो इतनी कृपा अवश्य

करें कि मैं अश्व की योनि में भी अपने प्रिय मित्र के निकट रह सकूँ।'

"वे ऋषि एक क्षण ध्यान करते रहे। फिर वात्सल्यमयी दृष्टि से मुझे नहलाते हुए बोले, 'तेरे इस मित्रस्नेह से तो मेरा जी भीग गया। मैं देख रहा हूँ कि चंद्रमा तो उज्जयिनी में पुत्रप्राप्ति के लिए व्रत करते राजा तारापीड के यहाँ अवतार लेगा और पुंडरीक उसी के मंत्री शुकनास के यहाँ। तू भी राजा तारापीड का वाहन बनेगा।'

"ऋषि का इतना कहना था कि मैं नीचे गिरता हुआ सागर में जा पड़ा और फिर सागर से मैं इंद्रायुध अश्व बनकर बाहर निकला। तुरग योनि में भी पूर्वजन्म का मुझे ज्ञान बना रहा। मैं ही किन्नर मिथुन के पीछे भागता हुआ अच्छोद सरोवर तक चंद्रापीड को लेकर आया था, जिससे वह तुम्हारा दर्शन पा सके और तुम उसे कादंबरी से मिला सको–और जिसे तुमने अज्ञानवश शाप की आग में जला डाला, वह और कोई नहीं, मेरे मित्र और तुम्हारे प्रिय पुंडरीक का ही अवतार था।"

महाश्वेता कुछ देर अविश्वास की दृष्टि से कपिंजल को एकटक ताकती हुई स्तब्ध बैठी रही। फिर धीरे-धीरे कुररी की करुण-स्वर में रो पड़ी–

"मेरे प्रिय उस रूप में मेरे पास आए और मैं उन्हें पहचान न सकी। यह क्या कर डाला मैंने। दूसरी बार अपने प्रिय की हत्या कर डाली।"

कपिंजल उसे समझाता रहा। महाश्वेता के तप, तितिक्षा, निष्ठा और प्रेम की अनन्यता की भूरि-भूरि प्रशंसा की उसने। कादंबरी और महाश्वेता दोनों को वह बार-बार दिलासा देता रहा।

कादंबरी ने उससे पूछा, "भगवन्, इंद्रायुध अश्व तो आप थे। आपने ही मुझे मेरे प्रिय का मिलन कराया। अब आप अपने वास्तविक रूप में आ गए। पर उसी इंद्रायुध पर मेरे प्रिय के साथ बैठने वाली, मेरे प्रिय और मेरे भी प्राणों का अब तक अवलंबन बनी रहने वाली पत्रलेखा भी तो आपके अश्वरूप पर ही बैठकर साथ-साथ इस अच्छोद में कूदी थी–उसका क्या हुआ ?"

कपिंजल ने कहा, "देवि, मैं नहीं जानता कि पत्रलेखा कौन थी, किसलिए वह चंद्रापीड के साथ इस तरह सदा बनी रहती थी, जैसे चंद्रमा के साथ ज्योत्स्ना, और क्यों वह मेरे साथ सागर में कूदी। यह अवश्य है कि मेरी शाप मुक्ति का निमित्त वही बनी। उस अश्व योनि में पड़कर मेरी बुद्धि की विलक्षणता भी कम हो ही गई होगी, अन्यथा अब शाप मुक्ति के लिए क्या करना है–यह बात मेरे ध्यान में क्यों नहीं आई ? पर पत्रलेखा को अच्छोद से इस शरीर से बाहर आते हुए मैंने कहीं नहीं पाया। कह नहीं सकता, वह कहाँ गई, क्या हुआ उसका। पत्रलेखा वैसे भी मेरे लिए सदैव एक रहस्य रही है। अस्तु, वह देवी जो भी हो, उसकी चिंता नहीं है मुझे। मुझे तो यह जानने की उत्कंठा है कि चंद्रापीड ने अब कहाँ अवतार लिया है और वैशंपायन के रूप में रहने वाला मेरा प्रिय मित्र पुंडरीक महाश्वेता का शाप पाकर अब किस योनि में कहाँ जनमा है। इन दोनों का पता तो महर्षि श्वेतकेतु ही बता सकते हैं, उनसे कुछ भी परोक्ष नहीं है। तो मैं उनके पास जाकर उन्हीं से पूछूँगा।"

इतना कहकर कपिंजल ने महाश्वेता, कादंबरी आदि से विदा ली और आकाशमार्ग पर चल पड़ा।

कादंबरी ने चंद्रापीड का शरीर एक शिलातल पर स्थापित करा दिया और जिन कुसुम, गंध, अनुलेप आदि को उसके साथ अभिसार सुख के लिए लाई थी, उन्हीं से उसकी पूजा की। रात-भर वह चंद्रापीड के चरणों को अंक में लिये वहीं बैठी रही।

अगले दिन सबने आश्चर्य से देखा कि चंद्रापीड के देह में किसी तरह का कोई विकार नहीं था।

उसके पश्चात् कादंबरी अपने माता-पिता के पास हेमकूट नहीं लौटी। महाश्वेता के पास रहकर वह नित्य चंद्रापीड के देह का शृंगार करती, उसे सजीव समझकर उससे बातचीत करती और महाश्वेता की भाँति कठोर तपश्चर्या में लगी रहती।

बार-बार अनुरोध करने पर भी चंद्रापीड के साथ आए सेनापति और सैनिकों ने उज्जयिनी लौटने से मना कर दिया। वे कहते–"देवि कादंबरी हमारे युवराज के पुनरुज्जीवित होने की जिस तरह प्रतीक्षा कर रही हैं, वैसे ही हम भी यहीं रहकर प्रतीक्षा करेंगे। उज्जयिनी जाकर हम क्या मुख दिखाएँगे महाराज को और अमात्य शुकनास को भी ? अमात्यपुत्र को खोजने आए थे और अमात्यपुत्र के साथ अब युवराज को भी गँवाकर लौट जाएँ–यह नहीं होगा।"

इसी तरह वर्षा बीत गई।

जैसे-जैसे समय बीतता जा रहा था, चिंता के बादल और भी गर्जन-तर्जन के साथ घुमड़ रहे थे तारापीड और शुकनास के मन में। दोनों एक-दूसरे को देखते और कुछ कहते-कहते अटक जाते। यदाकदा शुकनास वैशंपायन की मूर्खता को कोसते हुए उसके कारण युवराज को व्यर्थ कष्ट पहुँचने की बात करते भी तो तारापीड उन्हें आश्वस्त करते हुए कहते–"अमात्य, क्यों व्यर्थ आत्मग्लानि से प्रपीड़ित होते हो ? आता ही होगा चंद्रापीड तुम्हारे बेटे वैशंपायन को लेकर।" शुकनास लंबी साँस भरकर चुप हो रहते। एक दिन उन्होंने कहा, "समय बीतता जा रहा है, महाराज ! वर्षा भी निकल गई। अब तक तो अवश्य आ जाना चाहिए था युवराज को। उस अधम पुत्र के कारण और किसी विपत् में न फँस गए हों वे। आप आज्ञा दें तो मैं स्वयं जाकर खोजबीन करूँ।" तारापीड ने आहत होकर कहा, "क्या कहते हो ? इतने सारे सेनापति हैं, राजकुमार और सामंत हैं। तुम इस अवस्था में भाग-दौड़ करोगे। वह भी अनावश्यक बात के लिए। ठीक है, तुम कहते हो तो तीव्रगामी वार्ताहरों की एक टुकड़ी अभी हिमालय की ओर भेज देता हूँ। आदेश देता हूँ कि तुरंत जिस तरह भी हो सके चंद्रापीड और वैशंपायन को साथ ले आएँ।"

तारापीड ने वार्ताहरों में परम विश्वस्त मेघनाद को बुलाकर संदेश दिया, साथ में चंद्रापीड के लिए पत्र भी। आँधी में बहते मेघ की तरह आकाश में उड़ता-सा मेघनाद हिमालय की ओर बढ़ चला।

केयूरक सिर झुकाए हुए कादंबरी के आगे खड़ा था—व्यग्र और चिंतित।

"क्या है केयूरक ? तात और माँ सकुशल तो हैं हेमकूट में ?" कादंबरी ने पूछा।

"हेमकूट में तो सब मंगल ही है। पर बड़ी समस्या आ गई..."

"क्या हुआ ?"

"वार्ताहर आए हैं उज्जयिनी से।" केयूरक ने उद्विग्न स्वर में कहा, "बहुत समझाया मैंने। कहा—युवराज एकदम सकुशल हैं, अक्षत शरीर हैं। आप लोग जाइए और अपने राजा से यही बता दीजिए। कुछ ही दिनों में वे अपने माता-पिता से मिलेंगे। पर वे लोग हैं कि अड़े हुए हैं। कहते हैं कि यदि युवराज इस आश्रम में हैं, तो वे दर्शन किए बिना नहीं जाएँगे। उत्तेजित हो उठे उनमें कुछ तो। कह रहे थे—'क्या हिमालय की सुंदरियों ने हमारे राजकुमार को भेड़-बकरा बनाकर रख लिया है ? हमने भी तो उनकी सेवा की है, हम भी उन्हीं के अनुचर हैं। हमको क्या उनके दर्शन का भी अधिकार नहीं ?' "

"उचित ही कहते हैं वे।" कादंबरी ने गहरी साँस छोड़कर कहा, "उन्हें अधिकार है देव के दर्शन का। ले आओ उन्हें।"

चंद्रापीड का निष्प्राण, पर तेजोमय देह देखकर मेघनाद और दूसरे वार्ताहर विस्मय से स्तब्ध रह गए। कादंबरी शरीरधारिणी तपसा-सी निरंतर देवमूर्ति की भाँति उस विग्रह की सपर्या करती उन्हें मिली। श्रद्धावनत होकर सिर झुकाए रह गए वे।

धीरे-धीरे केयूरक ने उन्हें सारी मर्मांतक कथा सुनाई। जो भी सुनता, विश्वास न करता, पर चंद्रापीड के कांतिमान् शरीर पर दृष्टि जाती तो सोचता—सच ही होगा।

वार्ताहरों में से अनेक की आँखों में आँसू आ गए, कुछ तो फूट-फूटकर रोने लगे। कादंबरी ने उन्हें समझाना आरंभ किया और कहा कि "जो व्यक्ति दिवंगत हुआ ही नहीं उसके लिए रोना कैसा ! फिर कहा कि आप लोग भी आश्वस्त होइए और उज्जयिनी जाकर महाराज तारापीड, महारानी विलासवती तथा मंत्री शुकनास आदि सब को ढाढ़स बँधाइए।"

वार्ताहर कहने लगे—"देवि, क्या तो कहेंगे महाराज से और कैसे उन्हें समझाएँगे ? बिना प्रत्यक्ष देखे ऐसी अद्भुत बात पर भला विश्वास कौन करेगा ?"

अंत में कादंबरी ने उनके साथ अपने विश्वासपात्र सेवक त्वरितक को भेजा, जिससे वह उज्जयिनी के लोगों के आगे चंद्रापीड के वृत्तांत का साक्षी बन सके।

चंद्रापीड के पुनरागमन की कामना से देवी विलासवती अवन्ति की नगरीमातृका के मंदिर में पूजा के लिए गई हुई थीं। पूजा करके निपटी ही थीं कि संभ्रमपूर्वक कंचुकी ने निकट आकर प्रणाम करके कहा, "बधाई हो देवि ! अवन्तिमाता तो सचमुच प्रसन्न हो गईं। युवराज की खोज के लिए गए वार्ताहर आ पहुँचे।" सुनते ही विलासवती की आँखें आनंद के आँसुओं से भर आईं। "कहाँ हैं, कहाँ हैं ?" कहती हुई वे मातृकामंदिर से बाहर दौड़ीं। मातृकामंदिर के आसपास लोगों की अब तक बड़ी भीड़ इकट्ठी हो गई थी।

"आप लोगों ने युवराज को देखा—मेरे चंद्रापीड को ? कितनी दूर है उसकी सवारी ? ठीक से तो है वह ?" अतिशय उत्कंठित स्वर में देवी विलासवती उन लोगों से पूछने लगीं।

वार्ताहरों की आँखें आँसुओं में डबडबाई हुई थीं। मुँह सूखे हुए थे। बोल उनके मुख से फूट ही नहीं रहे थे। देवी विलासवती तो कुछ देर उनके विवर्ण वदन ताकती रहीं, फिर, 'नहीं' कहकर आर्तनाद कर उठीं। दारुण विलाप के स्वर में मातृकामंदिर गूँज उठा। उज्जयिनी के संभ्रांत नागरिक महारानी को यों विलाप करता देखकर अवाक् खड़े रह गए। कुछ वयोवृद्ध भद्र जनों ने महिलाओं को आगे जाकर देवी को सँभालने का संकेत किया। कुछ स्त्रियाँ साहस करके महारानी के निकट पहुँचीं—सहमी हुई, स्वयं दुःख से कातर और आर्त। "मत रोइए, रानी जी," इतना कहकर उनमें से दो-तीन स्वयं रो पड़ीं। उज्जयिनी के नागरिकों को लगा कि सारा राज्य विपत्ति के भँवर में ऐसा फँस गया कि कहीं निकलने का उपाय नहीं। जब युवराज नहीं रहे, तो महाराज और महारानी के भी प्राण संशय में हैं, और महाराज महारानी नहीं तो क्या अमात्य, क्या सेनापति। कोई सँभालने वाला नहीं रहेगा। 'महाकाल, रक्षा करो, रक्षा करो।' वृद्ध जन धीरे-धीरे बुदबुदाने लगे। कुछ द्विज महामृत्युंजय मंत्र का जाप करने लगे।

तभी मातृकामंदिर के वृद्ध पूजक ने अपना स्वर ऊँचा करते हुए कहा, "यह क्या कर रहे हैं आप लोग ? बिना पूरी बात सुने, समझे इस तरह से रोना-बिसूरना शोभा देता है ? महारानी अब चुप हो जाइए, और वार्ताहरों को पूरा वृत्तांत बताने दीजिए !"

पुजारी ने वार्ताहरों को भी डपटा। तब मेघनाद ने धीरज धारण करके चंद्रापीड का अतिशय पीड़ामय वृत्तांत बताना आरंभ किया और अपने सखा वैशंपायन के दारुण मरण का वृत्त सुनकर युवराज सुधबुध खो बैठे, कटे वृक्ष-से पछाड़ खाकर गिर पड़े—यहाँ तक उसके पहुँचते ही रानी विलासवती, जो आतुर आशंकित उत्कंठित नयनों से मेघनाद को निहारतीं अघटनीय घटना के घटते जाने की मर्म कथा सुन रहीं थीं, धैर्य खो बैठीं, कटे वृक्ष-से संसक्त लता-सी ढह गईं। मंदिर के पुजारी ने तुरंत जल लाकर उन पर छींटे दिए। चेतना आते ही रानी करुण स्वर में विलाप करने लगीं।

इसी बीच वार्ताहरों के आने का समाचार शुकनास के चरों ने महाराज तक पहुँचा दिया। अस्त-व्यस्त सारा काम छोड़कर तारापीड नंगे पाँव ही राजप्रासाद के बाहर निकल आए। बदहवास कंचुकी, किरात, प्रतीहार, कुब्ज और वामन उनके पीछे-पीछे दौड़े, तुरंत

रथ तैयार कराया गया और तारापीड तार स्वर में सारथि को तेजी से रथ हाँकने का आदेश देते हुए तत्क्षण नरसिंह घाट के पास बने मातृकामंदिर आ पहुँचे। महाराज को देखकर दूर हट गए प्रजाजन; आनत शिर लज्जा से धरती में गड़े जाते हुए। देवी विलासवती को विलाप करते हुए, नंगे सिर पछाड़ खाकर गिरते हुए देख लेने का अपराध सबको मन में कचोटने लगा। 'निर्दोषदृश्या हि भवन्ति नार्यो यज्ञे, विवाहे, व्यसने वने च,' बहुत धीरे से किसी वृद्ध ने कहा।

"क्या हुआ ? ऐसी बात क्या हो गई ?" तारापीड ने पूछना आरंभ किया।

वार्ताहरों के भीतर साहस का संचार हुआ। उनमें से दो-तीन लोगों ने आश्वासन के स्वर में कहा, "महाराज, देवाधिदेव, कोई अनर्थ नहीं हुआ, युवराज तो अक्षत शरीर हैं !"

"ठीक है, मुझे पूरा वृत्तांत बताओ। रानी को आप लोग यहाँ से ले चलिए ! पूजक जी, आप प्रजाजनों को आश्वस्त करिए। सब धैर्य धारण करें !" एक साथ महाराज ने कई लोगों को संबोधित करके कई आदेश, उपदेश दे डाले। फिर वार्ताहरों से पूरा वृत्तांत सुना। कोई प्रतिक्रिया व्यक्त नहीं की। गंभीर और मौन लंबी साँस भीतर खींचकर दुःख पी गए। "युवराज के अक्षत, अविकृत शरीर की बात तो कपोलकल्पित ही है।" फिर धीरे से कहा।

"जब तक प्रत्यक्ष आँख से न देख लिया जाए, तब तक कैसे विश्वास हो सकता है, महाराज। फिर भी देवी कादंबरी ने अपने विश्वस्त सेवक त्वरितक को भरोसा दिलाने के लिए ही हमारे साथ भेजा है। आप इससे पूछ लीजिए !" मेघनाद ने कहा।

त्वरितक तो मातृकामंदिर में सहसा उमड़ आए दुःख के ऐसे पारावार के आगे जड़ और स्तब्ध रह गया था। तारापीड के संकेत करने पर उसने अत्यंत त्वरा के साथ पहाड़ी बोली में जो बयान करना आरंभ किया, तो उस दुःख की घड़ी में भी तारापीड तथा अन्य लोगों के मुख पर उसके संभ्रम, स्वरवैकल्य और बात को समझाने की दयनीय चेष्टा को देखकर फीकी हँसी फैल गई।

इस बीच इस घटनाचक्र की भनक शुकनास को लग गई थी, वे तत्काल महाराज तारापीड के पास आ पहुँचे। तारापीड ने शुकनास को गले लगा लिया और कहा, "नहीं, कुछ नहीं हुआ। तुम इतने विलक्षण, ज्ञानी, ध्यानी हो, ब्रह्मवेत्ता हो, इस तरह के दुःख आते रहते हैं, और संकट टल भी जाते हैं। चिंता मत करो, मित्र !"

"चिंता तो केवल इस बात की शेष है महाराज कि उस अधम नरपिशाच कुलांगार वैशंपायन के कारण युवराज को और आपको यह दिन देखना पड़ा। क्या-क्या नहीं सहा आपने और युवराज ने उसके कारण। सो हे भ्राता, हे स्वामी, उस निकृष्ट संतति के द्वारा दिए गए कष्ट के लिए मैं प्रणाम करके आप से सविनय क्षमा-याचना करता हूँ और विदा लेता हूँ। अब जीवन का प्रयोजन ही क्या रहा। हमें चिता में प्रवेश करने की आज्ञा दीजिए। मनोरमा तो पहले से ही चितारोहण की तैयारी करके बैठी है। वह तो आपको मुँह दिखाने में भी ग्लानि से ग्लपित हुई जा रही है। उसकी ओर से और

अपनी ओर से मैं विदा लेने आया हूँ।"

अब की बार तारापीड ने कठोर स्वर में शुकनास की भर्त्सना करना आरंभ किया। किसी तरह जबरदस्ती उन्हें पकड़कर अपने प्रासाद लेकर आए, देवी मनोरमा को भी वहीं बुलवाया। रानी विलासवती तब तक स्वस्थ हो चुकी थीं। तारापीड ने सब को समझाया कि चंद्रापीड का तो विग्रह अक्षत है, उसे कुछ नहीं हुआ, वह जीवित ही है, देवता का कथन है। वैशंपायन भी उसी तरह लौट आएगा। सब कुछ संभव है विचित्र इस जगत् में।

दिन-भर के विचार-विमर्श, विलाप-प्रलाप के क्रम में तारापीड, शुकनास तथा दोनों की पत्नियों ने निश्चय किया कि स्वयं हिमालय जाकर देखेंगे चंद्रापीड को।

चंद्रापीड और वैशंपायन के माता-पिता आ पहुँचे—यह सुनकर कादंबरी तो सन्नाटे में आ गई, और महाश्वेता सिर झुकाए अपनी गुफा में जाकर निःशब्द रोने लगी—"सारे अनर्थों की जननी मैं ही हूँ ? मेरे कारण इस मनुष्य लोक में क्या-क्या दारुण परिणाम नहीं हुए।" वह बीच-बीच में बुदबुदाती जाती।

केयूरक और मेघनाद ने तरलिका और मदलेखा की सहायता से स्थिति को सँभाला। अतिथियों का स्वागत किया, उन्हें आश्वस्त किया। चंद्रापीड के ज्योतिर्मय विग्रह के दर्शन कराए। मनोरमा और विलासवती तो चंद्रापीड को देखकर उसके पैरों पर सिर रखकर रोने लगीं। "हे देवता, हे प्रभु, अब तुम फिर से हमारे बेटे बनकर जी उठो, हमें नहीं चाहिए तुम्हारा यह देवरूप, इस तरह मूरत बनकर मत स्थापित होओ !"

तारापीड ने शुकनास से कहा, "वार्ताहर सच ही कहते थे !" फिर दोनों महिलाओं को कुछ झिड़की के स्वर में रोने से मना किया।

विलासवती ने कहा, "वह मेरी बहू कहाँ हैं ? कहाँ है मेरे बेटे की वाग्दत्ता ? उसी के पुण्यों से तो मेरा लाल मरकर भी अमर हो गया है। उसे बुलाओ न !"

मदलेखा और तरलिका के बहुत आग्रह करने पर बड़ी कठिनाई से कादंबरी देवी विलासवती और महाराज तारापीड के सम्मुख आने को तैयार हुई। लाज से धरती में गड़ी जाती-सी, अपने-आप को गुरुजनों के विषाद का कारण मानकर अपराध से ग्रसी जाती-सी, संकोच में सिमटी-सी वह उनके सामने पहुँची। प्रणाम करने को झुकती कि उसे देवी विलासवती ने हुमसकर अंक मे भर लिया। वे उसे इस तरह दुलारने लगीं जैसे छोटी-सी बच्ची को स्नेह दे रही हों।

उसके पश्चात् तारापीड, विलासवती, शुकनास और मनोरमा का उज्जयिनी वापस लौटना न हो सका। वे देववाणी के अनुसार चंद्रापीड के किसी-न-किसी दिन जी उठने की आस लगाए बस वहीं टिक गए। कादंबरी और महाश्वेता उनकी सेवा-सपर्या करती रहीं।

इस तरह प्रतीक्षा करते-करते कितना काल बीत गया, क्या कहा जा सकता है ?

इतनी कथा सुनाकर वैशंपायन तोता मौन हुआ। राजा शूद्रक ने पूछा, "फिर ?"

वैशंपायन ने कहा, "फिर क्या ? क्या इतनी कथा पर्याप्त नहीं है ?"

महाराज बोले, "यह क्या कहते हो ? कुछ ओर-छोर भी तो कथा का पता लगे !"

शंपा ने फिर आक्षेप करते हुए कहा, "ओर-छोर कुछ हो इसकी कथा का तब तो पता लगे न ! देखिए महाराज, आपने पूछा क्या था और गप्प कहाँ की सुनाई इसने ! आपने तो इसका परिचय पूछा था, और यह आपको उज्जयिनी, अच्छोद और हेमकूट में भटकाता रहा। ऐसा किस्सा ले बैठा ये कि बीहड़ जंगल में भटका दिया इसने। यही इसका घुमाव है। सीधे से तो कोई बात बताएगा ही नहीं।"

"चलिए अब, सीधे से ही पूरी बात बता दीजिए, द्विजप्रवर !" राजा ने हँसते हुए फिर वैशंपायन को कोंचा।

पर अब वैशंपायन खीझ गया था। उसने कहा, "बस आप लोग तो हड़बड़ी में अंत जान लेना चाहते हैं। जब कि अंत होता ही नहीं है। क्या जीवन का कहीं अंत है ? संसार का अंत है ? फिर कथा का ही अंत कैसे हो सकता है ?"

"तो क्या अधूरी कथा को ही पूरी समझकर संतोष कर लें ?" हरिदत्त तथा रुद्रदेव आदि दो-तीन पंडितों ने आक्षेपपूर्वक प्रश्न किया।

वैशंपायन ने कहा, "इस प्रश्न का उत्तर केवल भगवान् जाबालि ही दे सकते हैं।"

"वही तो !" महाराज शूद्रक ने कहा, "मुनिवर जाबालि ने आपको बताया तो होगा कि क्या अंत है इस कथा का ? यदि अंत नहीं हुआ है तो कोई एक परिणति ही—वह भी नहीं हुई है अभी, तो होने वाली होगी।"

"ठीक है, मैं आपको जाबालि आश्रम ही ले चलता हूँ," वैशंपायन ने कहा।

मुझे आश्चर्य हो रहा था कि भगवान् जाबालि उस वृक्ष के नीचे इस तरह निस्पंद सुस्थिर कैसे बैठे थे इतनी देर से। उनकी कथा सुनते-सुनते मुनिजन विचलित हो गए थे। तापसियाँ तो बार-बार वल्कल के आँचल से आँसू पोंछ रही थीं। चिन्मई जब-जब उन्हें रोते देखती तो बहुत उदास नेत्रों से कभी मुझे देखती, कभी भगवान् जाबालि को। कई युगों और कई मानवयोनियों तथा जनमों की कथा में महर्षि ने सब को रमा दिया, पर वे यों ही बैठे रहे जैसे महासागर के धाड़ मारते ऊर्मिसंघात के मध्य अविचल कोई शिला हो।

महाराज शूद्रक, जो प्रश्न आपने मुझ से पूछा, वही यहाँ तक की कथा सुना चुकने पर रात-भर कथा का अपुनम रसास्वाद करते मुनियों ने भगवान् जाबालि से भी पूछा था। भगवान् जाबालि ने इतना ही कहा था, 'मुनियो, इस शुकशावक का वृत्तांत बताने के लिए कथा आरंभ की थी, इसलिए अब अतिप्रसंग करने से क्या लाभ ? इतना-भर जान लीजिए कि काम से उपहत चित्त वाला जो पुंडरीक चंद्रमा के शाप से शुकनास के पुत्र वैशंपायन के रूप में जनमा और फिर अपनी धृष्टता के कारण महाश्वेता का

कोपभाजन बना, वही पुंडरीक या वैशंपायन यह शुकशावक है।'

एक क्षण के लिए तो विस्मय से स्तब्ध रह गई थी समस्त सभा। 'क्या आशय है हारीत भैया, बताइए न, कौन है यह तोते का बच्चा ?' चिन्मई बार-बार अनुरोध के स्वर में हारीत से पूछने लगी थी।

महर्षि के वे वचन मैंने भी सुने थे। उनकी कथा सुनते-सुनते ही यों तो जन्म-जन्मांतर के संस्कारों की परतें मेरे भीतर खुलने लगी थीं। महर्षि के कथावसान पर पहुँचते-पहुँचते पुंडरीक और वैशंपायन के रूप में मैंने जो कुछ देखा-सुना, जाना-पहचाना, पढ़ा और समझा था, वह सब मेरे भीतर ऐसे ही जाग उठा जैसे हवा के चलने पर राख के भीतर दबी चिंगारियाँ फिर दहक उठती हैं। उसके साथ ही दहक उठी फिर से मेरे भीतर वही विकट ज्वाला, वही पीड़ा और वही उन्माद। मैं फिर महाश्वेता से मिलने के लिए उत्कंठित हो उठा। महाश्वेता मेरी है, वह मेरी जन्म-जन्मांतर की संगिनी है। उसने शाप दे दिया था, इसमें उसका क्या दोष ? वह मुझे पहचान ही नहीं पाई थी। अब तो वह जानती है कि मैं उसका पुंडरीक—मैं ही ब्राह्मण-पुत्र वैशंपायन था और अब भले ही मैं इस अधम तिर्यक् योनि में आ गिरा हूँ, पर मैं हूँ तो वही। अब तो वह मुझे पहचानने में चूक नहीं करेगी।

महाश्वेता की भव्य मूर्ति मेरे चित्त में छा गई। चंद्रापीड के सौहार्द की स्मृति ने मुझे विह्वल कर दिया। पिता-माता के दर्शन के लिए भी मैं अकुला उठा। इसके साथ ही ब्राह्मणसुलभ चंचलता से अभिभूत होकर मैं वाक्चापल्य के लिए भी प्रेरित हुआ।

मेरा हृदयपिंड बड़े जोर से धड़क रहा था। जिह्वा शुद्ध उच्चारण नहीं कर पा रही थी। फिर भी मैं भगवान् जाबालि के सम्मुख अपना माथा टेककर उनसे यह निवेदन करने का दुस्साहस कर बैठा—"भगवन्, आपकी कृपा से मुझे पूर्वजन्म के सारे वृत्तांत का स्मरण हो आया। अब मैं महाश्वेता की विरहाग्नि में जल रहा हूँ, मैं चंद्रापीड से मिलना चाहता हूँ। कृपा करें प्रभु, मुझे मेरे बंधुजनों के पास भेज दें।"

"अरे यह तो बोल रहा है !" मेरी अस्पुष्ट बुदबुद-सी, अटपटी-सी, अबूझ-सी वाणी को पास बैठे हारीत ने सुना तो उनके मुख से निकला।

"क्या कहा इसने, भैया ? कहाँ जाएगा यह ?" चिन्मई ने बहुत उत्कंठित होकर हारीत से पूछा।

भगवान् जाबालि हँसे। मुनियों से बोले, "देखा, आप लोगों ने काम, राग और वासना का प्रभाव ! हृदय की जिस चंचलता के कारण इसने इतना दुःख झेला, कई-कई योनियों में भटका, वह छूटी नहीं, वरन् और बढ़ गई। काम के उपभोग से काम शांत नहीं होता, अग्नि में हविष्य डालने से जैसे वह और बढ़ती है, ऐसे ही काम बढ़ता चला जाता है।"

मैं भगवान् जाबालि से पूछना चाहता था कि मैंने उपभोग किया ही कहाँ है, मैंने तो सारी यंत्रणा, व्यथा केवल मन में ही झेली है। एक क्षण भी क्या मैं महाश्वेता के संयोग का सुख ले पाया ? फिर मुझ पर उपभोग की अति का दोष क्यों लगा रहे हैं,

मुनिवर ? पर दुर्बलता के कारण, उनकी महातेजस्विता के कारण अभिभूत और परास्त-सा, उन्होंने ही मुझे अपनी पहचान कराई थी इस कारण उनके प्रति कृतज्ञता के भार से दबा जाता-सा मैं चुप रहकर दीन दृष्टि से अपनी गुहार के उत्तर की प्रतीक्षा में उन्हें ताकता रहा।

''नहीं, हम इसे कहीं नहीं जाने देंगे।'' चिन्मई कह रही थी।

भगवान् जाबालि ने कहा, ''अभी तो तेरे पर भी नहीं निकले हैं, वैशंपायन ! अभी तू कुछ दिन यहीं आश्रम में रह। जब पर निकल आएँ, तब महाश्वेता के पास जाने का विचार करना।''

हारीत ने प्रश्न किया था—''एक बात समझ में नहीं आई, तात ! इतने बड़े ब्रह्मज्ञानी महर्षि श्वेतकेतु का पुत्र होकर भी पुंडरीक मन से ऐसा कैसे निकला ? यह इतना कामुक क्यों बन गया ?''

भगवान् जाबालि ने कहा, ''यह काम, राग, मोह से भरे अल्पसार स्त्री-वीर्य से ही उत्पन्न हुआ है। कारण जैसा होगा, वैसा ही कार्य भी होगा। स्त्री का वीर्य तो निस्सार होता है, स्थैर्य के लिए गर्भ में उसके साथ पुरुष के वीर्य का मिश्रण आवश्यक है। यदि ऐसा नहीं होता तो उत्पन्न जंतु या तो मृत ही जन्म लेता है या अल्पायु होता है। इसकी पुंडरीक के रूप में उत्पत्ति इस प्रकार हुई थी, इसलिए यह अधिक टिकने वाला नहीं है।''

मेरा फिर मन हुआ कि मैं भी उनके सम्मुख अपनी शंका उपस्थित करूँ, पूछूँ कि क्या मेरे पिता ब्रह्मवेत्ता महर्षि श्वेतकेतु स्खलित नहीं हुए थे पुंडरीक पर थिरकती लक्ष्मी को देखकर ? मेरे स्खलन में उनका योग नहीं है क्या ? पर अब की बार मैं महर्षि जाबालि के तेज के आगे डर गया था, भयाक्रांत भी हो गया था, मेरे दुस्साहस पर कहीं वे फिर मुझे शाप से जला डालें, तो महाश्वेता से पुनर्मिलन के सारे मनोरथ धरे रह जाएँगे। कल्याण इसी में है भाई वैशंपायन कि जब तक पंख न निकलें, तब तक चुपचाप इस आश्रम में पड़े रहो।

और मैं शांत भाव से द्विजजातिसुलभ चपलता का त्याग कर उस आश्रम में रहने लगा। सब कुछ था उस आश्रम में। किसी वस्तु का अभाव नहीं। पर मेरा तो जी जल्दी ही वहाँ से उचाट हो चला। हारीत मेरा बड़ा ध्यान रखते, मेरे मन की उत्कंठा मिटाने के लिए धर्मोपदेश भी देते। कहते—''भाई वैशंपायन, यह स्त्री-पुरुष के संयोग का मैथुनजन्य जो सुख है यह तो खुजली के समान है। खुजली को जैसे हम यों ही सह लेते हैं, ऐसे ही इसे भी सह लेना चाहिए। इसके लिए इस तरह विचलित होने की क्या आवश्यकता ?''

मैंने हारीत से कहा था कि कुमार आप तो बिना कुछ झेले, बिना कुछ भोगे ही भुक्त हो गए। प्रेम की पीड़ा आपने जानी नहीं, उस पीड़ा का सुख आपने नहीं जाना।

हारीत ने इस पर उत्तर दिया था कि उन्होंने आश्रम के बाहर वन में कुत्ते-कुतियों को संभोगरत देखा है। आरंभ में उसमें श्वानयुगल सुख पाते हैं, पर बाद में बड़ी पीड़ा झेलते हैं, अलग होने के लिए छटपटाते हैं। यही प्रेम की पीड़ा है। पता नहीं विवेकशील

होकर भी मनुष्य क्यों इसको भोगना चाहते हैं ?

कुमार हारीत से विवाद करना व्यर्थ था। वहाँ कोई नहीं था, जो मेरी बात समझ सकता। केवल चिन्मई प्रायः मेरे पास आकर स्नेह से मुझ से बतियाती, मेरे लिए इंगुदी और उदुंबर के फल लेकर आती, उसके कोमल गुदगुदे हाथों से वे ही फल मेरे लिए अमृत बन जाते। पर उसके अटपटे प्रश्नों का उत्तर देते-देते मैं कभी-कभी तो बड़ा उद्विग्न हो जाता। और फिर आश्रम की नियमित बँधी-बँधाई दिनचर्या में तो मैं वागुरा में फँसे हरिण-सा अपने-आप को अनुभव करता। मन कुलाँचें भरता रहता महाश्वेता के पास जाने के लिए।

ऐसे में एक दिन आ गया कपिंजल। वह बेचारा इंद्रायुध की योनि से छूटकर और महाश्वेता को ढाढ़स बँधाकर सीधा मेरे पिता महर्षि श्वेतकेतु के पास पहुँचा था। अब मुझे आश्वस्त करने आया था। पहले तो उसे देखकर मेरा जी उमग उठा। जन्म-जन्मांतर के वियोग के पश्चात् मित्र का मिलना—कैसा अनिर्वचनीय अनुभव था। मेरी आँखों से आनंद के आँसू झरने लगे। कुमार हारीत निकट ही खड़े थे। उन्होंने कपिंजल से कहा, "मैं प्रायः समझाता हूँ मुनिकुमार पुंडरीक को कि अपने संवेगों को नियंत्रण में रखना सीखें। अब देखा न, किस तरह विकल होकर स्त्रियों की भाँति रो रहे हैं।" मैं कपिंजल से महाश्वेता के विषय में पूछना चाहता था, कैसी है वह अब, क्या तारापीड, शुकनास आदि के उस आश्रम में आ जाने से वह और भी खिन्न रहने लगी है, उन लोगों के प्रति अपने-आप को अपराधिनी मानकर दुःखित होती रहती है ? पर इसके पहले कि मैं कपिंजल से यह सब पूछता, उसने कहा, "बड़ा शुभ समाचार है, मित्र !"

"क्या ?" मैंने सोचा कि क्या कपिंजल महाश्वेता को इसी आश्रम में लेकर आ गया ? फिर तो मेरे सारे दुःख और क्लेश का यहीं अंत हो गया। पर कपिंजल ने जब बताना आरंभ किया कि मेरे पिता महर्षि श्वेतकेतु इस तिर्यक् योनि से मेरी मुक्ति और शुद्ध बुद्धि की प्राप्ति के लिए कोई अनुष्ठान कर रहे हैं, जिसका शुभ फल शीघ्र ही सामने आएगा, तो मैं उदासीन हो गया। जब कपिंजल ने भी मुझे कुमार हारीत के स्वर में स्वर मिलाकर संयम और तितिक्षा का उपदेश देना आरंभ किया तो मैं उसकी ओर से और भी विरक्त हो गया।

मेरा चित्त जप, हवन और संध्या में नहीं लग सकता था। मुझे विश्वास हो गया था कि वह मेरा पथ नहीं है। महर्षि जाबालि ने तप और संयम की कठोरता से अपूर्व सिद्धि प्राप्त की है, उसी तरह ब्रह्मज्ञान की विलक्षणता के कारण मेरे पिता का डंका भी त्रिलोकी में गूँजता है। पर मैं इनके जैसा नहीं होना चाहता, तो क्यों कुमार हारीत और आश्रम के दूसरे मुनि मुझ पर अपना सोच थोपना चाहते हैं ? पर आश्रम में रहते-रहते एक बात यह हुई कि मेरे मन के आकाश में महाश्वेता की दिव्य अलौकिक मूर्ति छा गई, उसके शुभ्र आलोक से भीतर का हर कोना आलोकित रहने लगा। मैं उसमें तल्लीन होने लगा। तब महाश्वेता के लिए मेरे भीतर से काव्यबंध फूटने लगे, जैसे पर्वत की कारा में रुके स्रोत सहसा बह उठे हों। पर वहाँ उस तपोवन में मैं वे सरस पद्य किसे

सुनाता। मैं बस मन-ही-मन उन्हें गुनता रहता।

एक दिन मैं अपने महाश्वेताशतक के अंतिम पथ की चरणपूर्ति में प्रातः से ही डूबा हुआ था। संध्या का समय कब निकल गया, पता ही नहीं चला। मेरे इस प्रमाद पर कुपित हो उठे कुमार हारीत और उन्होंने मुझे कुछ खरी-खोटी सुना डाली। मैंने भी उनसे कहा कि ठीक है, ऐसा ही कोप है आपका तो चला जाऊँगा मैं इस आश्रम से।

उस दिन ही मैं वहाँ से चुपचाप दुबककर बाहर निकल आया था।

उसके पश्चात् मुझे माँ मिल गई। एक गहरा निश्श्वास भरकर फिर एक क्षण रुककर वैशंपायन ने कहना आरंभ किया—'जाबालि के आश्रम से भागकर मैंने अध्यात्म से मुख मोड़ लिया, मेरा जो श्रेयस् वहाँ रहकर मिल जाता, उससे नाता तोड़ लिया, मैंने निर्वाण को तिलांजलि दे दी, साधना के पथ से मैं भटक गया। पर चांडालों की उस बस्ती में उसके सारे कलुष और मल पंक में रहकर मैंने मनुष्य को चीन्हा, ममत्व को पाया। कुल इतनी ही मेरी कथा है। यह एक पथभ्रष्ट मनुष्य की कथा है, जो अभिशप्त होकर एक तोता-भर रह गया है। महाराज शूद्रक, आपने पूछा था कि मैं कौन हूँ—योगी-यति हूँ या विद्याधरगंधर्व हूँ या कोई देव हूँ, यज्ञ हूँ। मैंने बिना कुछ छिपाए अपनी सारी कथा कही है। आप जान गए होंगे कि मैं कौन हूँ। मेरी कथा सुनकर आप अपने-आप को भी पहचानने का यत्न करेंगे, यदि अपने-आप को अपने में खोजें।'

कथा-निर्वहण

इतनी कथा सुनाकर वैशंपायन मौन हो गया। महाराज शूद्रक उसके वचनों के मर्म तक पहुँचते हुए-से, ध्यानस्थ-से, नेत्र निमीलित कर अपने भीतर किसी चिंता के ताने-बाने में उलझे-से बैठे रह गए। लोग कभी महाराज शूद्रक को देखते, कभी शंपा को तो कभी वैशंपायन को। सभासदों की अपेक्षा थी कि शंपादेवी अपने लाड़ले पुत्र की इस सारी अभिव्यक्ति पर फिर कोई चुभती-सी टिप्पणी करेगी, उपालंभ देगी; पर शंपा तो मौन, मस्तक झुकाए निर्विण्ण-सी, विषाद से मथी जाती-सी, मथन के अवसान पर क्षीरसागर की सतह-सी शांत बैठी हुई थी। वस्तुतः वैशंपायन के सहसा कथासूत्र को यों काट देने से पूरी सभा ही कुछ हतबुद्धि-सी, ठगी-सी रह गई।

"क्यों बंधुवर, क्या कथा समाप्त हो गई ?" हरिदत्त सहसा पूछ बैठे।

"और नहीं तो क्या ?" वैशंपायन को उत्तर न देते देखकर श्रीनिवास बोल पड़े।

"पर कैसे ? आगे क्या हुआ, यह तो पता ही नहीं चला ?" हरिदत्त जी ने कुछ उद्विग्न भाव से अपनी शंका प्रकट की।

"हाँ, पता तो कुछ भी नहीं चला—महाश्वेता का क्या हुआ, कादंबरी को चंद्रापीड मिला या नहीं—चंद्रापीड पुनर्जीवित हुआ या नहीं।" दो-तीन पंडित एक साथ बोल पड़े।

"एक क्षुद्र तोते के भीतर जितना समा सकता था, उतना वह आपके आगे व्यक्त कर चुका।" वैशंपायन ने धीरे से कहा, "भगवान् जाबालि कदाचित् आपकी शंकाओं का समाधान कर सकते थे यदि वे यहाँ होते, वे तो महासागर हैं, हम अपने छोटे-से घट में उनका कितना कुछ समेट सकते हैं ?"

"जीवन की कोई इति नहीं है, उसकी संभावना तो अनंत है।" महाराज शूद्रक ने कहा, "इसलिए यह कथा भी अनंत है और इसकी इति भी कैसे हो सकती है।"

"पर मेरी जो शंका थी, वह तो रह ही गई।" हरिदत्त जी ने कहा, "क्या आपने कथा ठीक-ठीक वैसी ही सुनाई है जैसी मुनि जी ने आपको सुनाई थी ?"

"इनकी शंका समाधेय है।" अब की बार ज्ञानराशि जी ने अपनी समर्थ वाणी में कहा, "शंका इसलिए उठती है कि भगवान् जाबालि तो वीतराग हैं, संसार के संबंधों से परे हैं, और आपकी कथा में घोर शृंगारमय वर्णन आए हैं, तो ये सब क्या महर्षि ने कहे होंगे ?"

वैशंपायन ने कहा, "भगवान् जाबालि का व्यक्तित्व विराट् है। शृंगार, करुण, बीभत्स, भयानक, रौद्र सब उनके भीतर के महारस में आवर्त-बुद्बुद-तरंगमय विकारों की तरह उठते और विलीन हो जाते हैं। वे सारे अथाह सागर को अपने में समोकर भी साक्षी और निर्विकार बने रहते हैं। मैंने जो कुछ कहा, वह उनका अनुवाद है। अनुवचन में कुछ भूल-बिसर गया, कुछ चूक रह गई, कहीं कुछ इधर-उधर हुआ हो तो वह मेरा है।"

"किंतु क्या महाश्वेता सत्य है ?" सहसा राजा शूद्रक ने पूछा।

अब की बार अपने अधमुँदे नयन उघाड़कर वैशंपायन ने राजा को गहरी दृष्टि से देखा। फिर कुछ सोचकर वह बोला, "आप से इस प्रश्न की आशा नहीं थी। फिर भी 'महाश्वेता मेरे लिए एक ध्रुव और अटल सत्य है' इतना कह सकता हूँ।"

सभा में नीरवता छा गई। वैशंपायन के वचन ने लोगों के चित्त मथ डाले थे, उसकी कथा ने उन्हें उद्वेलित कर डाला था।

"प्रेम मनुष्य को गढ़ता है, रूपांतरित कर देता है।" वैशंपायन ने फिर कहा, "रचना भी मनुष्य को गढ़ती है, और रूपांतरित कर देती है। वाल्मीकि ने रामायण रच दी, तो राम को आना पड़ा। मैंने प्रेम में से अपने-आप को पाया है और रचा है। उसी से मैंने महाश्वेता को रचा है। इसलिए महाश्वेता झूठ कैसे हो सकती है ?"

ज्ञानराशि ने कहा, "दार्शनिक चिंतन की दृष्टि से आप-अपने को स्थापित कीजिए। या तो आप शब्दब्रह्मवाद मान लीजिए, जो जगत् शब्द का विवर्त है, तब कविता मनुष्य को रचती है—यह बात बन जाएगी। फिर इसमें प्रेम की बात मत लाइए, दार्शनिक अवधारणा में यहाँ पर प्रेम को खपाने में कठिनाई होगी न ! या फिर केवल प्रेम रखिए, शब्द और रचना छोड़ दीजिए, प्रेम का दर्शन खड़ा कीजिए। दोनों साथ कैसे चलेंगे ?"

"प्रासाद के रूप में एक विशाल पिंजरा कहिए।" वैशंपायन बोल पड़ा।

"हम लोग समझ गए हैं कि आप कवि हैं, स्रष्टा हैं, प्रजापति हैं, पर आप यहीं रहकर सर्जन करें। आपके अनुकूल सारी व्यवस्था करेंगे। हिमालय पर जो प्राप्त हो सकता है, वह यहाँ भी प्राप्त हो सकता है।"

"यहाँ महाश्वेता तो प्राप्त नहीं हो सकती।" वैशंपायन ने कहा।

शूद्रक भी अपने निश्चय पर अटल थे। उनका कहना था कि वे चंद्रापीड के रूप में अपने को पहचान लेना चाहते हैं, और रहा विदिशा का राज्य, तो एक व्यक्ति को बहुत समय तक राजपद पर नहीं रहना चाहिए। अमात्य मिलकर एक गणपरिषद् बनाकर राज्य सँभालें।

सारी व्यवस्थाएँ करनी थीं। एक चतुरंगिणी सेना व्याघ्रदेव के साथ दंडक में उनके पक्कण की ओर प्रस्थान के लिए सज्जित की गई, जो उनके राज्य को उच्छृंखल लोगों के आधिपत्य से मुक्त कराके उन्हें पुनः वहाँ प्रतिष्ठित करा सके। अपार संपदा और खाद्य सामग्री के साथ महाराज शूद्रक ने व्याघ्रदेव को विदा दी।

वैशंपायन ने देखा कि उसकी मुँहबोली माता शंपा भी व्याघ्रदेव के साथ जाने को

तैयार हो रही है। "यह क्या माँ ? तुमने तो कहा था कि तुम मेरे साथ चलोगी हिमालय तक।"

"तुझे अपना साथ मिल तो गया।" शंपा ने भर्राए गले से कहा।

"पर," वैशंपायन कहते-कहते अटक गया।

शंपा ने अश्रुकषाय दृष्टि से उसे ताका, और कहा, "क्यों रे, क्या तू मुझे सचमुच नहीं पहचान पाया, अभी तक भी नहीं ?"

"तुम मेरे लिए चांडाल कन्या नहीं, मुँहबोली माँ हो।"

"मैं तेरी सचमुच की माँ हूँ अभागे !" शंपा ने कहा और रो पड़ी।

"माँ ! तुम लक्ष्मी हो ?"

"हाँ, मैं ही लक्ष्मी हूँ, जिसने पुंडरीक के रूप में तुझे जन्म दिया।"

"तो तुमने मुझे छोड़ा क्यों ?"

"मैं तेरा साथ कब तक दे सकती थी ? लक्ष्मी केवल भौतिक देह की ही रक्षा कर सकती है। मैंने चाहा था कि महर्षि श्वेतकेतु के पास रहकर तू भी ज्ञान का देह पाले, पर तू पता नहीं किस मिट्टी का बना था। तू उस देह को भी नहीं बचा पाया, महाश्वेता से मिलते ही तूने उसे तज दिया। तब मैंने समझ लिया कि तेरी मुक्ति मेरे पास नहीं, महर्षि के पास भी नहीं, महाश्वेता के पास है, वह तेरी विद्या है। मैं तुझे उससे मिलाने के लिए ही तो इस रूप में और इन भेस में रह रही हूँ। अब मुझे कोई चिंता नहीं। तुझे अपने जनम-जनम के मित्र चंद्रापीड का साथ मिल गया। मैं निश्चिंत होकर बाबा के साथ जा सकूँगी। मेरा स्थान उन्हीं चांडालों की बस्ती में है, मुझे श्रम करने वालों के साथ रहना है।"

प्रस्थान के समय महाराज शूद्रक की राजसभा के पंडित, कवि तथा नट, नर्तक, गायक, वादक, कुशीलव, ग्रंथिक आदि वैशंपायन को विदा देने आए। उनमें से अनेक तो उसके चरण स्पर्श कर रहे थे, कुछ उसके आगे भूमि पर लोटकर साष्टांग प्रणाम कर रहे थे। "आपके ज्ञान और कवित्व का तो हम लोगों को लाभ मिल ही नहीं पाया।" कुछ लोग भर्राए कंठ से कह रहे थे। वैशंपायन ने उन्हें धीर भाव से समझा-बुझाकर शांत किया। अधिकांश लोग चले गए। केवल चुनिंदा पंडितों की मंडली बची, जिसने वैशंपायन के एकदम निकट बैठकर उसकी कथा सुनी थी। इतने दिन साथ रहते-रहते वैशंपायन उनके स्नेह का भाजन बन गया था।

कवि हरिदत्त वैशंपायन और महाराज शूद्रक के सौप्रस्थानिक के निमित्त रचे हुए छंद सुना रहे थे।

"कथा आपकी बड़ी विचित्र और रमणीय थी।" अभिराज कवि ने कहा, "एक बार फिर से सुनने की इच्छा है।"

"सुनने के लिए अब हिमालय पर ही जाना पड़ेगा हम लोगों को।" श्रीनिवास बोले।

"क्या सचमुच वहाँ रहकर आप ऐसा कुछ कर सकेंगे, जो यहाँ संभव नहीं ?" रुद्रदेव ने वैशंपायन से पूछा।

वैशंपायन, जो पंडित मंडली के नर्मालाप और कथावार्ता के बीच आज प्रसन्न होकर हँसता जा रहा था, सहसा गंभीर हुआ। कुछ क्षण मौन रहकर धीरे-धीरे वह कहने लगा--"मेरी कथा में चार विश्व हैं। एक विश्व हेमकूट नगरी में बसा हुआ है। वह स्वर्ग है, भोगभूमि है। महाश्वेता का नगर, जहाँ उसके माता-पिता, गौरी और हंस हैं--वह भी ऐसी ही भूमि है। इसीलिए मैं वहाँ नहीं गया था। प्रेम मैंने किया था महाश्वेता से, पर वह भोगभूमि में प्रतिफलित नहीं हो सकता था मेरा प्रेम। कपिंजल अवश्य गया था वहाँ तक मेरे लिए, वह भी निष्फल लौट आया था वहाँ से। दूसरा विश्व जाबालि के आश्रम का है। वहाँ भोग नहीं, त्याग और समर्पण है। वहाँ व्यक्तित्व केवल भगवान् जाबालि का है, उसके प्रति प्रणत होने में ही इस विश्व की सार्थकता है। मैं भगवान् जाबालि के प्रति समर्पित नहीं हो सकता था, अतः यह विश्व भी मेरे लिए नहीं था। तीसरा विश्व पक्कण का है। उसमें समर्पण नहीं है। वह कर्मभूमि है। वहाँ मनुष्य सारी ऐहिकता के साथ रह रहा है, वहाँ मनुष्य और मनुष्य के बीच कोई भेदभाव नहीं, कोई छोटा-बड़ा नहीं, कोई राजा और रंक नहीं, सब को दो हाथों से कुछ-न-कुछ काम करना पड़ता है, सबको बराबर अपने श्रम के फल का भाग भी मिलता है। पर वहाँ संघर्ष के बीज हैं। वहाँ अधःपतन भी है। इसलिए वहाँ मनुष्य एक-दूसरे का गला काटने को तैयार तक हो सकता है, अपना सर्वनाश करने को तत्पर हो सकता है। वह भी मेरा संसार नहीं हो सकता था। चौथा विश्व तारापीड की उज्जयिनी है। वहाँ संस्कार है, विद्या है, परंपरा है। पर सारा शासनतंत्र कुछ व्यक्तियों के हाथों में है, जो अपने बीच के क्षय के कीटाणुओं को नहीं पहचान पाते हैं।

"इन चारों विश्वों से अलग महाश्वेता के साथ मैं वहाँ एक विश्व संरचना चाहता हूँ। इसलिए मैं वहाँ जाऊँगा ही।"

इतना कहकर वैशंपायन मौन हुआ। पंडितजन उसकी बातों के अपने-अपने ढंग से अर्थ लगाने लगे।

वसंत आ गया था। सरस किसलयों और लताओं को लास्य का उपदेश देता हुआ दक्षिणानिल बहने लगा था। अशोक के लाल-लाल पल्लव काँपते, तो सारा हिमालय का परिसर अनुराग से जैसे आंदोलित हो उठता।

'हेमकूट पर कामदेव की अर्चना का उत्सव चल रहा होगा,' कादंबरी सोच रही थी। यह वसंत भी क्या इसी तरह प्रिय को फिर पाने की आकुल प्रतीक्षा में ही निष्फल बीत जाएगा ? अपने भीतर उठते रागांध उन्माद को कादंबरी उस तरह रोक नहीं पाती थी, जिस प्रकार महाश्वेता। महाश्वेता इतनी व्यथा झेलकर भी वैसी ही थी--तपोविग्रह की सारी तेजस्विता के साथ। कादंबरी को तो कुछ ही समय की प्रतीक्षा ने अधीर

बना दिया था।

आज मन कुछ और भी पर्युत्सुक था। मंद-मंद बहता पवन बाँस के झुरमुट में घुसकर बाँसुरी बजा रहा था। कादंबरी को चंद्रापीड के भावस्थिर सौहार्द की स्मृतियाँ आकुल कर रही थीं। किसी तरह उसने कामदेव की अर्चना की, फिर चंद्रापीड को स्नान कराया, अनुलेपन किया, उसके चरणों में मृगमद से सुवासित चंदन लगाया। उसके कुंतलकलाप को सुरभित मालाओं से गूँथा। फिर वह भावार्द्र नयनों से चंद्रापीड को बड़ी देर निरखती रही।

अचानक उसे लगा कि चंद्रापीड के देह में स्पंदन हुआ है। कादंबरी भय और उत्कंठा से थरथरा उठी। काँपती हुई वह चंद्रापीड के देह को निहारती रह गई। पहले सोचा कि महाश्वेता को पुकारे, पर महाश्वेता तो पूजा पर बैठी होगी, ध्यानस्थ होगी। काँपते हुए हाथों से उसने चंद्रापीड के हाथ पकड़ लिये। वे हाथ उसे प्रतिदिन की भाँति शीतल न लगे। चंद्रापीड की कलाई में धमनी चलती हुई-सी लगी। विह्वल होकर चंद्रापीड को पुकारते हुए कादंबरी ने उसके देह का आलिंगन किया।

उस आलिंगन के साथ ही धूप में मुरझा गए उस कुमुद की भाँति, जो पूर्णचंद्र की रश्मियों के आलोक में फिर खिल उठता है, चंद्रापीड सचेत हो उठा। नींद से जागे हुए की भाँति उसने जमुहाई ली और उठ बैठा।

उत्तेजित स्वर में वह जब तक महाश्वेता को पुकारती, तब तक देखा कि महाश्वेता तो पुंडरीक के साथ उसी के पास चली आ रही है।

आनंद लौटकर अवश्य आता है मनुष्य के पास, चाहे सौ-सौ वर्षों तक प्रतीक्षा करनी पड़े उसके लिए। महाश्वेता और कादंबरी के जीवन की सूखती क्यारियाँ पुंडरीक और चंद्रापीड के लौट आने से रस से आप्लावित हो गईं। तारापीड, विलासवती, मनोरमा और शुकनास—ये सब महाश्वेता के उसी आश्रम में बस गए। बहुत कहा कादंबरी के पिता महाराज चित्ररथ ने तारापीड से अपनी राजधानी में आने के लिए, पर वैभव और आधिपत्य के लोक में लौटने के लिए तारापीड अब तैयार न थे।

पुंडरीक और महाश्वेता, कादंबरी और चंद्रापीड परस्पर अनुराग के अथाह सागर में डूबते-उतराते अच्छोद के उस परिसर में प्रतिदिन प्रतिक्षण अपने-आप को नवीन होता हुआ, नवजीवन से संपृक्त होता हुआ अनुभव करते। वे घंटों आपस में बातचीत करते रहते, बतरस में सुख के अगणित तंतु नित नया पट-सा बुनते चले जाते।

ऐसे ही एक दिन कादंबरी और चंद्रापीड निर्मल चंद्रकिरणों में स्नान करते-से रात्रि के पहले प्रहर में परस्पर सटकर बातें करते हुए बैठे थे। सहसा कादंबरी उदास हो गई। "सब मिल गए, सब के दुःख भी दूर हुए!" उसने कहा, "वैशंपायन उस तिर्यक् देह से छूटा, आप शूद्रक की शूद्रयोनि से मुक्त हुए। कपिंजल भी अश्व के अपने रूप से प्रकृत रूप में आ गए, बस एक उसी का पता न चला।"

"किसका कह रही हो ?" चंद्रापीड ने पूछा।

"पत्रलेखा का। आपको उसकी कभी स्मृति नहीं आती ? मैं तो निरंतर उसी के विषय में सोचती रहती हूँ। बार-बार मेरी दृष्टि अच्छोद की लहरों पर जाती है कि इन पर तैरती हुई वह वैसी फिर चली आएगी, जैसी उस दिन सहसा इन पर होती हुई गोता लगाकर भीतर जा समाई थी।"

"मैं तो अभी भी उसे इन्हीं लहरों पर उतराते देख रहा हूँ।" चंद्रापीड ने कहा।

"कहाँ ? मुझे तो वह कहीं नहीं दिखाई दे रही ?"

"तुम्हें वह नहीं दिखाई देगी इस तरह। मेरे नेत्रों में देखो--इनमें से कदाचित् वही तुम्हें झाँकती दिखे--पत्रलेखा मुझसे अलग नहीं है। वह मेरा ही रूप थी, चंद्रमा का एक रूप जैसे यह चाँदनी है। वह मेरी यौवनश्री है, मेरे भीतर समाई हुई है। इसलिए मुझ से अलग कैसे दिख सकती है ?"

"और मैं ? मैं भी आप से अलग कहाँ हूँ ?" कादंबरी ने हिमालय की शिला जैसे विशाल उसके वक्ष पर अपना सुकुमार वदन टिकाते हुए कहा।

"तुम मेरी सर्जन की शक्ति हो। तुम पहले हो, मैं बाद में। तुम सदैव ऐसी ही रहती हो, मैं ही तुम्हारे लिए जन्म लेता हूँ, तुम्हें पाने के लिए जीता और मरता हूँ।"

"नहीं, अब मृत्यु की कोई बात नहीं होगी।" कादंबरी ने उसके ओठों पर किसलय-सा अपना करतल रखकर कहा, "मृत्यु तो अब हम से हारकर पीछे रह गई है। है कि नहीं !"

"हाँ !" चंद्रापीड ने कहा।

धीरे से सरसराकर समीर बह उठा। अच्छोद की स्वच्छ लहरों में स्पंदन हुआ, उसके साथ ही उन पर लेटी ज्योत्स्ना उठकर थिरकने लगी। कादंबरी को लगा, ज्योत्स्ना की उस थिरकन में पत्रलेखा हँस रही है।

●●●